新装版

大江健三郎同時代論集9

言葉と状況

新装版

大江健三郎 同時代論集 9

言葉と状況

岩波書店

目次

I

II

言葉と状況

I

受け身はよくない

受け身はよくない、という意味のことを、もっと独自の正確さをそなえた言葉によって、中野重治氏がいわれたように思う。受け身はよくない、受け身から出発しても、たしかに行動は始まるが、その人間の行動の全体に、どうしても欠落したところがでてしまう。現に、自分の行動の全体というものが、受け身で出発した人間には、把握しがたい。行動自体に、受け身から始めたことによる歪みがつきまとう。能動的に、ごく小さいものであれ、人間が、かれ自身に自発するところの起点を、ひとつ据えてそこから出発する。ひとりの人間としての、全体性をきずきあげてゆくところの行動は、そうでなくてはならない。もし受け身で出発してしまったなら、なんとかして困難な一点に踏みとどまって、大きい勢いをおし戻すようにして、能動的に躰の向きを立てなおさねばならない。いかなる場合にも受け身は人間的によくない。

僕はそのように自分の言葉にかえて、けっして能動的でない自分の、むしろ受け身の積みかさなりのうちにある自分の、仕事について、日常生活について、またもっと広いところでの、将来の展望について考えることがあった。もとより、自分の受け身の部分を根こそぎにしえたというのではない。しかし僕はそこにひとつの自分の全体性への、検証の手だてをえてきたと思う。それはまた、僕が社会的なものと出会う、そのたびごとに自分とそれとの関係を検証する手だてとして、むしろ僕にむけて突き出されてくるようでさえあった。結局は僕自身の意識がそれを突き出すものなのではあったが。

そしてその経験をかさねるにつれて、僕は戦後四半世紀の日本の進みようが、まさに受け身のものの積みかさねであることを、しだいに重く暗く認めてゆかぬわけにはいかなかったのである。それは、真に戦後的なものは、能動的であり、それを打ち崩してゆくものは、日本人に受け身であることを余儀なくさせるものだとも認めることであった。戦後のはじまりにあたって能動的に構想された、新しい日本の全体性。それが四半世紀の日本の国際政治における、選択の機会ごとに否定されてゆく。国内政治の日々の選択において、なしくずしに放棄されてゆく。その否定、放棄の行為が、それはそれなりに、日本人によって新たに獲得された能動性においてなされてきたか？　僕は、それがそうでないと観察するものである。日本人は、受け身で、寄りきられるようにして、その否定、放棄をおこなってきた。受け身であるゆえに、新しく全体性をそなえた日本の構想をかちえることはなかった。受け身で、寄りきられる者が、喜色満面のにやけづらをしているというのは、無念な話ではあるが、今や戦後四半世紀をへて、日本人のいわゆる国民性の典型となったとすら、いわねばならぬだろう。しかしこの喜色満面の皮膚を一枚剝げば、その頭蓋の奥底には、新しい日本の全体性への構想など、いっさいしまいこまれてはいないのである。

具体的な体験にそくして語るならば、僕は日韓条約と沖縄返還協定の、まことに戦術も進み具合も、騒動も、騒動のおさまりようも、主役(かくれた主役は海の向うにいたが)までが臆面もなく同一である、ふたつの「強行採決」を国会の傍聴席から見おろしていた。ひとしきり怒声のざわめいた後の、異様とも陋劣ともいいようのないバンザイという叫び声は今も忘れえぬ。朝鮮人の、また沖縄の友人とむかい合っていて、話がとぎれる、その間隙にくいこんで、あのバンザイという声が頭の奥でひびく。その暗澹たる思いをどのようにして友人につたえられようか。もっとも暗澹たるあの結果の実体はかれらこそが現実生活において担っているのである。

　あのバンザイの異様さ陋劣さについて、僕は繰りかえし考えてきた。これは単に保守政権の「強行採決」のための傭兵どもがあげた叫び声にとどまるだろうか？　すくなくとも日韓条約「強行採決」のあと、沖縄返還協定「強行採決」のまえに、おなじことをあらためてやるにきまっている者らを、選挙において選びだしたのは、われわれ日本人の総体である。朝鮮と沖縄から耳をすませば、あのバンザイの声は、日本人全体のたてる叫び声として、直接に戦前、戦中の、日本人が朝鮮、沖縄で喚きたてたバンザイにつらなったであろう。そこにあらわれる異様に陋劣な、暴力的に反・人間的な響きは、本質において、戦前、戦中と、あの「強行採決」の時点とで、差異のあるものではなかった。

　そしてそれは戦後的なものの響きとは、まったく逆のものであった。絶対天皇制を先頭に、アジアを侵略する方向づけで驀進し、顚覆した近代化を、敗戦の現場で見つめ、それを驀進の道筋で踏みにじった民衆へのつぐないと、能動的に新たな日本の全体性への構想にむけて、やりなおすというのが、すなわち戦後的なものの考え方、根柢の態度であっただろう。ところがそれと根本的に逆行する考え方、態度を、あきらかに受け身で採択して、そのうえでの、あれはバンザイの声だったのである。

　日本の保守政権といえども、かれらが能動的につくりだそうとする政治的選択ならば、どたん場で「強行採決」にまで追いこまれるということはなかった。アメリカのアジア政策の強圧に、受け身でよりそってゆく、しかも先方でたてられたスケジュールにあわせて、とりいそぎそれをおこなわなければならない。「強行採決」は受け身で寄りきられる者の、よんどころない暴走であった。窮鼠は保守政権であった、そしてこの窮鼠は、なおもより弱いものを咬んだ。かれらのバンザイの喜色満面と、お先真暗の、たがいに矛盾する印象の混在は、そこに由来していただろう。

なおあの異様で陋劣なバンザイの時点に立ち戻って考えねばならない。あれらの「強行採決」によってわれわれ日本人は、アジアにおいてほとんど回復不可能な、いかなるものを破壊したのであったか？

回復不可能なものの破壊、といえば、いまやいかなる日本人の想像力にも、ただちに浮かぶのは自然破壊、環境破壊、公害の実態であろう。政治的なアジアにおける破壊と、日本人の現実生活内部のこの破壊とは、本質においてつらなっているのであるから、まずそこへ迂回するようにして、前へ進みたい。

さきの「強行採決」のような受け身の蛮行を破れかぶれで保守政権がおこなうのは、いうまでもなくかれらに能動的にきずかれた、日本とアジアの未来への全体的な展望があるからではなかった。どのような破れかぶれの暴挙をおこなってもアメリカのアジア政策に受け身でよりそっていれば、利益になる。自分たちは保護される、という勘のごときものがかれらを支えていたからこその「強行採決」だったのである。あなたがたの主体性に発して、これから日本とアジアの全体としての展望を教えてくださいと、あれらのバンザイを叫んだ議員たちに問いかけたとして、いやそれはアメリカに聞いてくれ、おれのもっかの姿勢では前の方は見えないし、見る必要もないんだ、という声が、もしかれらが正直であれば返ってきたことだろう。かれらはまた、たとえそれほど正直でないにしても、このように受け身でアメリカのアジア政策によりそっていれば、これまでどおり経済は繁栄するんだ、それはおれの勘が証明している、と開きなおっただろう。

　そしてそれはじつは、選挙権をそなえた日本人の過半数をも、ひそかに納得させた勘の言葉だったろうと思うのである。現に政権をとっている者らが、受け身に追いつめられて「強行採決」というような選択をおこなう。それにかさねて、どうして一般の日本人が、能動的に日本とアジアの新しい未来像を、全体にわたって構想しえよう。お先真暗なところへ巨大な手で一億総ぐるみおしこまれる、暗澹たる思いをするのみである。しかし、そのお先真暗ななかで、あるえたいのしれない勘がささやく、このまま受け身でまかせておけば、ともかく経済は繁栄するのだと、これは今日、明日のめさきの勘定において決して損にはならないのだと。もっと遠い展望にたって、しかも経済もふくみこんだ人間の生活の全体において、本当にこれは良い選択なのか、とかれに問うとしても、それはむだなことだ。まず受け身でお先真暗なところへおしこめられている、というところから、かれは出発しているのだから。お先真暗ななかでこの四半世紀、経済の繁栄のおこぼれが鼻さきにおちてくるのを食ってきた、という体験のみが、かれの勘の支えなのだから。

　しだいに日本人のイメージは、ドブ鼠じみてくるが、いわゆるエコノミック・アニマルたちが尖兵として支える日本の経済の膨張そのものが、その盛んな勢いにもかかわらず、本質においてじつは受け身のものではなかったであろうか？　僕は印度、東南アジアを旅行して、いわゆるエコノミック・アニマルという言葉をみずから担うようにしている日本人たちに接し、自分はかれらをエコノミック・アニマルとは呼ぶまいと考えたが、それはかれらも、たとえ猛烈に働くとはいえ、そのアジアの現地での日本とアジア総ぐるみの、未来の構想をいだいているというのとは、まったく反対の、受け身にそこに派遣されている閉鎖的な日本人、すなわちわれわれとかかわるところのない日本人であることが明瞭であったからだ。様ざまな場所のかれらが、申しあわせたように、われわれはいつまでここにいることができるか、というかたちで未来を考え、その消極的な思考のゆきつくところは、こぞって暗いものだったのである。遠い展望は暗いからこそ、猛然と目さきの利潤をあげなければならぬというのが、かれらの活動の根柢の勘ではなかったであろうか？

　そしてその態度はまた大方の日本人のものであるというほかないであろう。受け身で「高度成長」に身をまかしていれば、目さきの経済的繁栄は約束されている、そう感じる時、われわれは大企業が、能動的な未来の日本への全体的な構想に立つのでない、眼かくしして驀進するような膨張を行なうのに対して、はっきりした批判の体勢をとりえなかった。海が回復不可能なまでに破壊される。バンザイという異様な、陋劣な叫び声は大企業の「家族的」な内部で発しつづけられてきたものにちがいない。

　その回復不可能なものの破壊の大企業による推進と、日本人総体の共犯的沈黙に対して、まことに小さな集まりをなした被害者たちの抗議運動が、うごかしがたい意味をあきらかにしているのは、どういうオルガニズムによるものだったろうか？　それは表面的には、大企業の異様な膨張によって被害をこうむった人間として、まったく受け身のところから出発したかれらが、その人間としての運動に、能動的にひとつの起点をみずからきずいて、そこから日本と日本人、ついには人類の未来について、遠い展望をひらいているということがあるからにちがいないであろう。かれらこそは、受け身でこの現実世界の流れに身をまかしていれば、ついに滅亡をさけることはできぬ、と端的に全身をこめていっている。大企業こそが、そしてそれを制禦できぬ国家こそが、受け身で流されているのだ。その証拠に大企業も、国家も未来の人類の全体性について構想をもっていないし、それを探しもとめようとしてもいないではないか、とかれらはいっている。それが日本人の総体からみればわずかな数の、たとえば水俣病患者たちの運動が、およそ日本人のすべてに、滅亡させられつつある人間としての自分を考えさせ、受け身で流れてゆく状態から、一瞬なりとも、もがくように体勢をたてなおしたいという希求をさそった、根柢の理由なのである。

アジアの政治的なダイナミズムにおいて、日韓条約と沖縄返還協定の「強行採決」は具体的になにを、回復不可能なまでに(それは後にのべるように、朝鮮の、また沖縄の民衆があえて大きい困難をのりこえて、回復不可能なものを回復可能にするであろうところのことではあるが、しかしそれは絶対に破壊した当の日本人によって回復可能におしもどされる、というのではない)破壊したのだったか。われわれは朝鮮の現実を学び、沖縄の日々を見つめつづけることで、われわれが破壊したところの結果を見なければならぬ。まずそれを暗澹たる心なりに、まっすぐ見すえる態度をとりつづけねばならぬ。僕がいくらかなりとその努力を自分に課して、いま考えているのはこういうことである。

日韓条約の「強行採決」は、大韓民国において、能動的に朝鮮とアジアの未来の全体像を構想する動きをおこしていた人びとの、その構想を、またおおいにその構想をおこなう人間そのものを破壊した。それはすくなくとも、いま朝鮮統一への永い展望にむけての、朝鮮人自身による歩みよりの努力が始まるまで、ひとりの日本人として朝鮮を見つめている僕に、回復不可能の破壊と思われてきたものである。他の日本人から、おまえの見通しの暗さを恥じよ、といわれれば反対はしないが、僕はその日本人を尊敬もしない。日本人は、どのように見通しのきく眼を持った人間にも、回復不可能としか見えぬところまで、大韓民国の、能動的に朝鮮とアジアの未来を全体にわたって構想する人びとの、その構想を破壊した。そしていまも日本人としては破壊したままである。なぜなら、日本人がそれこそかれ自身の、回復不可能なものを回復可能にして、能動的に日本とアジアの全体としての未来を構想するようになるのでなければ、そしてその構想を、およそ戦後のはじまりに、アジアに対してわれわれがいだいた志の方向にそって現実化するのでなければ、破壊した一木一草といえども、もとに戻らぬのであるからである。ましてや日本人が破壊したのは人間の構想であり、人間そのものなのだ。

しかし日本人の多くが、日韓条約の「強行採決」によって破壊したところのものに対してそれを真に償わねばならぬと考えているかどうかと、もし朝鮮人の友人から訊ねられたとすれば、僕は否定的な答をおこなうしかないであろうと感じている。日本人は受け身で「強行採決」をやらせられる保守政権を持った。議会がその機能を「強行採決」で踏みにじられた以上、国会の外の日本人は、ますます受け身でしか、日韓条約にかかわっていないと感じているだろう。

受け身の人間は罪悪感をもたないのが普通である。根源的なモラリティーの感覚は、自分ひとりの独自の起点に立って、能動的に、人間としての自分の全体性をきずきあげる態度をそなえている人間にのみ、実在するものであろう。人間としての自分の全体に責任をとろうとする能動的な態度をそなえた人間にのみ、真のモラリティーの感覚がある、といいかえてもよい。自立していない人間には根柢におけるモラリティーの感覚はない。受け身で生きている人間にモラリティーの本当の感覚はない。かれを庇護している人間が、あるいはかれを受け身の場所においている人間が、モラリティーの感覚についての責任者であって、かれ自身はみずから責任をとる必要をまぬがれていると、かれは感じているから。

　したがってアメリカのアジア政策に受け身でよりそい、受け身の代理人として、日本が日韓条約を「強行採決」したと認める（あるいは勘でうけとっている）かぎりの日本人には、それが大韓民国で押しつぶしたもの、ひいては朝鮮統一の展望において障害物として積みあげたものへの、根柢のモラリティーの感覚に立った罪悪感はありえぬであろうと、僕は考えぬわけにゆかないのである。

　モラリティーの感覚などと、文学的な話はするな、という反撥があるかもしれない。しかし僕の考え方を逆のがわから展開すれば、モラリティーの感覚に欠けている人間は、受け身で生きている。自立していない、自分の全体に責任をとろうとしない人間である。朝鮮に対して、日本とアジアの未来への全体的な構想に立った責任のとりかたをおこないえない人間である。日本人のおおかたが、根柢においてそうであるとすれば、現状の大韓民国に対して、また朝鮮民主主義人民共和国に対して、それに在日朝鮮人に対して、どうしてまともな相互関係をひらきえようか？　やがて達成されずにはおかぬであろう統一朝鮮の国家と民衆に対してはなおさらである。

僕はいま日本人が、朝鮮民主主義人民共和国との国交の樹立を、それこそ受け身で成就する現実の匂いの濃い夢を大規模に見はじめている状況が、もしいつまでも受け身のままで進行するとすれば、ついにわれわれは朝鮮と朝鮮人に対して、すなわちわれわれが侵略し蹂躙し差別した、そしていまなおアメリカのアジア政策に寄りそって、あるいは代理人としてしゃしゃり出ている、この国と民族に対して、日本とアジアの未来への全体的な構想に立った、責任のとりかたをおこなう機会を失うのではないかと疑うのである。それは朝鮮統一の動きが地道に永い展望に立ってしだいに明るさをましてゆくであろう、その光に照らしだす時はなおさらに、アジアにおける日本と日本人の、お先真暗の受け身の驀進の、異様で陋劣なバンザイの実態をそのままあらわすものと感じられてならぬのである。

沖縄返還協定の「強行採決」が破壊したもの、それは沖縄で永い復帰運動の過程をつうじて、まったく徒手空拳の、しかしそれゆえにも能動的な沖縄、日本、アジアへの新しい全体性をめざす構想にほかならなかったはずであろう。しかもこの場合、沖縄の民衆のあいだに、圧制者アメリカに対して大きい困難を地道に克服してゆく勢いによって、能動的につくりあげられた力の総量を、日本の保守政権が、その受け身でアメリカのアジア政策によりそってゆく動きのうちに呑みこんでしまうことによって、その力の絶対量を利用しつつ、結局は、大きい受け身の流れのなかに、小さい能動的な渦巻きを埋没させてしまったのである。それは本土の側に生きている僕にとっては、ほとんど回復不可能の破壊のように見える。おそらくは沖縄の民衆のうちに回復不可能のものを回復可能とする動きはすでにおこっているだろう。しかしそれはそのままでは、あえてこの言葉をつかえば、沖縄人による運動であって、新しい日本人の全体的な展望につながってゆくものではないであろうと、およばずながらそれに参加してゆきたいとねがうにはしても、むしろそれゆえにこそ思わぬわけにゆかないのである。

沖縄の「施政権」返還をアメリカに、そのアジア政策の持続のために余儀なくさせたのは、沖縄の民衆の反戦・復帰運動の、能動的な力であった。日本の保守政権の働きかけなどによるものではなかった。日本の保守政権が、いかなる具体的アプローチもおこなわぬ時期に、すなわち一九六五年の段階で、すでにアメリカのアジア政策が、沖縄の「施政権」返還を検討しはじめていたという事実は、つとに中野好夫氏が指摘していられる。繰りかえしていうが、その選択をアメリカに余儀なくさせたのは、沖縄の民衆の、かれら自身が基地のただなかの現実生活において、徒手空拳、小さな起点から能動的にきずいてきた、新しい沖縄への全体性をめざす構想である。かれらは受け身ではなかった。もし受け身であったならば、かれらはヴィエトナム戦争続行中の巨大基地の底辺に、なおも深くのめりこむばかりであっただろう。受け身のかれらに「施政権」返還が、それこそタナボタ式になげあたえられることなど、どうしてありえたろう？　沖縄を中軸の基地とするアメリカのアジア政策は、いささかも方向転換してはいないのであることを、あえて僕などがいう必要はあるまい。

しかもなおアメリカは沖縄の「施政権」返還をおこなわねばならぬところまで、沖縄の民衆の能動的な動きによって追いつめられていた。沖縄の「施政権」返還なしには、アジア政策の続行がむずかしい、という見とおしがアメリカのものとなった。だからといって、かれらの見とおしの「施政権」返還以後の沖縄の眺めがまるっきり明るいというのではなかっただろう。いったん堰を切った能動的な民衆の運動は、単なる「施政権」返還の域にとどまらぬであろうと、アメリカの、よく見とおす者の眼には見えていたはずであるからだ。

ところが、日本の保守政権は、沖縄の民衆の能動的な意志表示の力の絶対量をとりこんだが、その方向づけは、受け身でアメリカのアジア政策によりそってゆく大きい流れのうちへであった。アメリカのニクソン・ドクトリンの実現者たちが、いかにその逆転を歓迎したかは、あのすみやかなアメリカ上院の審議ぶりを想起するだけで充分にあかしだてることができるだろう。そして日本では沖縄選出の議員の質問に、いかなるまともな答弁もせぬまま「強行採決」へとなだれこんでゆくほかには、沖縄返還協定の国会通過は不可能だったのである。

しかし日本人は永年の、受け身でおし流されれば経済的繁栄は保障されるという、じつはお先真暗の短い目さきの判断にたって、この「強行採決」についてもながくは思いわずらわなかったように思われる。「施政権」返還の日、受け身のおんたいは、日本国バンザイと叫び、つづいて天皇陛下バンザイ、と叫んだ。この二度の「強行採決」の首謀者が、沖縄バンザイと叫ばなかったのは、まだしもいくらかは恥を知っていたということであろう。しかし、日本国バンザイ、天皇陛下バンザイとは、いかにも天皇陛下のおんために領土を日本国へと取りかえしましたという、およそ戦後的な構想の、根柢からの否定のバンザイではないか。それは「強行採決」後のバンザイの異様さ陋劣さの内容をそのまま絵ときするものである。アメリカのアジア政策に眼かくししたまま、受け身でつきしたがって目さきの漁夫の利を獲る。その目さきの益のかわりに永い展望でアジアにおける日本の全体性にむけての能動的な構想を自己破壊し、朝鮮、沖縄におけるそれを踏み崩す。その回復不可能の破壊の雄叫びが、天皇陛下のおんために領土を日本国へと取りかえしました、日本国バンザイ、天皇陛下バンザイ、である。沖縄戦において天皇陛下の兵士に蹂躙された、沖縄の民衆のたれが、あの時この雄叫びに唱和しえたろうか？　それは黙ったまま忍耐することすら苦しかっただろう。

　考えてみれば「施政権」返還とは、日本の保守政権にとってみれば、天皇陛下のおんために領土を日本国へと取りかえしました、バンザイ、と叫ぶための必要充分条件であった。沖縄現地の民衆の現実生活において「施政権」返還とはどのような条件をもたらしたか。ドル交換のもたらしたもの、物価騰貴、自衛隊配備のひきおこす圧制的ひずみ、それらはまことに枚挙のいとまがない。象徴的な事件のみをあげるならば、「施政権」返還後、一週間のうちに嘉手納基地に飛来したＢ52戦略爆撃機の三機は、非公開のものもふくめてアメリカ上院で審議された、「施政権」返還後の沖縄の基地機能についての、アジア政策の実行者たちの約束を、ただちに現実にはたしてみせるデモンストレーションだったと、僕は信じぬわけにゆかない。デモンストレーションは、アメリカの鷹派を満足させるためだけにおこなわれたろうか。それはアジアの、アメリカのアジア政策にまつろわぬ国ぐにを威嚇するためにこそ、模様がえした沖縄の基地の「実力」を誇示するデモンストレーションであった。

　沖縄の民衆の個人のがわから、やはり「施政権」返還後の、その日常生活の基本感覚をあらわす事件をもうひとつだけあげよう。かれは犯罪者でなく、その名が活字にされねばならぬいわれはないと思われるが、本土の新聞は、ある日、ひとりの隠遁生活をしていた沖縄出身の青年について報道した。かれは本土に就職したが適応することができなくて、神奈川の小丘陵のふもとに見つけだした洞穴に住みついていたのだが、近辺の畑を耕やす農夫に捕獲された。われわれは「皇軍」が侵略したアジアの島にとりのこされて洞穴生活をつづけ、国民的英雄として「天皇陛下に銃をおかえしする」ために帰った、あの軍曹とこの青年とを照らしあわせて、そこにあらわれる複雑な影に思いをひそめねばならぬだろう。かさねていうが日本人を嫌悪しかつ惧れおびえて、沖縄の一青年が、本土日本という異郷で穴ぼこに隠れ住んだのは「施政権」返還以後のことである。

　しかし沖縄の民衆のアメリカ軍政下に、能動的に構想され、現実化されてきていた、新しい沖縄、新しいアジアの全体性をもったイメージを、日本の受け身のアメリカ追随のうちにとりこみ、力の絶対量を利用して、その方向づけは埋没させた「施政権」返還の、破壊したもっとも根柢的な回復不可能のものとは、日本人が、そのような沖縄の民衆の構想にみずから参加して、沖縄、日本、アジアの未来について新しくその全体を構想してゆく、という重要なきっかけそのものではなかったであろうか？　沖縄における反・アメリカ軍基地の能動的な構想に参加する時、日本人は根本から、アメリカのアジア政策に受け身でおし流されてゆく、お先真暗の安佚から、自立してみずからを見なおさざるをえないはずであった。明日の沖縄をどう能動的につくるか、という構想に参加すれば、明日の日本をどう全体的に構想するか、と能動的に考えはじめぬわけにはゆかないはずであった。それは全体としてのアジアの新しい展望へとみずからを押し出すことでなくてなんであっただろう？　その時はじめて、沖縄、朝鮮、中国、そして広くアジア全域に日本が強いた犠牲を、未来にむけて能動的に償うための、国家としてのモラリティーの感覚もはじめてきずきあげられるはずであった。

　ところがわが国の保守政権は、「強行採決」を日韓条約のそれにかさねて、アメリカのアジア政策に受け身で流されるようにつらなり、日本国バンザイ、天皇陛下バンザイが叫ばれたのである。受け身で、お先真暗でも眼をつぶっていれば同じこと、消費生活の繁栄はつづく、と勘《か》で信じている日本人選挙民の過半数が、なおこの保守政権を支持しているのである。かれらの、ということは朝鮮から、また沖縄から見れば、ほかならぬ僕自身の、ということなのだが、その日本人の勘信仰に、いまやもうひとつの内容が加わっている。すなわち、受け身でじっと流されるにまかせていれば、日中国交回復すらも、解決しはじめたではないかと、それもほかならぬ、保守政権によっておこなわれているではないかと……

　確かに保守政権の担当者は北京にむけて出発する。かれがあらためて日本に帰りついておこなうであろうバンザイの叫びが、異様かつ陋劣でないことを祈るほかにはないが、僕はいまおこなわれつつある中国への接近が、日本の保守政権にとって、二重にも三重にも受け身のものであるのから眼をそらすことはできないのである。日本の保守政権はなお受け身でアメリカのアジア政策の流れのうちにある。ニクソン・田中会談後のゼスチュア程度で、どうしてそれが大転換できよう。また、中国の日本への態度は、中国の能動性に立つかぎりおどろくほど一貫して科学的であったことが、いまからふりかえる者の眼にあきらかに見える。そこへ受け身の財界が、保守政権担当者が、すりよって行く。財界代表団についていえば、僕はかれらの胸裡に、いま核武装についての思惑が、中国の核武装と日本の核武装とを相対化するようなかたちで、温存されるどころか強化されているものと信じている。絶対にこちらからはじめに使うことのない核兵器という「言葉」は、言葉としてだけならば誰もが発しうるし、その言葉とかさねあわせても兵器が威力をうしなわぬのが、核戦略の現実である。片方で中国に鉄鋼コンビナートを、片方で日本に核兵器を、というような思惑が、北京もうでのあと、財界の担当者の意識のうちに市民権をもつということを考えると、僕のようにペシミスティックな人間には、この日中接近が、やや遠い展望での日中核戦争と、あいかさなった幻影として見えてきさえもするのである。

なにを杞憂をいだくかと嗤う者も、いま北京にむかう保守政権の担当者が、能動的にきずかれた新しい日本、中国、アジアの全体的な未来像を頭にえがいて中国の政治家とあいまみえていると信ずるほど、オプティミストでありえようか？　日中国交回復の政府間交渉の原点には、ポツダム宣言をおかねばならぬ、という竹内好氏の永年の提言すらも、北京におりたつ保守政権の担当者の頭に根をおろしているだろうか？　僕はそれを疑うのである。

僕はそこであらためて、ポツダム宣言とは日本人のひとりである自分にとってなんであるかと考えぬわけにはゆかない。それは僕にとって、さきにのべた本当に戦後的なものを日本人が真につかみとる契機であった。そして根柢において戦後的なものとは、まず核兵器の悲惨の体験を、新しく出なおす国家の実質とすべきだ、ということである。また、朝鮮、中国をはじめとするアジアの国ぐにへ、再び侵略に出ぬことを国家の実質として選びとることであった。そして、天皇制絶対の近代化とはことなった再建の道をあゆむことを、国家の実質に見さだめるということであった。すなわちこの三つの実質のそなわった国家を、能動的にあらためて未来に、その全体性において構想することこそを、僕は、日中国交回復の、すくなくとも民衆的原点におかねばならぬ、と考えるのである。

おそらく北京から戻る保守政権の担当者の発する声には、バンザイ三唱のあと、これで真に「戦後の終り」がおとずれたのだという、得意の一句がふくまれるにちがいない。しかし僕は、もしわれわれが、保守政権による日中国交回復によって、回復不可能なものを破壊してしまう雪崩のような勢いをあえて押しとどめようと、民衆の基盤でつとめるとするならば、それこそ右にあげた真に戦後的なものを新たに掘りおこし、それにほかならぬ自分自身の肉と血をあたえるほかにはないのではないかと考えるのである。

そしてそれは受け身の日本の、アメリカのアジア政策に追随する驀進によって、回復不可能に破壊されたものをあえて回復して、能動的に沖縄、朝鮮、アジアの未来を、全体的に構想しようとする人びとに、真に戦後的なものを未来につなぐ日本・アジアの未来像をきずきあげつつ、つらなろうと試みることであろう。そしてそれこそが中国に対して、根柢において受け身でなくなることでもまたあろう。それがいかに困難であるか、僕のような人間には絶望的に思えるほどのことなのであるが……しかし、なんとしても受け身はよくない。

〔一九七二年〕

言葉によって(講演)

施政権「返還」後一年の沖縄の、まことにむずかしい状況を生きていられる方がたの前で、お話しすることには勇気が必要でありますし、また自分にその資格がないのではないかと深く疑われます。しかし私がこれからお話ししますことは、もともと沖縄を契機にして学んだことであり、そして、沖縄の人びとにむけて語ることで、あらためて自己確認することのできる、そのようなことどもなのです。

今日の集まりは、様ざまな場所でおこなわれる「新しい時代に向って」という軸によって貫かれた講演会のひとつであります。さまざまな分野の専門家達が、それぞれのこれまでの専門の仕事に立ち、今日の状況をにないながら、自分は未来の時代に向ってどう考えるかを、同時代の人々に話すことは、なによりもまず、そのように話す専門家達自身にとって、本質的な意味のあることだと思います。専門家、といいましたが、作家とはおよそ専門家的でない眼と頭をもちつづけることが、ほかならぬ専門の秘密であるような仕事であります。しかし、そのような仕事に携っている者にも、新しい時代に向って考えることはあるのです。それを様ざまな分野の本当の専門家達とともにお話しして自他こもごもの批判を受ける、ということは作家にとって、しばしば経験することのできぬ、ダイナミックな意味のあることなのであります。

私はこの「新しい時代に向って」という企画を『世界』に発表された案内をつうじて、はじめて眼にしました。私は『世界』の執筆者のひとりというよりも、当然にもっと永く、また切実にその読者として多くのことを教わってきました。

「戦後」に育った人間として、あらためて「戦後」を、どのようにとらえなおしつつ生きていくか、ということの指針をあたえてくれるものとして『世界』があったのです。またそのようなものでありつづけているのです。その『世界』に、「新しい時代に向って」の問題提起として、《時あたかも「戦後」の終焉を見、新たな時代への胎動しきりな現在》という問いかけの言葉を見て、私は感慨なきをえませんでした。その実感に立って自分の考え方を述べるのであります。これから申し上げることは、そのような立脚点からの、ひとりの作家の答の試みであります。

すでに申しましたが、作家という職業は奇妙な専門だと思います。私の尊敬する戦後派作家たちのひとりに、椎名麟三という素晴しい作家がいます。最近亡くなられましたが、広く知られているように、この思想的な作家は、本当に小説家らしい小説家でもありました。この椎名麟三氏が、自分の生涯の専門の仕事として作家たることをどのように選んだか？ その契機は、まことに奇妙なものなのであります。椎名氏自身が、それについてこう書いていられます。青年期のはじめに非合法活動、検挙という苦しい経験を、しかも下層労働者としてあじわい、自殺に失敗し、という日々の、ある日のこと、ドストエフスキーの『悪霊』を椎名青年は読んだのです。そして非常に強いショックを受けた、自分の魂がふるえるといった感じがしたと、椎名氏は書いていられます。《その作品の背後から射している光のなかに、私の求めてきた「ほんとうの自由」のたしかな手ごたえを感じた》というのです。《同時に私は》と、椎名氏は作家となることにきめた動機を語っています。《同時に私は、その作品によって文学への目をひらかされたのであります。つまり彼の作品から「この人生はたとえ意味がなくったって、助けてくれと叫ぶことはできるだろう、それが文学なんだ」ということを学んだようであります。当然「おれだって人生に失望して、どう生きていいかわからなくなっているけれど、しかし助けてくれといったって別にかまわないんだな」とそう思ったわけであります。》そう椎名氏はいっています。

すなわち椎名氏がなぜ作家になったかというと、この人生は意味がない、人生には失望してしまった、しかし助けてくれと叫ぶことはできる、それが文学なのだ、自分は文学によって、助けてくれと叫ぶことにしよう、そのように切実に希求することで作家になったというのであります。そしてそれは事実であるにちがいありません。独立した人間が生涯の仕事につこうとして、助けてくれと叫ぶために、その仕事を選ぶ、というような専門分野が、ほかにあるでしょうか？

私は人生に失望している、また自分の生きている世界には意味がないと考えざるを得ない。しかし、このまま死んでしまうわけにもいかない、死ぬことはできぬ。助けてくれ、このような自分のままで、しかもなお生きてゆこうと思うから、助けてくれと叫ぶ。その叫び声をあげることを自分の仕事にかさねて作家になった人びとは、椎名氏ひとりにとどまらない。日本の近代文学にも数かずの例がありますし、むしろ私は、もしかしたらあらゆる作家がそのように考えて、作家の仕事を選んだのではないかと思うことすらあるのです。人生には意味がないように経験に立って思わざるをえない、しかし自分にも助けてくれと叫ぶことはできるのだと、ドストエフスキーにみちびかれてそのように考えて作家の仕事を選ぶ。そういう仕事の選びかたから見ても、作家の職業は奇妙な仕事であります。そしてそのように奇妙であるからこそ、作家の仕事には、独自の意味があるのだといえるのではないかと思うのです。なぜならば、まことに多くの人間がひそかに「助けてくれ」という言葉を、すくなくとも自分自身に向けて叫んでいるのが、この現実世界であろうからであります。

私どもはそうしばしば他人に向って「助けてくれ」といいませんし、また自分の隣の人間から「助けてくれ」という言葉を聞きません。しかもなお、実にさまざまな場所で「助けてくれ」と叫ばざるを得ない瞬間を人間が体験しているのが、現実の、しかも今日の世界ではないでしょうか？　したがってそのような時代のそのような現実世界で、作家が、「助けてくれ」とまともに正面からいってみようと決意し、その決意に立って、人間と世界を根本から考え直そうとする仕事には、それなりの普遍的な意味があるはずだと思うのです。もちろん、作家がそう叫ぶこと自体で、他人を助けうるというのではない。むしろ自分が誰かを助けてやるという発想のできる人間は、すでに作家ではないでしょう。かれは作家になる必要もない。

作家はそのような声に接すればむしろこういう叫び声をあげる人間だと思うのですね、自分もまた助けてくれと。かれの他人の発見のしかたはこうです。あなたは心の奥底で本当に助けてくれと叫んでいる、しかし自分もまた助けてくれと叫ぶような人間なのだと。作家はそういうことによって自分を表現し、他人を表現する。そしてお互いに、ほかならぬ人間であることを証明する。それが文学の仕事、作家の役割であろうと思うのです。もちろん、どのような方向に向けて叫ぶか、どのような切実さで叫ぶかによって、文学はそれぞれに違った作家の顔を持ちます。つねに個人の顔を。しかも、しばしば文学はあるひとりの個人にすぎぬ作家が「助けてくれ」とまことに個人的な叫び声をあげることによって、個人を越えたある時代の、人間全体というものを表現してきたのでありました。

椎名麟三という作家が、本当に「助けてくれ」というところまで赤裸々に、率直に、いかなる欺瞞もなしに自分をさらけ出すことで、そこまで突き詰めてゆくことで、何を発見しようとしたか？　それは本当の自由というものでした。人間の本当の自由とは何かと考えてゆく、そしてそれをかちとろうとする。助けてくれと悲鳴をあげるほど切実な思いにおいて、本当の自由に向ってゆく人間を椎名氏は書かれました。それにかさねるようにして「戦後」を考えると、戦後の日本人の一時代の全体が、本当の自由を探しもとめていたと感じられるのではないでしょうか？

私は作家のそれぞれが、個人の奥底から、「助けてくれ」という声を発しながら、それによって何を発見するか、何を見ようとするかということを、あらゆる作家のそれぞれの自由だと思っています。しかし、あらゆる作家の表現の奥底に、椎名氏がドストエフスキーを読んで啓示されたような、人間の本当の自由というものへの希求がある、それを真にそなえているのが作家なのだと、私がいいましても、それはおおきいあやまちではないと思います。椎名氏の魂は――椎名さんはキリスト教徒でありますから、その魂はうしなわれることはないのでしょうが――私をお叱りになるまいと思います。

作家のひとりとして、私もまた、椎名麟三氏の叫び声とは違った叫び声であれ、確かに助けてくれという内面の叫び声をあげることによって出発したのだったと思います。また、作家の仕事をしながら、現実世界に生きることは、人間としての自分みずからを救助したい、何とか自分の選ぶ生きかたを生きる道を発見したいと考えつづけることであったと思うのです。いうまでもなく、そのように自分の内部に向っている人間が、現実世界に対して実際に有効なことをなしうるということはありませんでした。現に沖縄にしばしば旅行しては、日本人とはなにか、このような日本人ではないところの日本人へと自分をかえることはできないか、ということを考えると私は書きましたが、それも自分自身が、何とかして人間としてのまともな自由を発見したいと、叫び声をあげるようにして考えている、そのあらわれのひとつであった、そしていまもそうでありつづけているというべきであろうと思います。そのような叫び声に立って私の書いたことは、私にとっては動かしがたいものですが、しかし、現実的な有効性はなかったでしょう。現実政治に関して無効であったことの責任はまぬがれません。しかし私はいつもそのようにして考える人間として生きてきました。一般的にいっても、ある状況について私が考えるときはいつも、この状況をひとりの人間が生きている、そこでこの人間は、ひそかにどのような叫び声をあげるだろうと想像することを手掛りにして、その状況を考える、その状況をふくみこむ時代を考えるということを続けてきたのです。それがこの十数年の私の考え方・生き方でしたし、未来に向ってもそのように考えながら、生きてゆくと思います。そしてそれが作家の、仕事中と仕事を離れてとをとわぬ唯一の方法だと、態度だと私は考えるのであります。

私は四国の山村で十歳の夏、戦争の終り、敗戦を経験しました。沖縄戦を経験した同世代者たちとはくらべようもありませんが、ともかくそれを重く深く経験し、それから戦後の進み行きと自分の成長とをまったくそのまま重ね合わせるようにして大学生活にいたり、そのまま作家の仕事にはいって生きてきました。そこで当然のことながら私にとっては、作家としての仕事の主題はすべて、少年時の戦争と、戦後でした。私はその意味で、戦後の子であり、戦後の人間であり、戦後の作家なのです。そこで戦後が終ったいま、新しい時代に向ってどう考えるか、と問われればまことに切実に、自分の文学にとって、また日本文学全体にとって、戦後とはどういう時代だったのかということを、みずから問いかえすことから出発する必要を自覚します。それを通じてしか、自分を新しい時代に向けることもできぬと思うのです。

それでは、作家として、またもっと広く文学に関わりのあるところで生きてきた、生きている人間として、戦後の日本文学とはどのような世界、実質だったか？　それをいま過去に向けて見極め、それを手掛りにして明日を占なおうとすれば、どのような明日を選ぶかを見きわめようとすれば、私にはまったく具体的に、二人の作家が見えてくるのであります。この二典型の名前を並べてあげますと、まず奇妙な感じを受けられるだろうと思います。

ひとりは原民喜ですし、もうひとりは三島由紀夫なのですから。原民喜はつねに孤独に眼をふせているような、痩せて陰気な、人前では話もできないような人間、およそ芝居っ気のない人だったようです。三島由紀夫は、つねに海の内外を問わず、他人を前にするとき、最も情熱を感じるような人間でした。芝居っ気のかたまりであったし、筋肉を盛りあがらせた写真の流布を無邪気に喜んだりした。三島由紀夫の生涯は、その死のドラマを考えにいれなくても、やはり他人に対して自分を大きく顕示するというタイプのものでした。そして私は、このまったく異った資質の二人の作家が、戦後の日本文学を代表していると、二つの異った側面から文学における戦後日本というものを、いわば表現しつくしていると考えるものなのです。それはいま未来に向って私どもが見極めなければならぬ、二つの光、二つの暗黒をそれぞれに代表していると思うのでもあります。

そのように考えはじめると、これも奇妙なことに、この対照的な二人の作家には似通ったところも見えてきます。まずなによりも二人の作家は、ともに四十五歳で自殺したのでした。自殺の形式、実質は全く違います。三島由紀夫の自殺がどのように華やかな演出によってなされたかは、よくご存じのはずです。原民喜の自殺はその逆に、まことにひっそりした、酷たらしいにはちがいないけれど雪が消えるような自殺でした。冬の深夜、友人たちにこまごました遺書を残して、彼は誰も見ていない線路に横たわって自殺したのです。遺体の着ていたオーバー、ハンティング、靴は、浮浪者のもののようだった、という証言があるほど、戦後五年目の世相とはいえ、原民喜は苦しい生活の中に生きて、つつましく死にました。しかし彼が残した散文は実に美しいものであり、その美しさのうちに実に力強いものをひそめているのであります。

私は、死にいたる原民喜と三島由紀夫とをつなぐ、もうひとつの共通点として、原民喜も、三島由紀夫も、人生は無意味だと、この人生には意味がないと思っていたにちがいないことをあげたいと思うのです。かれらはふたりとも人生に根本的に失望していたと思います。それは他人にはうめあわせできるような失望でなかった。しかもなお彼らは、作家らしく、それぞれ独自に助けてくれという叫び声を上げたのでした。全く逆の方向性をもった叫び声を。そしてそれらの逆の方向性をもった叫び声が、それ故に、二つの方角から、われわれの戦後と、それに立つわれわれの、ありうべき二つの未来を照らし出すのです。

まず、原民喜の光とそれのあかしだてる暗黒とを見ましょう。原民喜は敗戦の前の年に夫人に死に別れました。原民喜の生きたような現実的には寂しい人生において、夫人は美しい花がそのそばに咲いているというような存在であったようです。それを考えれば、キリスト者の椎名氏に叱られるようないいかたになりますが、私はもしかしたら神さまというものはあるのかもしれないとさえ思います。しかしこの夫人に先だたれた。

そこで原民喜はこういうふうに考えたのです。よし、自分もまた死ぬことにしよう、しかし一年間だけ生き延びて。なぜ一年間生き延びるかといえば、それは自分の死んだ妻について、花束のような美しい詩集を作るためです。それを作り上げれば、自分も死ぬことにしようと考えたのです。これは静かな決意であるけれども、人生について、現実世界に対して、このようにしたたかな失望が、あまり多くあるはずはないと思います。

ところが、その原民喜が故郷の広島に帰り、妻の遺骨をおさめ、夏の花を墓にたむけるという日々の中で、原爆を被爆したのです。そして全く人生に失望している、現実社会に落胆している原民喜が、原爆を受け、それを生き延びることをつうじて、ある回心を、生きていこうという決意をおこなったのです。いうまでもなく、原爆が自分の上に落ちたから人生に希望を回復した、現実世界が素晴しく見えてきたなどということは、ありえないでしょう。逆に彼は、その人生の無意味さ、この現実世界の不条理をあらためて確認せざるをえない経験をしたのです。しかもなお、原民喜は生きてゆこうという決意をしたのです。そしてまことに生き難い戦後の辛酸をなめながら、五年間を生き延びて重要な仕事をしたのであります。

それは根本的に、原爆というものが人間にとってどのような悲惨であるかということを、伝えるための仕事でした。かれとおなじく原爆を受けた兵隊、水を汲んできてやろうとしてもすぐさま死んでしまうような兵隊と、激しい怒りをわけもつ情景を、かれは書いています。その怒りは、人生の無意味、原爆の代表する現実世界の不条理への怒りでした。その人間的な怒りにもとづく根源的な認識をどうしても伝えたいと考えて、彼は孤独に苦難の五年間を生きたのです。そして彼は非常に美しく、かつむごたらしい作品を残しました。かれが一九四五年夏の広島で認識した主題をつらぬきとおした作品群を。

　しかも原民喜が、その五年間の作家活動によって新しく人生に希望を見出したか、現実世界と和解したかというと、そうではなかったのです。五年経ったあとかれは、自殺してしまったのですから。その生と死の光に照らしだされて、われわれは作家という存在のひとつの典型を見るでしょう。この作家は人生に失望していた、現実世界に意味がないと見きわめていた。しかもその作家が原爆を経験して、それを契機に、人生の無意味、現実世界の不条理をもっとも強く確かめたのです。しかも作家は自分はこれを伝えよう、これを書き残そうと決意するのです。そして彼は書く。かれはなにを書いたのか？　それはまさに「助けてくれ」という根本的な叫び声を、原民喜独自のやり方であげたということではないでしょうか？　そしてそれはすでに、人類そのものとしての人間が、原民喜という一個人に宿って、助けてくれと叫んだことであったと思います。われわれ人間は、生き延びねばならぬ。われわれはこのように大きい悲惨・暗愚・不条理の前にいる。しかもなお生き延びねばならぬのだと、人間が叫び声をあげるようにしていった、それが原民喜の仕事であったと思います。しかも人間の名においてその叫び声をあげたあと、この作家は自殺してしまった。それでどうして私どもが、この人間の叫び声を通じて日本人の戦後を把握しないでいられるか？　未来に向ってこの叫び声を記憶し続けずにいられるか？　私はそのように考えるのであります。

　そこで三島由紀夫はどうだったか？　三島由紀夫も、やはり人生に失望していた、この現実世界は無意味だと考えていたと私は思います。とくに四十歳を過ぎてからの三島由紀夫は人生に失望し、現実世界に意味を見失っていた。かれの才能と演出力が他人の眼からそれをかくしていただけです。いま、まともにかれの作品を読めばそれは明瞭だと思います。

　そして自殺を決意した三島由紀夫は、どうしたか？　かれは一つの構想を抱いたのです。一個人として死ぬ自分の死を、日本人全体の、それも歴史ぐるみの総体の上に虹のようにかけてやろうと、かれは企画したのであったと思います。そしてかれはさまざまな準備工作をおこないました。自殺は本当に美しい行為なのだ、やりかたによっては、人生を一瞬にして詩にかえることだというふうな主張を、作品のなかにおりこみます。死は美しいと一個人が思う権利はあります。ただ、かれが死は美しいと思い込んで自殺する時、われわれ他人は、いや人間の死には醜いところがある、それはやはり生き続けてゆくことで克服することしかできぬのだと考える自由があります。それを考えれば、すなわち他人の視点をみずからみちびきこんで見るとき、自殺についての美しい思いこみはついえさってしまいます。全体としてはそのようにして自殺の側に立たぬというのが、人間の、あるいは人類のありようでしょう。

　ところが三島由紀夫は、その自殺について、他人の視点を全く受け入れない、しかも自分の死後も、その絶対的思い込みを他人に強制する、批判をあらかじめ封じこめる、そういう自殺を企画したのであります。そのためにかれはなにを選んだか？　それが絶対天皇制の思想だった。その幻を背光のように自分がせおって自殺するということでした。そのための工作は最初、三島由紀夫の個人的な思いつきに始まります。とくにかれは、絶対天皇制の思想を美の型式において呈示しました。つづいて美は、絶対天皇制の完璧な道徳というかたちをとりました。自分はその擁護のために死ぬのだと三島由紀夫は主張します。それでもなお、かれの単なる思いつき、思いこみとしか、冷静な論理家ならうけとらぬたぐいのものです。

　ところが、ここが三島由紀夫の構想の独自なところなのですが、かれがその思いこみを主張して、あのような演出の自殺をしてしまった、その結果大方の日本人は、突然ひとつの呪縛にかけられてしまったのです。本当だったのだ、絶対天皇制の美・道徳というものは日本人に個人の死をかけても証明したいほどのものなのだ、それは日本人全体に運命として課されている、それが二千年以上も続いた日本人の精神的基盤なのだ、おれはそれをどうして忘れていたのだろう、などと考えることになったのでした。三島由紀夫は、現憲法下の象徴天皇制をそういう大きい爆発にみちびく起爆剤をかけて自殺したのでした。

　たとえ相手が自殺しても、われわれには一般に、いや違うという権利があるはずでした。いやおなじく日本人だが、自分にとってはそうじゃない、自分は絶対天皇制の美・道徳から自由なんだ、三島由紀夫の思いこみでもってわれわれの生涯を支配されるのは断わるといえるはずでした。仮に絶対天皇制の思想ということを外してみれば明瞭です。三島由紀夫にはかれの美・道徳があり、自分には自分の美・道徳がある、という権利が、あらゆる人間にあります。ところが絶対天皇制の思想というものが、三島由紀夫の背光をなして、日本人にその疑いと拒否の声を禁じたのであります。絶対天皇制とむすびついたことで、三島由紀夫の個人的な思い込みは、日本人みなに忠誠を強制し、それは成果をおさめたのでした。それでもなお私が、いやそうじゃない、三島由紀夫の死は三島個人の死であって、それはそれなりに悼まぬのでないが、自分がそれを日本人全体の運命にかさねて受けいれることはしない、と抗弁しようとします。その時、たちまちお前は天皇制について根本的に疑うのか、絶対天皇制の美・道徳に戦いを挑むのかといって、攻撃してくる他人がいます。

しかも私はその時、不思議な経験をするのです。私はほかならぬ自分の内部に、本当に自分は絶対天皇制的なるものから自由なのか、と疑う声を聞くからなのであります。

本当におまえは日本人として、絶対天皇制の幻を克服して、それから自由に、自立して生きているのかい？と自分の内部のある暗いところから、鋭く囁きかける声があるのであります。すくなくとも私は、絶対天皇制よりほかにそのように根強い、内部の敵、あるいは敵の幻をもたぬように思います。三島由紀夫は、そのわれわれの内部にあるもの、あるいはその幻を、いやそれこそが日本だ、日本人だとデモンストレートしたのです。それにくらべれば「戦後」など、夢のまた夢だと、高らかに叫んだのであります。

そこで「戦後」にたいする、われわれのふたつの態度が明瞭になるでしょう。一つは、われわれの戦後が原爆を経験することから始まったのだとあらためて認識し、そして、それが人類の滅亡をはっきり指し示す契機でもあったことを、未来に向って考えなおす態度です。そのときひとりの作家がクローズ・アップされるでしょう。かれ自身は人生に絶望していたけれども、しかもなお人間は原爆の悲惨を乗り超えて生きなければならぬと、その悲惨を告発する叫び声を発して死んでいった作家の、その叫び声に立って、日本の戦後、日本人の未来を考えるか？　もうひとつは、あの非常に芝居がかった自殺をとげた作家の、君たち日本人はみな絶対天皇制の美・道徳の血から逃れることはできない、という声に屈服する態度です。原爆から出発する？　そんなものは絶対天皇制にくらべれば、相対的なものだ。原爆の前後を、絶対天皇制の美・道徳はつないでいる、いったいなにが戦後だ？　という声にみちびかれて、敗戦と戦後の経験をなしくずしに帳消しにする態度であります。

　そこで私はどちらの側に立つか？　私は原民喜の側に立ちつづけたいと思うものです。

　そして私は三島由紀夫の残していった亡霊と戦いたいと思うものなのであります。その絶対天皇制の美・道徳という「幻」が、日本文化の根柢に、未来に向けてあらためて居すわることに抵抗したいと思うのであります。ところが、それはすでにのべたように、内部の敵とも戦わねばならぬ、疑わしい戦いなのです。そこで確実な戦いの手がかりをつかみとろうとして、私は自分なりの努力をおこなってきました。そしていま私は、その手掛りがあの人たちにはすでに把握されているのじゃないか、あの人たちが絶対天皇制の「幻」についてどう感じ、どう考えるか、それを見ることによって、私自身の日本人としての根本的なありようの暗い奥底まで光をあたえて考えることができるのではないかと考える、そのような人びとがあるのです。それがほかならぬ、沖縄の新しい世代、沖縄の戦後世代なのです。

沖縄の戦後世代とは、私にとってどのような人たちだったか？　現にどのような人たちでありつづけているか？　かれらはしばしばこのように自己主張する人びとでした。「自分たちは本土の日本人とは違うのだ、ヤマトンチューとは違うのだ」と、自分たちは琉球人だ、沖縄人だ、という人びとでした。かれらは「異族」と自己規定しました。

　かれらは琉球弧ということを考える人びとでもありました。日本列島を中心においてではなく、そこから独立した沖縄をとらえる。また南島を思想の中心に据えるということをかれらはおこないました。それをつうじてなにを主張しようとしたかといえば、それは、日本人よ、われわれは君たちと違う人間だ、君たち日本人との同質化を拒否する、ということだったと思います。それは施政権「返還」を契機としての、日本的なものへの全面的な囲いこみに、根柢から抵抗する意志に立っていました。私は自分を、その同質化を拒否する声にさらすことによって、自分の、日本人としての思いこみ、日本的に閉鎖されている思いこみから自由になることをめざして、それらの人びとの声に注目してきたのでした。いまおこなおうとしていることもその連続に立っての作業なのであります。

　しかし私はそのようにつとめながら、むしろそれゆえにこそ、次のような問題点を見ています。すなわち、これらの若い沖縄の知識人たちが、自分たちは異族だと呈示する時、そうしなければならぬ状況と、その拒否の意思は、じつに明瞭にわれわれに見えたのであるけれども、そして、それだけでまことに重要なことなのであるけれども、しかしかれらは具体的に自分たちが日本人に対してどのように異族であるか、ということをあきらかにすることは不充分だったのではないか？　それを科学的に、また歴史に立って呈示することにおいて充分ではなかったのではないか？

そこで私は、沖縄の新世代による、この課題の今後の展開を待っています。そして私自身の側からも、すなわち沖縄の人びとからお前たちとは違う、と拒まれる側の人間として、この課題を手探りしなければならぬと思うのでもあります。

そこで私は日本人の作家として、自分にそのどういう手探りの仕方があるかということを考えてみることになります。いうまでもなく沖縄について私が多くのことを知っているわけではありません。しかも私が知っていることは、すべて沖縄の学者たちに教わってそれを知っているにすぎません。それも私の仕事の性質上、それは言葉を通じて、言葉の世界の課題として学んだことであります。特に私は、外間守善氏の著作から多くのことを学んだと思います。外間守善氏の学問を、門外漢の私が誤解しているところもあるかと思います。そこで私自身のなかに、外間守善氏の思想がどのように反映しているか、ということから話をすすめたいと思うのであります。

外間守善氏は、『おもろにみる沖縄の原思想』で次のようなことを指摘していらっしゃいます。『おもろさうし』の沖縄の創世神話が、アマミキヨという祖先神の上位に、国王の祖先である日神を位させた構造は、いつ作られたものか？　それをまず、外間氏は、『おもろさうし』のなかでの、この創世神話をうたう「おもろ」、すなわち日本思想大系版で五一二番の「おもろ」の位置づけをつうじて確定されるのです。私など素人にも、それが外間氏の研究の優れた特質のひとつかと思われるのですが、それを「おもろ」の言葉を通じて、具体的に推定されるのであります。この「おもろ」は、琉球王国成立後の、それも尚真王時代(一四七七—一五二六)であろう、とされるのです。この「おもろ」は、尚真の時代、ニルヤ・カナヤ（海の彼方の楽土）の神がみを想定する世界観の上に重ねて、オボツ・カグラ（天上）の神がみが出現する世界観が強調されてきた時代につくられたものだとされるのであります。

すなわち、沖縄における太陽神崇拝と王権の成立および強化ということが、この「おもろ」をつうじて、尚真の時代そのものにおいて表現されていることを、はっきり呈示されるのです。それがまず、われわれに、日本の創世神話そのものをかえりみる光をあたえます。われわれは太陽神崇拝と天皇家の権威についての神話を持っている。それがどのような時代に作られたかを確定することなど、誰にもできぬ、そのような遙か昔に起源をおいてそのようなものがある。そしてそれは現在に生き、未来にむけても生きつづけようとしている。その日本の創世神話と沖縄の創世神話とをかさねあわして見るとき、どのようなちがいがあらわれるのか？

それは、沖縄に、日神崇拝、国王の日子思想というものが確立されて、地上の権力である国王と天上とをむすぶ垂直構造ができあがりながら、しかもそれは、より古い型の信仰である、ニライ・カナイの神がみを拒否しなかった、という一点にあるであろうと思います。外間氏によれば、ニライ・カナイという水平軸の向うにある所から、海の向うからやってくるセヂ（霊力）は、天上から降りてくるセヂより有力だとする考え方も、なお「残照」していたというのです。

その「残照」をあらためて日本の絶対天皇制的なるものの垂直構造にあててみれば、そこには新しい意味がくっきりと見えてくるように思うのです。われわれの絶対天皇制的な世界観には、それに矛盾せずに入ってくる、あるいは、それよりも強くありさえする水平構造は共存しません。

その決して横からの構造の浸透を許さぬ、いわば他者の視点の導入を許さぬ、相対的な視点を受けつけぬ、絶対的な、閉された世界観が、天皇制文化全体のかたちだったのであります。天皇制体系に、それより強力なセヂをおくってくる横の軸の、水平線上のニライ・カナイなどはなかった。横の方向、海の向うの国？　それは侵略し征服する対象でしかありませんでした。

　そのような世界観の、それこそなまなましい「残照」のなかにいる日本人に、沖縄の世界観の多様性の指摘が、いかに批評的なことか？　われわれは、それを契機に、本当に絶対天皇制の垂直構造のみよりほかに日本人の精神の構造はありえなかったのか、歴史においてそうだとして、いま根源的にそれを相対化する横からの視点を導入するにはどうすればいいか、ということを考えはじめぬわけにはゆかない。沖縄がその契機をわれわれにつきつけずにはおかないと、私は考えるのであります。

　外間守善氏の『おもろさうし』を軸にしての沖縄的なるものへの深い考察から、もうひとつの契機をとりあげるならば、またこういうこともあります。外間氏は、民間伝承の「うむい」との比較に立って、「おもろ」の詩形には、意識の構造化を伴う反復性が獲得されているとのべられています。歌う言葉の反復によって、それを歌う、しかも複数の人間の意識が構造化されていくということを、実際の「おもろ」にそくして指摘されているのであります。その指摘にみちびかれつつ、あらためて「おもろ」を読むと、実際にそれを歌っている沖縄の「おもろ」時代の民衆像が、くっきりと想像力のなかに起きあがってくるような経験をいたします。

　そしてそれをわれわれの記紀歌謡、『万葉集』に対比してみる時、なにが見えてくるだろうか？　それは端的に日本人の上代の歌謡には、それを歌うことによる、意識の構造化はおこなわれない、ということであるように思います。そこでわれわれの想像力に起きあがってくる上代の日本人像は、多様性に欠けた、単一構造の、およそその存在を相対化する他者を受けいれて、自分自身とお互いの意識を構造化していくというようなことには不得手な、民衆像であります。それをわれわれはあらためて鋭く認識しなければなるまいと思います。われわれが日本の創世神話につらなる絶対天皇制的なるものを克服してしまっているとすれば、すでに問題はありません。しかし、われわれの子供たちの教育は、まさにこの創世神話につらなる単一構造の古典を根本的に疑ってみることはない方向で行なわれているのであります。それを考えれば沖縄の古典の言葉と、日本本土の古典の言葉を突き合わせてみることはおよそ緊急の課題ですらあると思われるのです。

さて私は、おもに外間守善氏の著作にみちびかれて、自分の考える「異族」としての沖縄の文化的伝統についてのべてきました。ところが、このような文化的伝統に立つ沖縄の人びとが、しかもなお、太平洋戦争を頂点に、日本の絶対天皇制の単一構造にむけて没入してしまったのでありました。その経験の歴史的全体を、大田昌秀氏がくりかえし掘りおこされています。私は大田氏にみちびかれてその課題を考えるのでありますけれども、沖縄の若い人びとが特にそれについて考えつづけられる必要があると信じています。

すなわち、自分たちは絶対天皇制の「残照」のなかの日本人とは「異族」だとはっきり認識している若い人びとに、しかもなお自分たちの父や兄が、おなじ基盤に立ちながら、どのようにして絶対天皇制の単一構造に没入して、悲惨な戦いをひきうけさせられることになったのか？　もちろん強大な権力の強制によって没入させられたということはあります。琉球処分に始まって、やむをえず没入させられてゆく近代化の歴史があった。それを認めた上で、私はしかもそれへの没入をあえて主体的に選んだ若い人びとの存在のことを考える必要があると思うのであります。それをあらためて意識化して考える作業をつうじて沖縄の若い人びとに自分自身が、日本人の絶対天皇制的なるものの「残照」、あるいはそれそのものに対して相対的な視点を新たに確認していただかねばならぬ。その沖縄の視点の光に照らされるようにすれば、本土日本人の私どもは、絶対天皇制的なるものについて多様な見方をする具体的な手がかりを、ひとつはっきりかちえることができるだろう、と私は考えるのであります。

沖縄に、もともとは日神から国王への垂直構造によっておしつぶされぬ、横の構造があり、それは国王の権力の強化の後も生きていた。そこへ日本の絶対天皇制の影がさしこんできても、端的な抵抗の地盤がそこにあるはずであった。しかし沖縄戦の強制された悲惨の裏側に、沖縄の人びとが、あえて絶対天皇制的なるものへみずから没入するということもあって、それは悲惨をなお拡大しすらした。われわれ戦後の日本人の多くが、絶対天皇制の幻は消えたとタカをくくっている。しかしそこにあらためて絶対天皇制的なるものの巻きかえしが現われてくる時、われわれは抵抗の足がかりを本当にもっているのか？　三島由紀夫の自殺が日本人にあたえた動揺を思いだせば、われわれはタカをくくっていられるだろうか？　それを考えるために沖縄における絶対天皇制的なるものの具体的な歴史を考えることほど、有効な、はっきりした手がかりがあろうかと、私は思うものなのであります。

沖縄の若い人びとにこうしたことを望む、というようなことを申してきましたが、もちろん、沖縄の若い知識人たちが、自分たちは異族だ、日本人よ、君たちとは違うのだ、とだけいって、自分の内部に閉じこもりその思想を、いわば実存として深化させる権利はあります。しかし私はそれをなお生産的にする、社会化することをもまた希望したい心を持つのです。そしてそのためには、たとえば『おもろさうし』の具体的な手がかりによって、日本人に対する「異族」たる自分の全体を、拒否の心をもふくめて、人間的な全体において意識化しなおしていく努力が、有効であろうと思うのであります。

　もちろん、こういうふうにいいながら、私は端的な批判の声を予期しています。そのもっとも直接的な声はこうでしょう、『おもろさうし』？　そんなものは言葉にすぎないじゃないか、言葉などはどうでもいいのだ、と。それはとくに「異族」の自覚を強くそなえた若い知識人に多い態度であるだろうと思います。そのとおりです。しかもなお、私は作家が何かについて専門家であるとすれば、それは言葉についての専門家なのだと、あらためていいたいのであります。そして、私は自分にとって、言葉というものはもっとも重要なものなのだ、自分は言葉こそを手がかりの中心において生きてゆくことを選んだ人間なのだということを、あきらかにしなければなりません。

　作家は言葉によって人間をとらえようとします。人間という言葉を、なお三つにわけて考えましょう。ひとりの人間の存在、その行動、その想像力という三つの点にわけて。そのときに言葉とは、これら三つを、ある人間の存在と行動と想像力の三つを、一挙に照らし出す力を持つことが明瞭になるはずです。ひとつの言葉を発することによって、もしそれが本当に選びぬかれた言葉であれば、われわれは自分の存在と行動と想像力をひとまとめに表現することができるのです。

作家は、まさにそのような言葉こそを求めている。そのような言葉によって、自分のつくりだした小説の人間の存在と行動と想像力そのものを現実化することを願って、言葉の仕事をしているのであります。もちろん作家の言葉も、個人的なものです。むしろ作家は自分という個人の中に深くもぐりこむことによって始めて言葉を探しだしえます。しかも作家はその個人的な言葉が一個の人間の存在と行動と想像力をよく表現しえるとすれば、それはまた、かれの生きる時代の全体をも表現しうるかもしれないという野望、あるいは夢想をいだいて小説を書きつづけているのであります。

　ある言葉が、その人間の存在と行動と想像力を十全に表現しえた時、その言葉は、あたかも一個の人間の肉体そのもののような重みを持ちます。たとえばわれわれが自分の、そこに居ない友人について、かれのことを知らぬ他人に向って、どのようにしてかれを実在させることができるか？　言葉によってしかありません。かれはこのような言葉を語ったと、あるいは自分がかれのために作りだす言葉はこのようなものだといって、われわれは始めて、そこに居ない友人を他人に向けて実在させることができるのであります。

　もちろん、個人の言葉が時代を予言すると考えることは危険な話です。ただ、個人によって発せられた言葉でありながら、しかもその時代全体を表現する言葉が、歴史をふりかえってみれば、しばしば見出されるのです。これらの言葉は確かにあれらの時代の人びととその時代そのものを、またすべての時代をこえてその民族の文化そのものを表現していると感じさせる力を、ひそめている言葉に出会います。

　たとえば『おもろさうし』から発掘してきて、外間守善氏がよく使われる言葉に「うりずん」があります。外間氏は「うりずん」という言葉を、まことにくっきりと蘇らせられました。ものみなが枯れて乾いている冬の季節の終りをつげて黒土がもりあがってくる。その新しい季節の到来を表わす言葉として、「うりずん」がある、と外間氏はいわれ、自分にとって沖縄戦というまことに激しい冬の季節の後、沖縄の若い人たちが反戦、平和の思想を抱くのは、それこそ「うりずん」の思想なのだといわれるのです。そのようにして「うりずん」という「おもろ」の時代の言葉を今日に蘇らせて、一挙に沖縄の人間の歴史をつらぬく存在を照らしだされているのであります。

　私どもは自分の言葉を、そのように民俗の古典のなかから掘りおこすことができます。自分の個人の内部の暗がりから手さぐりして言葉をみちびき出しもします。われわれはそのようにして自分を歴史のうちに位置づけ、この現実世界に実現するのであります。それが言葉による表現です。言葉による表現といっても、作家の仕事のみに限定されるのではありません。このように考えてみてください。自分にとって重要な存在だった人間が死んでしまった。その後、現実のさまざまな時点において、あの人間ならばこの状況に対してどういうだろうか、どういう言葉を発するだろうか、と考えてみざるをえなかった経験を思いおこしていただきたいのであります。

　そのようにして、本当にその死んだ人間のものというべき言葉を、われわれが発見することができたとき、あの人間だったらこういったに違いないという言葉を発見しえたとき、われわれはこのように感じると思います。この言葉だと、あの人だったらこういったにちがいない、あの人が生きていればこの言葉しかなかったと。そのときわれわれは、ほかならぬかれの実在を感じとります。死んだ人間が蘇ってさえくるのを感じます。現に眼の前の状況のうちに彼の存在と、行動と、想像力が生き生きとかかわって蘇ります。

　われわれはその言葉の発見によって、その死者がいうであろう言葉の発見によって、その死者を、現実世界に向けてはっきり表現することができたのであります。それはまた、自分ひとりのうちに閉じた言葉によって生きているわれわれが、あの人ならばというかたちで、本当の他者を導入することができたということでもあるでしょう。

　私にとって死んでしまった重要な存在に、古堅宗憲という沖縄出身の活動家がいました。多くの人に愛された人間でありますから、ここにもかれのことをよく覚えていられる方があると思います。古堅さんは、あしかけ五年前に三十八歳で亡くなりました。私はいまその年齢になります。そしていま自分がどう生きてきたかということを考える、すなわち私自身の戦後を考える時、まことに切実に古堅さんのことが思い出されます。彼は沖縄戦を少年兵として経験し、若い教師であった後、戦後ずっと沖縄返還のために働いた人間であります。その運動のひとつの極点において、過労のつみかさなりのあと、その活動の拠点のひとつであった日本青年館の火災で亡くなりました。

　古堅さんのみちびきで、沖縄の初の主席公選の運動にやってきたことを思いだしつつ、私はあらためていま沖縄にあって、心が晴れやかであるということはできません。沖縄の施政権「返還」以後の、現実のさまざまな矛盾、困難は予見されたものも含めて、より暗くより重く、繰りかえし旅行者にすぎぬ私にも伝わってきます。その多くが、本土日本の国家と人間のエゴイズムに由来するものである以上、本土から来た人間として、また現実的に有効性のあることをなしえなかった知識人のひとりとして、顔をまっすぐあげて歩くことはできないという気持があります。しかもなお私は沖縄の現実を見、沖縄の人びとと話す勇気を、自分にふるいおこすために、こういうことを考えるのであります。古堅さんだったらどのように見、どのようにいうだろうか、と。あの古堅さんは沖縄の施政権返還のために生涯ずっと働いた人間であった。その運動のさなかに、闘いに倒れるように死んだ人間であった。その古堅さんがおし進めた運動の中には、現に、「異族」として日本および日本人を拒否する若い人びとによって批判されるほかにない側面もふくまれていたのです。むしろ私はその批判されるべき側面こそを、古堅さんにみちびかれて、わずかながら一緒に担おうとしたのでした。そしてその責任をとりつづけるほかにない人間として、私はあえて、古堅さんならどう考えるだろうか、と自分に問うのであります。それを繰りかえすたびに私は、古堅さんはこのような暗い状況を決して予見しなかったとはいえぬだろう、と思うにいたっているのであります。施政権「返還」以後に暗い嵐がやってくることを、もしかしたら誰よりも周到に見きわめながら、しかも、そこに向って歴史の道を彼は進んだのであったろうという気持が、しだいに濃く深くしてくるのであります。もしかれが生きていれば、かれはその嵐を乗り超えて、すなわち現在の悪しき状況を乗り超えて、なお前に進もうとしただろう。その過程について全面的に楽観することがありえぬのは当然にしても、全面的に絶望してしまうということもない、地道な現実家の進み方を、まことに古堅さんらしい進み方をしたであろうと、しだいに強く信じられてくるのであります。そして、そのような古堅さんならば、ここでどういうだろうかと、私はその言葉を探す心において、いま沖縄にいるのであります。

　いまここから私が皆さんに、古堅さんならこう言っただろうという言葉を呈しうるというのではありません。しかし私は、古堅さんならこういうだろうという言葉を、いま考えつづけていますように、将来もずっと考えてゆくつもりであります。そして沖縄の若い人びとにも、古堅宗憲ならこの状況を見てどういったかということを考え、古堅宗憲の言葉を発見しようとしながら、沖縄の日々の状況を見つめ直す、ということをしていただきたいとねがうのであります。そして、それはもちろんきれいごとではすまぬことになるのを覚悟しながらいいますけれども、あわせてあの本土からきた作家も、古堅さんならこの状況を見てどういう言葉を発しただろうか、と考えながら沖縄に滞在し、またそのように考えながら東京で生きているといったと、そのことをもまた思い出していただきたいとねがうのであります。ひとりの日本人の作家である私が、自分自身、古堅さんならこういっただろうという言葉を探しながら状況を見つめている。そして沖縄の若い人びとが、やはり古堅さんならばこう考えただろうと思う、自分の言葉を発見するとき、おのおのの言葉は、互いに光を投げかけあって、それぞれに沖縄と日本の状況の全体を照らし出すであろうと思うからです。沖縄の人間と本土日本の人間の全体が、ひいては戦後すべてと未来のありようとが、くっきり照らし出されるであろうと思うからであります。ほかならぬ死んだ古堅さんが発するであろうと、私が、あなたがたが、自分のすべてをかけて想像する言葉によって、その言葉の光によって。

〔一九七三年〕

力としての想像力（講演）

私は、この「新しい時代に向って」という軸につらぬかれた講演会を、「戦後」に育った人間として、あらためて「戦後」をどのようにとらえなおしつつ、新しい時代に向って、未来に向って生きてゆくのかと、ひとりの作家の声で語ること、そのような仕事だと考えています。

そこで私はまず施政権「返還」後一年の沖縄で、「言葉によって」という主題にそくしてお話ししました。作家にとって、その本質的な存在とは、言葉によって支えられているのであり、そして想像力によってふくらませられるものです。私がいま「力としての想像力」という主題をおきますのは、そのような意味あいからにほかなりません。私は想像力という言葉を、ここでフランス語の imagination という言葉の訳語として考えています。いうまでもなく、この言葉そのもののなかに「力」の概念はあるのです。試みに、『グラン・ラルース』から、imagination の説明をひいてみましょう。そこには三項目にわたる意味の説明があります。第三番の説明は、人間がいだく誤った思いこみとしての imagination ということですから一応除外するとして、第一は、様ざまなイメージを喚起するところの、精神 esprit の能力 faculté ということですし、第二は、ものを考えたり、むすびつけたり、創造したりする能力ということです。すなわち、ともに imagination とは、人間のある能力をあらわしている。この言葉が、日本語に訳されるにあたって「力」という語をそなえているのは、想像力と訳されているのは、妥当であろうと思います。

　しかし私が今日お話ししようとしている主題の「力としての想像力」という場合、私はこの想像力という言葉自身の中に含まれている、力の概念を強調するためにこのように申しているのではないのであります。私は、すでに内的にそういう力の意味あいを備えているところの imagination、想像力という人間の能力が、あらためて現実世界においてどういう役割を果たすか、という点においてとらえなおしたいと思うのです。現実世界の中でわれわれが生きてゆく。そのための、具体的に頼りになる力として想像力をあらためて考えたい。たとえば人間の肉体の腕力とか脚力などに対して同平面に置くようにして考えて、想像力という、やはり人間の力は具体的にどういう力なのか、実際にどういう役割を果たすのかということを考えたいのです。それは当然に現実世界を変革してゆくための力として、想像力がどういう役割を果たすかということを、考えたいということでもあろうかと思います。

　もちろん私は革命の言葉で語るのでない、文学の仕事をしている一作家であります。そこで、自分のやっている文学が、誰の眼にもあきらかにもともと想像力の仕事である以上、文学の中でくり広げている想像力というものが、右にあげたような現実世界における力としての想像力の観点から、いったいどういうものであるのか、両者はどうかかわっているかということを、中心にお話しするようになるかと思います。おもに私の問題の設定は文学に重点をおいています。まず文学の側から、力としての想像力の実体を考えてゆきたい。そして、そのように問題を立て、それを解くことをすすめながら、文学の外の現実世界において、想像力一般とはどういう実際の力なのかということをあきらかにするところに、進み出てゆきたいと願っております。まず、ひとりの作家としてなぜそのようなことを望むかということから始めましょう。

　まず第一に、私は文学を自分の生涯の仕事としてやっていますけれども、いわゆる文学の中にだけ閉じこもっている作家、あるいは文学の中だけに閉じこもっている文学そのもの、いわば閉じた文学とでもいうべきものに満足できぬからであります。あらゆる文学が、表面的にも現実的なものとかかわっていなければならぬ、などとはいいません。現実世界から全く縁のないところに成立したように見える文学はしばしばあります。しかし、そのような文学の中に、じつは深いところで現実世界に向って開いてゆく力がひそめられているのです。その狭く文学内部だけに閉じこもっているように見える文学が、実はそれを読む人間に、現実世界において生きる力を与える、かれを鼓舞するということがあるという事実は、むしろ経験的に明瞭でしょう。したがってこの際私が非難するたぐいの文学とは、絶対に現実世界との関係を断ったところで作品を成立させたいと願っている作家の、しかもその作品が、結果としてどうしても現実世界に向って開いていく要素をはらんでいない、そのような文学にとどまります。私はそのようなものを文学として、根本的に疑わしいと考えています。

　第二には、問題を裏側からとらえることになりますが、深く想像力にかかわっている文学を、ほとんどその文学そのものを押しつぶすようなやり方で、またその文学において生きている想像力を殺害するような方法で、外部に短絡する、現実世界に無理やりくっつけてしまう、というやり方に私が反対だからであります。そのような態度に立って、文学を、その文学としての生命をそこなうことなく、想像力の機能という最も妥当な経路を通じて、現実世界に向ってはっきり開いてゆきたいと、そのように考えるのが、私の出発点なのであります。

文学を過大視することはもちろんばかげています。文学は文学にすぎません。それは確かなことです。しかし文学もまた人間の事業として、ほかの分野の人間の事業と同じように、それ独自の、それ専門の価値を備えている。それはやはり尊重されねばならぬ。文学の独立した意味合いをそこなうことなしに、現実世界のひとつの仕事として尊重されねばならぬ、と私は考えております。

それでは文学は、どのように独自の、どのように専門の仕事なのか。それはまず言葉による仕事として独自なのであり、すなわち言葉による専門の仕事と呼ぶべきであろうと思います。すでに那覇でお話しした文脈の中で、私は作家とは言葉の専門家なのだ、と申しました。それに対して、秀れた分子生物学者から、あれは言葉の専門家というよりも、言葉の技術者といったほうがいいのではないか、と教示されました。私もそうだと思います。作家は、文学を通じて言葉の技術者であろうとする人間であると思います。そしてまた文学とは想像力の仕事なのであって、作家は想像力の技術者というべきであろうと思うのです。そのような人間として、そこで私は、具体的な文学を通じて考えてゆきたいわけなのですが、実例としてはまず日本の古典をひこうと思います。すなわち井原西鶴の『好色五人女』を岩波文庫版の解説、注釈にみちびかれつつ、自分の、ひとりの作家としての読み方にそくして例にひきたいのです。つまり私は『好色五人女』という短篇小説集がどのように想像力的に優れているか、どのような想像力的特質をあらわしているかということを検討することを望むのであります。文学史的なおさらいをする必要はないかもしれませんが、この『好色五人女』は貞享三年、一六八六年に出版されました。すでに徳川幕府が開かれた年から八十数年たつ社会の産物でした。この八十年のうちに江戸幕府中心の封建体制は確立されています。幕府の体制のもと、あらゆる階級はまるごと束縛されているが、とくに町人階級はその体制の中で成熟をとげていた。経済的な実力がつき、文化的な実質も充実しています。そこで激しい封建体制的な締めつけの力に対して、その圧力のもとで、しかもなお経済的および文化的な実力を持っている町人階級が生きてゆく力の、その相関関係が興味をひきますが、私はそれをもっとも明瞭に描きあげている短篇集が『好色五人女』だと思うのであります。

作家として技術的に申しますと、とくにこの『好色五人女』でおもしろいのは、その方法的な特質です。それは、常に二部構造をなしている。一篇一篇が、すべての作品において、まず自由奔放な第一段階の展開があり、つづいて悲劇的な第二段階がある、という形式になっていることに私は注目しているのであります。

私の理解するところでは、それらの第一段階は、この時代の町人階級が封建体制の枠内で生きながら、いかに広く自分の自由を拡大できるか、精一ぱい自由に生きるとすれば、どの程度までその枠をおしひろげられるかということを具体的に示している。封建体制のもとで現実生活を生きる人間が、実際的な想像力を十全に解放するまで生きるならば、どれだけ自由であるかということが、まず第一段階で描かれているのです。

そして第二段階では、その枠の限界にとどまりえない人間がついに封建体制の締めつけに抗って、その枠の外側へ、束縛の向う側へ出ていってしまうと何が起こるか、どのような悲劇が起こらざるをえぬかということが描かれているのです。それが全五篇において常に繰り返されている形式であり、いわば『好色五人女』

の内的な構造というべきものであろうと思います。

実例をあげましょう。巻一は「姿姫路清十郎物語」、いわゆるお夏清十郎の実話に基づいています。もとより封建社会の体制は確立しています。そのあらわれのひとつは、姦通すれば死罪をまぬがれぬということです。しかしそのような性的自由の締めつけと裏腹に、遊里（遊郭）は非常に発達している。そこでは町人が主役です。片方で姦通のような性関係に対する激しい締めつけがあると同時に、むしろその性的緊張の抜け穴用にとでもいうか、遊里というものがある。そこでは売春をこえて自由な恋愛とさえ呼びうるもの、高度に成熟した性的情動の交換が行なわれていたということに、この時代の体制と文化の一側面が表現されていると思います。

さて、やがて悲劇の主人公となる清十郎は、この短篇の一段階では、遊里における優れた遊び手として表現されます。かれのしたたかな放蕩ぶりが描かれるのです。ついに放蕩息子は父親によって遊里に不意打ちされます。そして勘当されてしまう。勘当は封建体制の側からみれば、まことに大きい罰でありますが、しかし、それに対して放蕩息子は、全くまいらない。清十郎がまいらないのはもとより、彼の遊里生活の友人たる太鼓持もまいりません。それは反・封建社会のひとつの鼻柱とでもいうものを示すことでしょう。

西鶴は書いています。《太鼓持の中に闇の夜の治介といふ者、少しもおどろかず、男は裸が百貫、たとへてらしても世は渡る、清十郎様せき給ふな、といふ。》――男は裸だって金の百貫目くらいの値打ちはあるんだ、といういいかたが当時流行していたようです、まああわてることはない、といったのです。

清十郎はつづいて但馬屋九右衛門という商人の手代となって、ここでも有能ぶりを発揮します。清十郎という青年はお金持ちの息子として遊里で放蕩することに秀でていたというだけではなくて、この町人の息子には、興隆する経済社会においても充分に能力を発揮することのできる実力が備わっていたということを、これは意味しているでしょう。それもこの時代の現実世界における、町人の可能性の一般的な強さ、大きさをぎりぎりまで広げてあきらかにしているといっていいであろうと思います。つづいて、九右衛門の妹のお夏との間に恋愛が始まります。春の野遊びに行った際、そこはかつての遊里の古強者らしく、清十郎は獅子舞にお金をやって熱心に踊らせて、他の人たちが眼をうばわれている間に恋愛をします。そしてお夏を盗み出し、船で逃げるところをつかまってしまうのです。

　ここで作家の想像力は第二段階に発展します。このようにしてついに社会の限界を越えた人間がどうなるか、そこには悲劇しかないということが、明瞭に描き出されるのです。そのときたまたま七百両の金がなくなっていた。それを盗んだ罪を着せられて清十郎は死罪になり、その後七百両のお金は出てくることになります。

　それはこういうことだろうと思うのです。清十郎という、この時代を表現する一種のチャンピオンがいる。彼は封建体制のもとの遊里においてチャンピオンです。また遊里を追放されれば、商人の家で、まともなチャンピオンとなる。この時代の人間として、資質が優秀であれば拡張できる、人間的自由の最大の限界まで、かれは自分の可能性を拡張した、そういう人間を西鶴は想像しているわけであります。また西鶴と同時代の読者たちは、自分たちにもまたこういう自由は現実にあり得るんだという想像を共有しうるわけであります。

　ところが、その自由をなお延長して明瞭なある限界をこえてしまうと、すなわち主家の娘を盗んで逃げてしまうと、もう彼には死罪に向って突き進むしかないのです。しかも、その死罪は直接には権力の側の誤解によってもたらされる。それは清十郎自身にすべての責任があるのではなくて、このような封建体制の枠組みを、束縛を越えてしまった人間には、権力の側から抵抗不能の死が与えられるということを、端的に表現しているだろうと思うのです。

　もとより西鶴のモデルとした現実の事件があったわけであります。それはどうもこういうことらしい。お夏という娘と恋愛した現実の清十郎は主家から追い出されてしまった。そこで逆怨みした清十郎は報復の殺人をおこない、死罪になったというのが、西鶴の同時代に起こった事件のようです。

　そういう事件に基づいて創作しながら、西鶴がなぜその殺人事件を書かなかったのか、ということが想像力的に重要であろうと思います。そういう犯罪事件を起こした男が死罪になるのであれば、これは粗暴な一犯罪者の物語にすぎぬ。それを改めて、ある有能な男の恋愛に発する駈落ちの事件に限定する。そして、窃盗の誤解という要素を導きいれる。そのおかげで処刑されてしまったと単純化することによって、むしろこの小説はより明瞭に、この時代の封建体制の束縛と人間の関係を表現している。それが私には西鶴という秀れた作家をつうじての想像力の性格をよく表現していると思うのです。

　西鶴と同時代の読者たちは、自分たちもまたこの封建社会に生きていながら、遊里の、あるいは商家で働く清十郎青年のように自由を拡大することができる、と想像することができた。同時にその束縛の限界を越えれば、すでに個人の抗しえぬ権力の側の大きい圧力によって死が与えられる、ということを想像力的に経験したのでもあったでしょう。そういう憧れと恐れとを生きいきと経験することが、西鶴と同時代の読者たちの、想像力における経験であったろうと思うのであります。この意味では、第二篇の樽屋とおせんの物語も、実説では、おせんが長左衛門に脅迫されて姦通せざるをえなかったのであるのに、西鶴は、やはり誤解に出発しながら、おせんが彼女の意志で姦通にいたる道を選びとることになっているのに、注目ねがいたいと思います。《とてもぬれたる袂なれば、此うへは、是非におよばず、あの長左衛門殿になさけをかけ、あんな女に鼻あかせん》と彼女は決意したのです。そこでもうひとつ、文学のもたらすものとして重要なのは、次のようなことだろうと思います。西鶴という一作家が想像力を発揮することによって、一時代の束縛の実質を描きだすことができる。それは現に同時代の人間の生きている、その時代の束縛の中での限界ぎりぎりまでの解放、そしてその束縛の枠を乗り超えてゆくことでの悲劇を描くことである。そのようにして、かれはその時代の中に状況づけられた人間を描くことができるのですが、しかも、そのように一時代の中に深く根ざしている人間を書けば書くほど、かえって西鶴は、あらゆる時代に通用するところの人間を、いわば歴史をこえた人間一般の光を示すことができる。それが重要であろうと思うのです。もともと作家は彼が生きている同時代に深く根ざして生きていなければなりません。しかもそのように自分の時代に深く根ざしたところで想像力を発揮することによって、はじめて歴史をつらぬく人間一般についての普遍的な光に達することができるというのが、私ども作家の仕事の根本的な恩寵とでもいうものであろうと私は思うのであります。

　さて西鶴は現実的な力としての想像力の力をどのように発揮したのか。現実世界の人間は、それによって一体何をかちえることをたすけられたのかと考えてみましょう。私にはそれはこういうことであろうと思えます。現実世界に生きるわれわれは、一般に想像力を縛られている。あらゆるかたちの社会の体制というものが、まずわれわれの想像力を縛る役割を果たしている。それに対して、つねにそこから自由になろうとする、自分の想像力を解き放とうとすることを、われわれは根本的な試みとして生きている。そして作家は、この場合西鶴は、あきらかに、われわれのその根本的な試みを援助しているのであります。よろしい、それはわかった。しかし現実世界において自由に想像力を解放されてどうするか、想像力を自由に解き放せた人間は、現実にどのようなことをするのか、という問いがそれにつづくでしょう。私はまことに迂遠に響くかと思いますが、そのような自由な人間というものは、そこでかれ自身をあらゆる束縛や制約から妨げられずに、すなわち根本のところで、根柢のところでとらえ直すということをするのであろうと思います。しかもそのように自分を根本においてとらえ直すということは、やはりこの社会に生きている人間として、自分とは何かと考えることですし、この世界において人間とは何か、続いて宇宙の中で、自分という一個の人間はどういうものかと、あらためて把握し直すということであろうと考えるのであります。

　現実世界における想像力の力としての働きは、まずその想像力の持主である人間が束縛されている社会体制の、ぎりぎりの限界まで生を拡張させるということです。つづいてその限界を乗り超える。それを乗り超えてしまえば、ついに悲劇に終るかもしれぬ、そのような大きい危険をおかしながらも、人間がそれを乗り超えざるをえない、そのような力をあたえるということがあります。それは当然に現状を変革する力にほかならぬであろうと思います。それと同時に、この宇宙の中で、世界の中で、社会の中で、ひとりの人間とは何かということを、根源に深く沈みこむようにして人間に考えさせるということもまた、想像力の力なのであります。作家はつねにその二つの方向づけの想像力の力を、ひとつにないあわせるようにして仕事をすすめているのだと私は考えているのであります。

　いまここに、いささか唐突に宇宙という言葉を持ちだしますと、本当にそうか、と疑われる方は多いかと思います。しかし私は、本当に優れた文学者たちは、彼の想像力の根本のところに、ほとんどつねに宇宙というものを置いている、宇宙とむかいあう関係の中で、ひとりの現実の人間がどのように生きるかということを、じつは考えているのだと、申したいと思うのであります。

　たとえば私どもの近代・現代文学の歴史のうちで、むしろひとりの個人の内に狭く閉じこもって、「私」ということをつねに考えてきた私小説の系譜の、誰の眼にもその代表と呼ぶべき作家、それも日本文学全体の代表といってもよい志賀直哉について考えればよいかと思います。

　志賀直哉の『暗夜行路』という代表作は、いわば時任謙作という、とくに社会的に広く発展しない人物の、自分の出生にまつわる秘密の暗さにつらなる、青春の闇夜をかれが苦しみながら旅するように生きて、ついにそこから抜け出してゆく過程の全体を描いた小説であります。それはまことにひとりの「私」の内部にのみとどまっている作品世界です。ところがそのような小説として一貫されながら、しかも主人公の時任謙作という人物は、つねに宇宙に対して、自分を対置しているタイプの人間だということに私は注意を促したいのであります。彼は妻の姦通を知るというふうな辛い事件を味わうたびに、自分の心理的なバランスの崩壊を、ほとんどつねに飛行機のイメージと重ねるようにして自覚します。飛行機の危険さ、飛行機の醜さということにむすびながら、自分の不安を表現するのであります。それはなぜかといえば、飛行機が、かれにとっては、人間の苦しいあがきの象徴であるからなのです。この宇宙の中で地球はやがて滅びるだろう、しかし人類はそのまま地球に殉死しないにちがいない。最後には飛行機で宇宙にとびたつだろう、救いをもとめて、ということを考え、その人類の生へのあがきを、自分の個人的な生へのあがき、それのもたらす不安に重ねて、かれは自覚する人間なのであります。

　現在のように環境破壊について広い関心が集まっているときに、あらためて次のような文章が志賀直哉の文章、しかも『暗夜行路』の主人公の日記の文章であるということをあらためて示しますと、驚かれる方もいられるかと思います。

《人類の発達は地球のコンディションと正比例する。地球のコンディションが人類に段々よくなつて来た。人類は発達して来た。が、ある時からそれが段々に悪くなつて行く。段々と寒く、乾いて来る。其時から人類は漸次に退化して行く。そして到頭或る日哀れな最後の一人が死んで、人類は絶えて了ふ。人類ばかりではない。総ての生物が段々に死に絶えて行く。そして総てが氷の下に入つて了ふ。此考へは誇張でも何でもない。此儘で行けば当然これが人類其他総ての生物の恐ろしい運命だ。然し人類は――此苛々と、殆ど無目的に発達しようと焦つてゐる人類はさういふ運命を素直に受け入れるだらうか。地球のコンディションが段々悪くなつて、知らず〳〵に退化して了つてからは吾々の子孫も彼等の祖先がそれ程にも焦つた事すら知らず、焦りぬいて築き上げた発達の価値に就いても無関心に、今は何等利用する事も出来ないさう云ふ発達の遺物を、冷やかな眼差しで眺めながら希望のない空虚な頭で、結局、その運命を素直に受け入れるやう、余儀なくされるかも知れない。然しそれは人類がさう退化し終つてからの事だ。さうなる前、地球のコンディションが未だ人類に悪くなる前、それ迄に人類は出来るかぎりの発達を遂げようとしてゐる。そしてそれで、与へられた運命に反抗し、それから人類を救はうとしてゐる。》

『暗夜行路』の主人公は、そのついには滅びるかもしれぬ人類がなお自分を救わねばならぬとしてこころみる、そういうあがきに対して、自分のうちにもそれにつらなるものを見出し、不安を感じているのです。自分が持っている苦しいもの思いは、個人的な動機に発するが、しかもそれと人類全体の生へのあがきとを同一視するようにして、かれは把握しているわけであります。そして彼がついに救われるのは、結局自分は宇宙の中の一粒子として宇宙と同化するようにして滅んでしまっていいんだということを、深く納得することなのでした。ここに典型的にあらわれていますような宇宙と自己の把握というものが、すなわち宇宙規模で人間とはなにかと考えることが、ひとりの個人に発した苦しい自己への模索と重なり合うということ、そのようなあらわれかたこそを、私は人間の想像力の、それも文学において実現されることのもっとも多い想像力の、いっそう根本的な力、いっそう根本的なダイナミズムと考えるものなのです。

そのように文学の想像力を把握するならば、文学とは一般に、原理的に、この宇宙の中にいる、そしてついには滅びてしまうかもしれぬ人間というものを、そういう存在として根源的に考えつつ、一個人をとらえるもの、と把握するならば、そしてそれこそ文学における典型的な想像力の力というならば、しかもわれわれが、そのような想像力の力を、自分の生きている時代の束縛に対して闘うことをつうじて働かせるものだと認めるならば、今日の文学の現実的課題というものが、おのずから明らかになってくるだろうと思います。いまやまことに広範囲に、人類は近いうちに滅亡するかもしれない、世界そのものが滅びるかもしれぬという反省がおこなわれているように見える現在、そういう危機に立つ世界というものをどう考えるか、しかも宇宙規模の視点で、どう考えるかということが、現在の状況に生きるわれわれの、想像力の中心課題でなければならぬことはあきらかだからです。すなわちそれは、われわれ作家にとって文学の中心の課題としてあらためて意識的に引き受けられなければならぬところにちがいありません。

　しかもいまや、核兵器についていっても、環境汚染についていっても、人類の危機的状況が科学の発達によってもたらされていることが明瞭である以上、われわれの想像力は科学に対して正面から向い合わねばならぬ。文学もまた科学に対して、はっきりその想像力の焦点を定めねばならぬはずです。封建体制が人間を殺す時、文学は反・封建体制の側に立ちました。科学が人間を殺すならば、文学は当然、科学にむけて、たとえ勝ち目のない戦いをであれ、その想像力の力においていどまねばならぬでしょう。

　科学についてこのような物のいいかたをすると、実は私の胸の底には深く痛みのようなものが動きます。それは端的に、自分がかつて科学少年であったからです。なぜ私のようなものまで科学少年であったのか。じつは私どもの年代の人間は、その子供の時分にみんな科学少年であったのです。

　私は敗戦直後の、すなわち一九四五年秋から冬の教室で、先生に殴られたことを思い出します。その先生はむしろ私を愛してくださっていたのでしょう。そして中学校へ私を進学させようと思って、口頭試問の練習をしてくださるうちに、私を殴られたわけでした。どういう質問であったかというと、「日本は戦争になぜ負けたのか？」というのです。私のように敗戦を経験した実際の社会に生きている少年には、それは誠に明瞭に答の見えている質問でした。日本中の当時の社会風潮がそれに答えていました。「それは先生、日本が科学的でなかったからです」といえばよかったのです。しかし直前まで軍国少年であった私は、そのように単純に子供が答えることのできる理由で戦争の勝敗がきまるだろうかと、疑っていました。そこで私は絶対にそのわかっている答を口に出さず、先生は黙っている私を殴っては「科学的でなかったからだ」と教えてくださったのでした。(笑)

事ほどさように、この一時代においては科学的でなかったから戦争に負けた、その日本が再生するためには、まず科学的でなければならぬということが、ナショナル・コンセンサスであった。そこで一般的な子供である私自身も科学者になることを願ったのです。そして自分の資質がそれに不適当であると認めねばならなかったことが、私にとっては大きい心理的な傷になりました。

そのような少年時代をふくめて、自分の戦後、また社会全体の戦後を振り返ってみますと、やはりわれわれの戦後は一貫して科学第一主義的であったと考えざるをえないのじゃないかと思います。しかもその傾向はずっと最近まで続いていた。むしろ現在もなお続いていると考えるべきなのじゃないかと思うのであります。しかも、この科学第一主義とは、科学の持っている力、科学の威力ということがもっとも重要視される時代、むしろ、それのみが科学として受けとめられる時代であったと思うのであります。科学の威力の裏側にあるもの、すなわち人間的悲惨を引き起こしかねぬ力についての反省は行なわれることがすくないままに、われわれは戦後の経済的発展期を過ごしてきました。

人類にとってあらゆる新しい展開は、つねに盾の両面のような性格をもってきたというべきだろうと思います。新しく人間のかちとった威力がある。それと同時に、それがもたらす悲惨というものがあります。私たちは戦後の科学信仰についてもそういう人間的反省を行なうべきであったでしょう。しかしすくなくとも私ども一般市民はそれを行なうことが少なかった。科学といえば科学の威力ということであった。原水爆反対の運動というものはずっと続いてありました。原爆が広島において、長崎においてその科学の威力によってもたらした人間的悲惨の、人びとにあたえた苦しみは現在も続いています。重い事実としてそれがありながら、なぜ全日本人規模に核兵器反対運動が盛り上がらなかったか、盛りあがらぬか。どうして日本人の新しい文明への態度というか、日本人の新しい時代への想像力の基盤としてというか、そのようなものとして原水爆反対が定着しなかったか？

私は日本人の科学信仰というものが、そうした状況の根本にあると考えてきました。すなわち核の人間にあたえる悲惨ということを考えるよりは、核の威力に目を向けようというのが、日本人の根本的な態度であった。それはじつは核の悲惨への想像力の欠落ということですが、それは戦後の日本人の歴史を鋭く表現している事実かと思います。

いまや誰の眼にもあきらかな環境汚染の進行がある。そして、それによってついには日本人がすべて世界にさきがけて滅びるかもしれぬということまで語られています。そのような事態の悪化のみなもとに、われわれの科学への無条件な信仰というものがあったということは、否定できまいと思います。しかしそこからどうたちなおるかと考えるためには、私は科学に対する自分の態度について根本的に考えることから出発する必要があると思うのです。そうでなくて、一種の反・科学ヒステリー的に新しく日本人一般の態度がかたちづくられるならば、それはこれまでの、科学の威力についての、いわば反・科学的信仰の裏返しにすぎぬようなことになってしまうかもしれぬからです。人間にとって科学がどういうものなのかと、根本的に検討し続けるということを、私は実は想像力の問題だと考えているのであります。

　たとえそれが科学についてであっても、まず一個の人間におけるそのあらわれに発し、それを人類一般にむけて拡げつつそれがどういうものであるかを具体的に検討する。そして、それを宇宙規模にまでふくらむ方向づけを持って考えつづけることは、想像力の仕事にほかなるまいと思うのです。しかも、いったんそれを想像力と確定すれば、すでに見きわめられている想像力の一つの性格として、こういうことがいえるだろうと思います。

　すなわち一般に想像力を働かせるとき、私どもは受け身でそれを働かせているのではない。想像力とは私どもの内部から自発する力によって、あるものを理解する力、あるものを結合する力、あるものを創りだす力であります。ある、まったく新しいイメージを内部から喚起するところの faculté であります。想像力の作用とはわれわれの外部にその動力源をおくものではない。外部からこちらに与えられるものを、受け身でもらい受ける操作ではない。すなわち、われわれがひとりの人間として、自分の内部に発する積極的な力において、当の自分自身の態度を社会に対して、世界に対して、あるいは宇宙に対して、自由に決めてゆくということが、想像力の行使ということなのです。それについて改めて自覚的に考える必要があると思うのです。

反省するまでもなく、いまや非常に細分化、高度に発達した科学を、われわれはその全体において把握する力をもちません。もしかしたら世界中にそのような人間は誰ひとりいないかもしれない。一般にわれわれは科学の一分野についてもその全体像を把握できない。たとえばＢＨＣの脅威ということをわれわれはいいます。しかし、それがどういうものなのかということを具体的にわれわれは知らず、体系の中で位置づけて理解してもいない。しかもなお、われわれの現実生活は、というよりわれわれの生命は高分子化学に非常に多くのものをゆだねているのです。そのようなものについて、われわれは根本的に受け身である。科学に対する、そのようにやむをえず受け身であるところの態度の総体が、日本の経済のいわゆる高度経済成長に対して、われわれがつねに受け身であったことを説明してもいます。われわれは科学とそれに支えられた経済の高度成長に対して、積極的に疑念を提出することがなかった。とくにそれを自分の一個の肉体に立ちつつ、人類全体に発展するような契機をひそめた想像力に立って、それを批判するということがなかったということを考えるべきであろうと思います。

原水爆体制についても同じです。われわれは原水爆について常に受け身でした。われわれの現在の存在のしかたというものは、核大国の人質にとられた状態にあるというほかにありません。われわれは全面的に核体制のもとにある。核兵器はすでに人類全体をみな殺しにし、世界を破壊しつくしうるほどの大規模なものが貯蔵されてしまっている。しかもわれわれは積極的に核体制の態度決定に参加することはできぬ。ただその被害をこうむるもの、その被害の恐怖の内に生きるものとして、核戦略の人質の役をにないながら、受け身のまま核体制に巻き込まれて生きてきたわけであります。

われわれは、このような状況からどのようにして脱出することができるのか。どのように生き延びる方途を探しうるのか？

すくなくともその根柢に、想像力の力の回復がなければならぬと、私は考えるのであります。いまさら想像力が何になる、想像力の回復などといったところで、終末の嘆きの歌を歌うようなことを出ないのではないのか、という声はあるでしょう。しかし、そういう声を聞いた上で、私は作家として、すなわち想像力の技術者と呼ばれるべき人間として、そうではないといいたいのです。作家という想像力の技術者と呼ばれるべき人間として、自分は想像力こそを根幹において、このような状況を逆転してゆく力を見つけ出そうとするのだと、私はいいたいのであります。

私はここにひとりのアメリカの想像力の技術者の例をひきたいと思います。かれはいま、アメリカの若い世代の表現者としての位置をしめている人間であり、私が先日旅行したモスクワでの経験によれば、若いソヴィエトの知識人たちにとってもまた、その魂の表現者の位置をしめようとしているかに見える、カート・ヴォネガット・ジュニアという作家であります。かれはもともとS・Fの作家でありますが、宇宙規模でもってこの人類の世界が、気狂いじみた荒廃のうちにある、人間はその大きい荒廃のもたらした悲哀《サドニス》のうちにあって、ただ笑うか泣くかすることができるにすぎぬ、「なにひとつ人間にとってなしうることがないとき、人間がおこなうこと」、笑うか泣くかすることができるにすぎぬ、と考えています。そしてこの気狂いじみた荒廃のなかのすべての悲哀に対する優しさ、とでもいうものを滲み出させる作品を書いています。いうまでもなくかれの態度はペシミスティックにすぎるでしょう。しかし私は、ヴォネガットが、宇宙規模の、しかも科学的なものを配慮にいれた態度で、この世界全体を考え、そこにひとりの人間として生きていることはどういうことかを、もっとも今日的に反省している作家であり、かれが厖大な数のアメリカの、またソヴィエトにもひろがりうる、若い知識人たちの自己表現のかわりをなしている、ということに注目したいのであります。そこには、荒廃の悲哀のうちにある人類の、しかも無力なひとりの人間の眼から、世界―宇宙の全体を、新しく見つめかえそうとする、想像力の発動があり、しかもそれは単にヴォネガットという一作家のうちにのみとどまらぬ模様であるからであります。それはやがて、なにごともなしえぬ人間の、泣くか笑うかすることよりほかのものを生み出しうるかも知れぬでしょう。

おなじアメリカに、現にこのような意味でなにごとかをなしとげようとしている若い科学者、技術者のグループがあります。それはカリフォルニア大学バークレイの、「政治的また社会的行動のための科学者たち、技術者たち」の集まり、ＳＥＳＰＡであります。これらの若い知識人たちは、ヴィエトナムの「オートメ化された戦場」、コンピューターと最新科学の枠を集めてつくりあげられたみな殺し戦争のシステムに参加した、アメリカの科学界のエリートたちを批判しました。ペンタゴンに附属する、これらのエリート科学者たちの機関ＪＡＳＯＮに対して、あなたがたはひとりの人間、ひとりの科学者として自分のやったことに、どういう責任をとるか、ということを問いつめたのであります。数かずのノーベル賞受賞者たちをもふくむＪＡＳＯＮの科学者たちについて、そこで明らかになったのは、かれらが自分は専門の小分野でもっとも良い仕事をするだけだ、ヴィエトナム戦争の全体の展望については知らぬ、と考えているのであったり、そもそも自分の科学研究が、現実世界において、どういう結果をもたらすかには、あらかじめ眼をつぶっている、というような態度でした。かれらは、あるいは原子物理学者であり、分子生物学者であり、すなわち人類の明日の生命を自分の手に握っているような科学者たちであります。しかもなお、かれらにひとりの人間としてのかれ自身と、世界―宇宙とをむすぶ構造に立っての想像力が欠落している、ということに注目せねばならぬでしょう。それはわれわれに大きい絶望を発見させます。しかし同時に、ＳＥＳＰＡの若い科学者・技術者たちの行動を支えている想像力は、より大きな、希望のめじるしであろうと思うのです。その希望に励まされて考えますと、戦闘的な突出部であるかれらをはじめとして、宇宙―世界のなかのひとりの人間ということを、あらためて把握しなおして今日の現実にむかおうとする態度を持った科学者たちもまた、数多いにちがいないと思えてきます。そして、そのように考える時、私にはそれらの科学者たちの想像力と、さきにひいた志賀直哉の想像力とが、まことに切実な、その発動のしかたにおいて、似かよっていると、ほとんど同一であるとすら思われるのであります。

　われわれは科学のもたらした人間的悲惨というものを数多く経験してきましたが、今後もなお、むしろなお徹底して科学者によってみちびかれるのでしょう。志賀直哉の予感したとおり、冷えてゆく地球からの、人間の自己救済の手だては、やはり科学にしかないのですから。しかしわれわれは、自分の想像力に立って、宇宙—世界のなかの、小さいが根本的な要素としての人間という認識が生きている想像力に立って、科学者の教示を、受け身でなく、積極的に受けとめる準備をしていなければなるまい、と思います。そうでなくては、科学の悲惨に対して、人間の名においてそれを拒絶することは不可能ですから。

ここで再び、想像力とは、人間の内部から自発する力であることを考えていただきたいのであります。それは受け身でみちびかれるのではない。積極的に、われわれの人間としての核心から、外へ開いてゆくものであることを、その本質とします。また、想像力の基盤は、その人間のひとりの個人としての全体性にあるともまた、私は申したいのであります。この宇宙—世界のなかにひとりの人間としてどのようにあるか、ということは想像力によってしか把握できませんし、逆にそのような想像力が、このひとりの人間をその全体性において決定するのです。志賀直哉の主人公の自己認識を思いだして下さい。

そこから想像力というものが、疎外に反対する力であることもまた、納得していただければと思います。疎外とは、人間がみずから作りだしたものによって、逆に否定されることでした。想像力は、ひとりの人間の内部に発して、あらためて宇宙—世界と人間との関係を、主体的にとらえなおす力、すなわちもっとも端的に疎外を克服する力なのです。

さて私は想像力について語りながら、宇宙—世界とそのなかの人間ということについておもに話してきましたけれども、そこにはもちろん社会的な広がりという要素が加えられねばなりません。すなわち今日の環境破壊を本当につぐないうるとすれば、アジアの中の人間として自己把握すること、しかも民衆基盤において、アジアの中の人間である自分を把握することがなければなりません。それはいかにも明瞭に想像力の作業であります。かつて日本人は、決してアジアの民衆に共有されることのない絶対天皇制の幻を背負って、それのみを支えとして、アジアを侵略したのでした。もっともひらったくいえば、想像力とは、相手の身になって考えるということですが、日本人は、およそそのような想像力をアジアの民衆に向けてひらいて行くことなしに、まったくその逆の行動をおしひろげたのであります。そしていまなお、われわれはアジアの民衆に対して想像力をひらいているとはいえぬ。荒涼をアジアにまきちらした原動力でありながら、その悲哀への優しさどころか、なお荒涼をかさねるような粗野なことをやっている。それは想像力の欠落というほかにないでしょう。

　私はそのアジアの民衆基盤において、人間とはなにかと考える想像力が、われわれにおいてつくりだされねばならぬ、と考えますが、そのためにはまず、あらためて今日の日本人が、この国内の実生活においてあらわしている自然、社会、歴史それらすべてに対する態度の、想像力的な総ぐるみの点検がなされねばならぬであろう、とも感じています。それは、いいかえればひとりの現代の日本人の想像力の内部に、日本人の自然、社会、歴史総ぐるみの具体的な実在感が見きわめられるような、そういう人間の回復ということが必要だということであります。柳田国男がおこなった仕事は、その規模においてまことに巨大でありますけれども、私はその仕事の根幹に、このような存在としてのひとりの具体的な日本人の把握ということがあった、というように考えています。われわれがもちろんその規模において及ばぬことは当然にしても、柳田国男にならおうとすれば、それはあきらかに想像力の実際的な力を確かめる仕事となるでしょう。そしてわれわれにとってのその必要性は、明治―大正―昭和という変化の時の認識に立って、「現代」の日本人像を把握しなおそうとした柳田国男においてよりも、宇宙―世界の規模で、また世界―アジアの規模で、崩壊の危機にひんしている、われわれの「現代」において、その日本人像の確かな把握ということは、より切実なものであるにちがいありません。

　まことにあらゆる意味あいにおいて、われわれが現在、この宇宙―世界に、この世界―アジア―日本の現実に生きているということは、それ自体できわめて根本的な危機に面と向っていることだと思われます。そのような時代に、ひとりの作家としておまえはどのように生きようとしているのか、と問われるとしますならば、むしろそのような問いは、現実のあらゆる側面に自分が眼をむけるたびに、こちらに向けて、その現実自体から発せられているように感じるのでありますが、私はこれまでのべてきましたようなことを、あらためて自分の想像力の課題としてになってゆこうとしているのだ、それが自分にとってのこの現実世界での自己把握にほかならないのだ、と答えたいと思うのです。想像力を宇宙―世界に向けて、世界―アジアに向けて、また日本人とはなにかという行きづまりにみちた模索に向けて働かせるようなことをするからこそ、人間は自殺するのだ、といった友人がいました。そのような全面的な行きづまりを自分の人間としての内外にはっきり把握させるものは、確かに想像力の力にほかならぬであろうと思います。しかし想像力とは、原理において、現にそのようにあるものを造りかえようとする力にほかなりません。もっとも暗い状況のはっきりした把握に立ちながら、しかもなお、といいますか、それゆえにこそ、といいますか、宇宙に向けて世界に向けて、社会に向けて、またその核心にある自分自身に向けて、なお生き延びてゆく人間の意志をあらわすことこそが、私には想像力の力の本質というべきものに思われるのであります。まずはじめに、力としての想像力がある、そして……ということを、私は自分自身に対して、また、あらゆる想像力をそなえた同時代人にたいして申しのべたいのです。

〔一九七三年〕

この一年、そして明日

この一年、すなわち金大中氏が誘拐拉致されてからの一年、日韓関係はというよりそれをつつみこむアジアの政治的構造は、じつに大きく動いた（あるいはすでに取りかえし不能の限界をこえて動いた）のであるにちがいない。なんに向って動いた？　と問われれば、それは僕の暗い妄想では（それがついに妄想であればそれにこしたことはないが）いまいちどの朝鮮戦争、それも今度は「国連軍」のかわりに日本国自衛隊が介入する戦争、そして結局はアジアを核爆弾が覆うことになるかもしれぬ戦争へ向ってである。核爆発の後、歴史的な発展としての意味の、あるいはまったく反動的な意味の「解放」はあろう。しかしアジア人はその三度目の核の廃墟を今度も生き延びうるだろうか？

　はじめから暗い妄想の話をしても意味はない。僕はそのような妄想にとりつかれている人間としてこの一年を生きてきたが、しかしそれは具体的に自分の仕事をしながら、それをつうじて、またそれを離れて現実生活をおこないつつ生きたのである。その現実および言葉の世界の現実において、僕が出会ったところの契機を手がかりにして、僕がどのように自分の暗い妄想に向って頭を突っこんできたかを、語ることにしよう。またそれと拮抗するように鮮烈に輝く光を見ることもしばしばであったのを、そのような矛盾にみちた言葉をつうじてこの世界や自分自身を把握している職業の人間の言葉で語りたいと思う。

　まずあえてわが国の政府の、というよりそれとそれを支えているもの総ぐるみの国情のありようからいったん眼をそむけていうのだが、金大中氏の誘拐拉致とそれにつづく朴体制の行動のすべては、日本から遠望する者の眼にも、まったく筋道のとおらぬことの連続だった。金大中氏への朴体制の態度のみをとりだしても、歴史にそれを類推すれば、僕は朴政権をファシズムの、しかも末期症状にある絶望的な兇暴さのファシズムの政治体制と呼ぶに充分であろうと思う。あれは東条の時代と同じだと、選挙ではあいかわらず自民党に投票する種類の人物までが、それもひとりならずそういうのを僕は耳にしてきた。この一年じつにしばしば、いまやひとしきりひんぱんに。しかも不思議なことにそういう人物はきまって、あの東条の時代がつづいてどういうことになったかを思いだし、朴体制の先ゆきとアジアの破滅を当然な類推として思いえがいて、慄然とする様子がないのはなぜだろう？　ファシズムの同時代史を読むと、ほとんどつねに隣国の民衆はこの対岸の火事に陽気なほどの高みの見物をおこなっている。そしてある朝、火災はすでに消しがたい勢いで此岸のものだ。

具体的に確実なファシズムの条件を朴体制に数えあげることも、それはそうしながらやはり茫然とするほどに容易である。大韓民国憲法いわゆる「維新憲法」が、あからさまにファシズムの憲法であろう。まずその成立のための改憲国民投票は、非常戒厳令のもとにおこなわれたのだし、フルブライト報告によれば、国民投票二週間前、政府官僚のほかには憲法の具体的内容をよく知っている韓国人はほとんどいなかった。韓国人一般が、この憲法草案についてあげつらうことはきびしく恫喝されて、事実上不可能であった。

これはあとであらためてのべるが、六七年、七一年大統領選、国会議員選挙法違反というもので、当の誘拐拉致の犯人一味から裁判を受けている金大中氏が、しだいにあきらかに原理に立ち、具体的現実にそくして情理をつくしながら明確に反論してゆく言葉は、韓国の抵抗者たちの背骨のありようをはっきり示して感銘深いものだが、そのなかにこのような意味の一節があった。すなわち、朴大統領が総統制を企図しているという、七一年選挙時の、虚偽の流布とされる発言について、被告席の金大中氏はこう反論したのである。《野党の大統領候補として絶対の責任と信念からそう演説した。その後、私の見通し通り憲法は改正され、行政府の権限が強化されて自由の幅が相当せばめられるという今日の事態になったではないか。》

その「維新憲法」を改正するためには、まず国会の三分の二以上の賛成が必要であるが、この憲法は議員の三分の一を大統領に指名させるものである。選挙において与党がただの一議席の獲得すらできなかったとしても、国会の三分の一の議員はあいかわらず与党サイドである。つづいて大統領に代議員除名権のある、統一主体国民会議の議決。最後に国民投票、あの「維新憲法」の確定にあたっては九三・七パーセントが賛成した、その国民投票。

これでは憲法改正は不可能といわねばならぬ。ただ大統領がみずから欲するように、なおもかれの独裁権をつよめる方向への改正をのぞいては。これがファシズムの憲法でなくてなんであろう? しかも朴体制は、このような制度的しめつけによって、その方向に民衆の力が自然に流れてゆかざるをえぬ合憲的な出口(そこまで閉ざせばどうして爆発しないでいよう? 爆発への内的衝迫力は朴体制の力によるしめつけと比例してたかまりつづけずにはいない。その血なまぐさい危険を知るがゆえの、広い層にわたる協力にたった穏健な運動が民衆サイドから起こったのでもあっただろう)、百万人署名をめざした改憲請願運動を、大統領緊急措置第一号でおしつぶしてしまった。措置一号はいう。大韓民国憲法を否定、反対、歪曲または誹謗する一切の行為の禁止、大韓民国憲法の改造、または廃止を主張、発議または請願する一切の行為の禁止、流言蜚語を捏造、流布する一切の行為の禁止。

そして朴体制は緊急措置四号も加えて、いわゆる「民青学連」事件を弾圧した。事件はやはりこの体制的しめつけへの民主主義(「韓国的民主主義」というものではない、一般的なふつうの民主主義)をめざした抵抗の運動をおしころすための、ファシズム的策動にほかなるまい。ひそかに送られてきた法廷陳述要旨によれば、「民青学連」はその組織すらなく、具体的には学生たちの散発的たらざるをえなかった数次のデモがあるのみなのであるから。これもさきにのべた「維新憲法」の性格、改憲請願運動の禁止によってせきとめられた民衆の意志の、自然な湧出とみなすほかにないものであろう。これらのデモの参加者たちは、海のこちら側から見てもいかにも民主主義にたって原理的であり、具体的現実にそくして情理をつくしていると、僕には観察される。誘拐拉致後の金大中氏の言動がそうであったように。

その結果、「民青学連」事件関係被告五十五人を裁いた非常軍法会議（一審）は、二人にひとりを死刑か無期懲役、残りをすべて十五年以上の懲役に処した。やがて詩人金芝河氏と五人の学生運動家たちが、公判で改悛の情を示したという口実つきで無期懲役に減刑されたが、早川・太刀川氏の容疑事実とされるものと、懲役二十年の判決がすでにわれわれにもよく語っているように、これは恐るべきファシズム裁判である。ここまでほかならぬ自分自身を追いつめている朴体制の政治的混迷は深く、それはファシズムの暗い霧のうちの狂気じみた混迷というほかにはあるまい。

ところがこの暗い体制の霧の奥から、やはり原理的に、具体的現実にそくし情理をつくして、明瞭な光の所在を示しているものはある。とくにはじめ死刑判決を受けていた金芝河氏の言動がそれである。さきに新聞報道でつたえられた、金芝河氏の軍法会議での陳述要旨は、およそ改悛の情などという軍部の宣伝を受けつけぬまことに美事な内容をはらんでいる。僕は人間的な感銘をこめてそういわずにはいられない。氏は「民青学連」に資金を提供し、かつ政府打倒を扇動したという容疑に問われたのだが、確かにかれは韓国カトリック教の原州教区長から受けとった金を学生たちに渡したことを認めた。かれもまたキリスト教徒の詩人である。続いてかれはいう。（サンケイ新聞）

《自分としては、現在の維新憲法は、権力が大統領に集中しすぎ専制君主のようになった、現政権は祖先の尊い血で獲得した独立を外国勢力、とくに日本に売り渡した、――などが悪いと思う。現政権が倒れるのは早ければ早いほどよいと思う。しかし、これは私の考えだけで、倒れるとは思っていなかった。私が予想したのは、政権が倒れるということではなく、私と他の学生運動家たちが逮捕され、裁判にかけられるだろうということだった。いま予想した通りになっている。しかし、これも民主的闘争の一つの道だと考えている。学生運動の一つとしてデモを考えたのは事実だが、いまの現実では政府を倒すことは不可能で、学生運動は現実にある不正を暴露し、批判することだけが可能だと思った。現在の韓国ではインテリや言論界が沈黙しているので、この危険から祖国を救うのは学生しかないとは思っていた。しかし、起訴状にあるような社会主義政権を望んだことはない。》

　いうまでもなく僕は軍法会議で裁かれ重刑を科された早川・太刀川氏を批判する意志を持たぬが、金芝河氏に典型される「民青学連」事件の韓国人被告たちのほうが、そしてやはり新聞報道によるほかにないのであるが、早川・太刀川氏の韓国人弁護人のほうが（これらの弁護人たちもまた軍法会議で金芝河氏の弁護人同様おおいに裁かれかねないのである）、両日本人被告にくらべて、あきらかに原理的、かつ具体的現実にそくして情理をつくしている、そのようにして韓国の今日の政治的状況に責任をとっている、ということはやはり指摘しなければならぬだろう。仮りに早川・太刀川氏について日韓両国のあいだに「政治折衝」がおこなわれ、あの悪名高い岸信介会長の日韓協力委員会の常任委員会のために七月十八、十九日来日した朴大統領側近、張基栄氏と日本政府とで「経済援助」のテコ入れの相談がそれを軸にすすめられるとすれば、現にそれはそうなっているのであるが、そのような事態にこそ、若い良心的な韓国人たちは、生命をかけて抵抗しているのであるから、心ならずも早川・太刀川氏は、原理的な裏切りを、かれらの知人たちにむけておかすことになるであろう。繰りかえしいうが、この獄中にあって抗弁できぬ人びとを批判するのではない。ただわが国の救援活動が、そのような原理的な裏切りをかれらに心ならずもおかさしめる方向に進むとしたら、それこそ批判されねばならぬと、むしろ自分にむけていうのである。

逆に、もし判決どおりなお減刑されぬ九人を死刑に処しても、すでに朴体制はかれらと金芝河氏たちの明示したものを覆いかくすことはできない。死刑執行は新たな三一運動の狼煙《のろし》となろう。金芝河氏が陳述要旨におけるかぎり、いかにもひかえめに、しかし不動の確信をこめて、これも民主的闘争の一つの道だといっているのは、不幸にも血しぶきがその上にふりそそいでも、消えるどころかかえってあきらかに強い意味を浮かびあがらせる、真の遺言のような決意の言葉である。その金芝河氏を現在の日本に置くならば、おそらくはこのような言葉を発するかと思われる在日朝鮮人の人びとに、僕はせんだっての「アジア会議」で会うことができたのだったが、そのひとり鄭敬謨氏は、すでに注意深い読者たちには広く知られているとおり、つとに一九一九年の、死か屈伏かを前にして朝鮮の民衆が死を選んだ三一運動を、中国の五四運動にひろげてゆく視点で、韓国で抵抗運動をおこなう人びとを、原理的に、かつ具体的現実にそくし情理をつくして励ましてきた。僕が新たな三一運動の狼煙をいうのは、氏の著作にみちびかれてのことにほかならない。（『日本人と韓国』）

鄭敬謨氏が三一運動と五四運動の本質的なつながりを、かつて魯迅が中国の青年に語った言葉の勢いを思わせる力で、海の向うの韓国へ、また在日朝鮮人の若者たちへ語り続けるのは、まず五四運動から中国革命にいたる歴史の運動が、そのまま今日の韓国の民衆の自己解放の方向づけを励ますものであるからであろう。その方向づけに立つ視点には、いかに困難が巨大であれ、ついに韓国の民衆が、ファシズム体制をうち倒すことを信じぬ理由はありえぬからである。

そしてまた鄭敬謨氏が五四運動のおこりうべくしておこった中国の社会的状況に、今日の韓国の土着買弁政権と、外国からの経済侵略の現状をかさねずにはいられないからであることはいうまでもない。朴政権が総額五百億ドルにおよぶ対韓投資を日本に要求する。それは一九七三年現在の、韓国ＧＮＰの五倍以上に達する額である。そのようにして日本の大企業が韓国に上陸する。人口密度が日本をこえる韓国に、どうして公害があわせ上陸することがないであろうか？　なぜ朴政権がかくのごとき買弁政権となりさがるか、それは朴政権が日本の巨大な投資を、その権力維持のための軍事的保障だとみなしているからである。ファシズム政権の維持のための軍事的保障を、大企業の韓国への進出のかげに、わが国の自衛隊がにないこまされている。それはもちろん日本の民衆すべてがそれをともにないこまされている、という意味である。軍事的悲惨の総量において。あらためていうまでもなく、韓国のファシズム政権を支えるということは朝鮮統一の民族的悲願を妨害することである。鄭敬謨氏の批判をまつまでもなく、われわれは日本人の現在のアジア全域に対する集団的想像力とでもいうものの基底に、次のような考え方が広く深くしみとおっていることを告白しなければならぬだろう。三十八度線が壱岐、対馬まで南下すればどうするか？　その際の防衛費を考えれば、韓国への「経済援助」のなんと安あがりなことか。いわゆる韓国ロビーの、およそ朴体制下の韓国人の民主主義的自由の圧殺になど心を動かさぬばかりか、たとえば金大中氏の誘拐拉致事件においては、進んでＫＣＩＡを支持したようなわが国会議員が、テレヴィで大真面目に、いや自由社会だけは守らねばならないと、強調したりすることの心理的根拠は、いかにも単純にそこにあるだろう。

しかしその安あがりの防衛費の使い方、すなわち韓国のファシズム政権を血なまぐさい身代りにたてて、わが「自由社会」を守らせようとするおもわく、そこに口実をつけて民衆に沈黙の同調を強制しながらの「経済援助」が、じつは韓国のファシズム政権をテコ入れするばかりか、終局的には自衛隊ぐるみの軍事的保障を朴政権に示すことになっているのだという鄭敬謨氏の指摘に、僕はくみしないわけにゆかない。われわれ日本人がいまや朝鮮の南北分断の固定化の最大の「実力」として実在している。しかもその固定化が民族の力によって打開されることこそ歴史の自然な進行であるとすれば、われわれ日本人はなんという恐しい爆発力を封じこめる危険な弁の役割をはたしているのか、しかもただひと握りの韓国ファシズム政権の上層部とあいたずさえるのみで？

われわれ日本人の眼にもいまや明らかに、韓国のファシズム政権の政治的混迷の暗い霧のなかから、しだいに着実に、ついにそのような自己の本質をあきらかにしなければならなかった（悲劇の正統的なヒーローのように、かれ自身を苛酷な運命におくと知りつつ、やむなくその正統の選択をしなければならなかった）人間的な敬意をさそう人びとの列が見える。僕は意識して繰りかえしこの表現を用いているのであるが、原理的に、かつ具体的現実にそくし情理をつくして抵抗する人びと、「韓国的民主主義」とは逆の、真の民主主義者たちが見えてきている。しかし日本の政府は、そして事実上、日本人の大勢は、かれらの脇に立つのでなく、かれらを文字どおり圧殺する者らの側に、韓国ファシズム政権の側に立っているのである。この一年のあいだにますます明瞭になってきたわれわれの状況とは、以上のことにほかならない。明日はどうなるのか?

そこで僕の暗い妄想は冒頭にのべたごとくである。いまいちどの朝鮮戦争、それも今度は「国連軍」のかわりに日本国自衛隊が介入する戦争、日本本土から沖縄にいたる軍事基地から米軍がそこに加わって、そして結局はアジアを核爆弾が覆うことになるかもしれぬ戦争……

詩人金芝河氏たちを軍法会議の死刑をはじめとする重刑から救えと数寄屋橋たもとの、といっても河がそこになくなって久しいが、小さな広場でハンガーストライキをおこなう在日朝鮮人と日本人の文学者たちのテント脇で、僕はわずかな時間のビラ撒きをした。そこから別の集まりにむかう途中で、追いすがってきたひとりの市民から、僕は次のような問いかけを受けた。僕はかれもまた善意を持つ人間であることを疑うことなしに要約するのだが、かれはこういうふうにいったのだ。君がハンド・マイクで話すのを聞きながら思ったのだけれども、韓国の朴政権が混迷の霧のなかにあると同時に、韓国人みながもっと濃密な混迷の霧のなかで国家の進み方を見うしなっているのであって、「民青学連」のデモなど無意味な爆発じゃないだろうか? われわれが明るい所から暗い韓国を見て批判しても、東条時代の(またしても!)日本人に自分たちの混迷が自覚できなかったように、今日の韓国人たちは他の国の民衆のいかなるメッセージも受けいれえないだろう。だから本気で金芝河氏らを救おうと思えば、日本政府に政治折衝をもとめるほかにないのじゃないか? 在日朝鮮人の文学者のハンガーストライキは痛ましいだけだよ。

　はたして日本は明るく、日本人は自分の国家とアジア全体の進み行き方をはっきり把握しているか？　その明るく見さだめられたアジア全体の鳥瞰図のなかに、暗い陥没としての韓国、しかも日本人にはその暗い眺めの奥まで暗いなりに見とおせていて、ただその暗い情景のなかの韓国人だけが自分自身も自分のまわりも見とおせぬ、そのような暗黒のうちなる韓国があるのか？　それは現実にそくした観察か？

　いま屈辱的な宣伝ぐるみで死刑を無期に減刑された囚人として監房にある、当の金芝河氏に『アジュッカリ神風』という詩がある。それは傍題されているとおり三島由紀夫の死にあたって、この作家の自衛隊に闖入しての割腹自殺と、そのような象徴的事件をひきおこした日本という国家・社会にむけて、またこの事件への日本人一般の受けとめ方への予見的な批評として書かれたものだった。アジュッカリとは太平洋戦争末期、飛行機の燃料がわりに朝鮮でも日本権力がさかんに植えさせた採油用のヒマであるという。

　どうってことたあねえよ
朝鮮野郎の血を吸って咲く菊の花さ
かっぱらっていった鉄の器を溶かして鍛えあげた
日本刀さ
何が大胆だって、お前は知らなかったのか
悲壮悽惨で、まったく悽惨このうえもなく悽惨悲
壮で
悽惨な神風もどうってことたあねえよ
朝鮮野郎のアジュッカリを狂ったようにむさぼり
食らい、狂っちまった
風だよ、狂っちまった
お前の死は植民地に
飢《ひ》あがり、病み衰え、ひっくくられたまま叫び燃

える植民地の
死のうえに降る雨だよ
歴史の死を呼びよせる
古い軍歌さ、どうってことたあねえよ
素っ裸の女兵が素っ裸の娼婦の間に割りこんでつっ立ち
好きなように歌いまくる気狂いの軍歌さ

（渋谷仙太郎訳）

この詩をうたった韓国の詩人ほどにもあきらかに、あの割腹自殺事件のおこった時点で、三島由紀夫が死によって誇示しようとしたものの本質を明察していた日本人が多かったろうか？　あの時わが国は暗い上にも暗く混迷し、日本人はその混迷のなかでなにものも明視できず、日本刀の一閃の発した火花になおも眼をくらまされて右往左往していたのではなかったか？　原理的に、かつ具体的現実にそくし情理をつくして抵抗する人間とは、三島自殺の時点ですでに韓国人金芝河氏であったのであり、暗い混迷はわれらの上にあった。政治的・社会的状況のわれわれの国家、われわれ自体の混迷が、公害輸出が端的に示すように韓国にむかって奔入したのが、じつは日韓条約以後のアジア現代史ではないのか？　現にいま日本の「経済援助」がそれを支えている事実、またたとえばＫＣＩＡの拷問の技術が日本特高に源をおき、朴大統領自身が日本軍国主義の尖兵であったという挿話的事実からもまた独立した地点でいっても、現在の朴ファシズム体制をつくりあげた元兇そのものが、じつは日本および日本人ではないのか？

韓国で朴大統領の庇護のもと、言論の自由を標榜するはずの国際ペンクラブ大会が開かれた時、僕は言論の自由をそのように自分自身で侮辱する人びとから袂をわかつべく、日本ペンクラブを退会した。日本ペンクラブは朴大統領に金芝河氏助命の嘆願書を準備したというが、それを運んで行く人間として、生前の三島由紀夫からは文学的に歯牙にもかけられなかったにもかかわらず、死後の三島由紀夫をそれこそ《朝鮮野郎の血を吸って咲く菊の花さ》という詩句が批判した、まさにその方向のイデオローグとしてかつぎまわることに奔命している一自称作家が選ばれたのだったという。それが実現したのだとするなら、実際朴大統領はおおいに上機嫌でこの男を接見しかねなかったろうが、詩人金芝河氏はかれの生涯のもっとも根本的な諷刺詩のひとつを、みずから経験しなくてはならなかったことだろう。

しかしその諷刺詩が諷刺するのは、政治・社会・文化総ぐるみの混迷のうちにあって、なにものをもあきらかに見ることのできぬ日本人の実体である。《現政権は祖先の尊い血で獲得した独立を外国勢力、とくに日本に売り渡した》という、詩人の死を賭した軍法会議での発言には、まさに万斛《ばんこく》の思いがこめられているといわねばならない。監房に閉じこめられている詩人のために、かれがそのような「嘆願書」をかれのために朴大統領に届けようとした男の厚顔無恥を、かれを死刑に処すファシズム体制そのものすらよりももっと激しく拒否する人間であることを、それこそが詩人金芝河氏の原理的に、かつ具体的現実にそくし情理をつくした生き方であることを認識しえぬならば、それはすでに文学とかかわりを持ちうる者ではない。しかしこの恥は日本の文学者みなのものだと僕は思う。

天皇主義のナショナリストをもまた自称するこの「嘆願書」の特使にむけて、僕は同じく三島由紀夫についてふれられている鄭敬謨氏の文章をひいて、われわれの結局は共有するといわねばならぬ日本的厚顔無恥を照らしだすもう一筋の光としよう。《吾々のナショナリズム、祖国を愛するこころは、人間としてもうこれ以上は堪えられない屈辱と悲しみの中から育まれたものでありました。最後のぎりぎりの線で立ち上り、人間として誇りと尊厳を守りぬく抵抗の中に培われたのが吾々の祖国愛であります。吾々は耕し植えつける土地がなかった。そのためにわが同胞、わが民族がなめさせられた屈辱はあまりにも悽絶なものであった。人間が人間であるために守るべきは祖国であったという認識こそ、われらのナショナリズムの出発点でありました。われらのナショナリズムが最終価値として目ざすものは人間であります。解放された、誇り高い、自由な人間であります。この点が、三島由紀夫流の日本的ナショナリズムと根本的に違うところでありましょう。

三島由紀夫にとって国を愛する理由は何か。三島自身の言葉をかりればそれは「光輝ある歴史」であり、「絢爛たる伝統」であります。自刃のとき残した檄文を引用すれば、彼流のナショナリズムの最終価値、「生命以上の価値の所在」は「自由でも民主主義でもない」のであり、それは日本という支配機構としての国家であり、そしてその国家を統治する天皇でありました。吾々が三島流ナショナリズムの中に感じとるものは、人間の尊厳ではなくて尊大であり、心の誇りではなく肩の怒りであり、人間と人間との間の連帯感ではなく、人間を人間に歯向かわせる対立感であります。》

やはり鄭敬謨氏は《ことさらに日本語を通して呼びかけざるをえなかった在日韓国人《コリアン》二世の諸君》にむけて書いた一連の手紙でこういっていた。《朴政権は必ず倒れます。これは既定事実とみなしてもよい。問題はその次からです。吾々が今度こそ、必死の覚悟をもってぶつかっていかなければ、また第二の朴正煕が現われ、現在われわれが嘗めさせられている辛酸をもう一度嘗めることになりかねない。今度の今度こそは、日本人やアメリカ人の利益に奉仕する政権ではなく、真にわが民族の利益を考える政権に登場してもらいたいと思います。大きく目を開いて状勢の進展を凝視してください。いまわれわれは疾風怒濤の中に立って民族の運命が決定されつつある瞬間を目撃しているのです。》

　政治的・社会的状況のただなかにあって、まっすぐそれを受けとめ、それを乗り超えようとしている人間は、その状況がいかに困難なものであろうと、実際にはオプティミスティックだ。この一年、僕も自分のペシミズムの根を明示されるように感じつつ、繰りかえしそのような敬意にあたいするオプティミストたちにめぐりあってきた。鄭敬謨氏は、朴政権はかならず倒れるという。僕にもそれを信じぬ理由はない。ファシズム政権はうち倒されねばならない。それは民主主義のもっとも基本的な原理であろう。ただ僕のようにつねにペシミスティックな者の眼には、朴体制がついに倒れるとして、その前に若い学生運動指導者たちの死刑がおこなわれてしまう情景が、幻のように浮かんで消しがたいのである。それはすでに僕にも、新たな三一運動の狼煙となるものにちがいないと信じないわけにはゆかぬ。どうしてかれらの指導者であり友である人びとを虐殺されて、匿名者の詩『民の叫び』が呼びかけた《安岩渓谷　猛き虎　新村草原　荒き鷲》たちが、すなわち高麗大学、延世大学の学生たちが、起ちあがらぬだろう？　死を賭したこれらの指導者たちによってはもとより、現実の状況そのものによっても、原理的に、かつ具体的現実にそくし情理をつくして教育されてきた若い韓国人たちが、今度こそ大きく実質的な「民青学連」を組織して、どうして起ちあがらぬということがあろう？　血の上になお大量の血を流すようにしてであるにしても。ファシズム体制という、それが存続するにしても打倒されるにしても、つねにもっとも多くの血を必要とする政治体制の、それをくつがえすための血を流してであるにしても……

　しかし朴体制がこのように民衆を圧政の穴倉に追いつめ、追いつめることで逆に、自然の勢いのようにも圧力をたかめずにはいない民衆の抵抗の意志によって、追いつめられるという、異様な関係をエスカレートして行く時、僕がやはり想像しないではいられぬのは、最初にのべた妄想の内実である。朴政権が自国経済を危《き》殆《たい》に瀕せしめるに充分の投資を日本にあおいで、それを軍事的保障とみなしていることについては、すでにそれを疑うことを許さぬ論証がおこなわれている。しかも朴体制は大韓民国をつねに白熱して燃えあがる寸前の臨戦態勢に置いている。われわれの国家は「北傀」との臨戦態勢にある、すでに戦時なのだ、この国情を理解してもらいたい、という台詞をいくたび朴体制の権力者たちが日本政府にむけて語ったことだろう。そしてそれを、すなわちかれらが真実、臨戦態勢にあるということを、僕は悪夢のような思いとともに認めぬわけにはゆかない。それはむしろ、朴体制の発する言葉としてほとんど唯一の、確実な意味内容をそなえた台詞である。

　そこでこの臨戦態勢をそのまま三十八度線での熱い戦争に移行させることは、朴体制にとってほんのひと跨ぎの作業にすぎまい。国内の怨嗟の声が、地道にしかし着実に抵抗の動きへと顕在化せざるをえぬ時、そのように民衆を追いつめてしまったことで、逆に自分自身が追いつめられた朴政権に、死にものぐるいの戦争への道が、唯一の現状打開策と考えられるということがありえぬであろうか？　あらゆるファシズム政権が、国内政治の行きづまりを国外への侵略的拡大でなんとか急場しのぎをしたことこそ、歴史の教えるところではないか？　東条はなにをやったか、それを考えることには思考停止のまま、なんの朴・東条比較であろうか？

　そしていまいちどの朝鮮戦争、それも今度は「国連軍」のかわりに日本国自衛隊が介入する戦争、そしてアジアを核爆弾がみたび覆うことになるかもしれぬ戦争。僕は、核爆弾というものが、国民戦争から人民戦争への戦争の歴史的流れを一挙に反動化して、ごくひとにぎりの権力者の戦争にしたという、サルトルの指摘に学ぶ者である。核爆弾は、なにもかもを反動化させる。歴史を一挙にねじ曲げる。朴体制を追いつめた、地道で苦しみ多い民衆の歴史を、核爆弾が一挙に逆転させることは、すくなくとも一時的にはおおいにありうるであろう。どうして朴政権がアメリカの核兵器を、沖縄基地経由で自分たちのもとに運びこみたがらぬだろう？　あのようにも数かずの人間を殺そうとするファシズム体制に、どうして核爆弾による大量殺戮への気遅れがあろう？　そしてアメリカの知識人の抗議運動も核のカーテンをこして軍部を牽制することなどできはしないのである。

　核爆発の後、歴史にそくした意味の、あるいはまったく反動的な意味の解放はあろう。しかしアジア人はその三度目の核の廃墟をあらためて生き延びうるだろうか？　僕は一九六五年十一月十二日深更、日韓条約が「強行採決」される国会の現場にいて、《じつに恐しいものを見た》と書いた。しかし僕はあの日、真に恐しいものの正体を、すっかり見とおしていたのではなかったのである。考えてみればいま僕のいだく右のような妄想のその内容こそが、僕をあの真夜中、深く鋭く恐怖させたのだ。いうまでもなくこのようなすべては、あの日韓条約の「強行採決」による成立に源を発するのであるから……

そこで日本人の民衆のひとりとしてどうするか？もとより僕は運動論をたてる任ではない。金芝河氏たちを救うデモの参加者のひとりとしてただ歩くのみ、集会でかれの詩を朗読するのみ、それくらいのことができるだけだ。しかし核戦争によって死滅することを拒むアジア人のひとりとして、やはり僕は朴ファシズム政権への「経済援助」により、軍事的保障をおこなわざるをえないところまで日本政府がのめりこみ、朝鮮の南北分断のためのテコ入れをなおもつづけ、朴政権に絶望的な乾坤一擲をおこなわしめる後楯となることに反対し、そのような道筋をたどっている現状に抵抗しないわけにはゆかない。そのためにまず僕は、自分の職業の核心にあるものを、すなわち言葉を使わねばならぬ。そしてその言葉の責任を、言葉より他のものでもまたとらねばならぬだろう。

僕はここ数週の様ざまな集まりで、金芝河氏たちを救い、それによって自分自身をも救おうとする青年たちの声を繰りかえし聞いてきたが、そこにめざましく思われた一特徴は、民主主義という言葉の自然な復権の兆しである。いやそういうのんびりした話ではないのだと、さえぎる青年はいよう。僕はせんだっての日本・アラブ文化連帯会議の大衆集会で、自分がいわゆる戦後民主主義者として生き死にするつもりだ、という永いあいだいだきつづけている自分の生活の原理を語って、あからさまな失笑の声を聞いたものだ。その失笑する青年がわれわれの会議へ向けた問題提起を、正面から受けとめる必要を僕はいっていたのであったし、その失笑の声を聞いた後も、その考えは変らぬのであるが……

ともあれ具体的な経験として、僕は民主主義という言葉が新しい血のかようものとして語られるのを、この数週の会議でハンガーストライキのテント前で、またデモ行進のただなかで聞いた。シュプレヒコールも、韓国の民主的闘争に連帯、と叫ぶのであった。それはまったく端的に、金芝河氏たちの抵抗が、民主主義の原理に立ち、かつ暗黒裁判の具体的現実にそくし民主主義の情理をつくして闘われていることが、それが日本の若い民衆を教育したというほかにないであろう。僕はたとえ死を賭しても抵抗をおこないつづけることをやめぬ人間に対してであれ、そのことのみによってかれを聖化するのではないが、そしてそれをもまたデモクラットな態度と考えてきた者であるが、しかし《私が予想したのは、政権が倒れるということではなく、私と他の学生運動家たちが逮捕され、裁判にかけられるだろうということだった。いま予想した通りになっている。しかし、これも民主的闘争の一つの道だと考えている》と法廷でのべる韓国人にたいして、いや民主主義などとなまぬるいことをいっていたのではだめなのだという日本人がいるとして、かれを正当だと考えるわけにはゆかない。

　われわれは自分の民主主義を、原理にさかのぼりつつかつ現実にそくして洗いなおし、朴ファシズム政権と癒着している日本政府の、反民主主義的な実体を摘発しつづけなければならぬ。単純な話だといわれるにちがいないが、しかし韓国の民主的闘争に連帯するということの、現実的な意味がほかにあるとは、いわゆる戦後民主主義者の僕には考えられぬのである。

　いうまでもなく僕はこのようにいって、どさくさまぎれにいわゆる民主主義の権威回復を画策しているのではない。権威などは、いかなるたぐいのそれもデモクラットなものではありえない。僕があえてこのようにいうのは、いま明日にむけてのひとつの重要な手がかりを、民主主義という言葉に見出しているからにほかならない。明日の、韓国の民衆と日本の民衆の真の和解のための手がかりを。

　明日のという以上、それは核戦争の廃墟のアジアの明日ということではない。核戦争に向って傾斜する朴ファシズム体制が、なお危険きわまりない実態において存続する明日でもない。とすればそれは、鄭敬謨氏のいうように朴政権がかならず倒れてからの、それに続く明日である。第二の朴正熙の出現を阻止するために、韓国の民衆が必死の覚悟をもって努力している明日である。かれらの努力は、日本人やアメリカ人の利益に奉仕するのでなく、韓国の、なおそれを越えて朝鮮民族の、利益を考える政権の確立のためにおこなわれているであろう。そしてなにより現実的に困難な課題、しかし究極の課題、南北統一のためにおこなわれているであろう。

　そのような明日、日本人はまず現在の政治的・経済的に、かつ軍事的にすら朴ファシズム体制と癒着している日本政府の体質を、根本的につくりかえていなければならぬはずである。日本政府がみずからも充分な利益をえながらする、多面的なテコ入れが続くかぎり、朴ファシズム体制はなかなか倒れぬであろうから。たとえそれがかならず倒れるものであるにしても。そしてそのように日本の政治・経済の体質が根本的につくりかえられえているとしたら、それは日本の民衆の、韓国の民衆の民主的闘争と連帯する、おなじく民主主義の原理に立ち、具体的にいちいち民主主義的な情理をつくす運動をつうじてのことであるにちがいない。

　さてそのような明日、韓国人と日本人の真の和解はどのようにおこなわれうるであろうか？　韓国の民衆の民主的闘争と呼応する日本のとくに若い民衆の運動は、それ自体で、またその現実的経験の教育によって、和解のきっかけをその時すでにつくっているであろう。しかし、それと同時にわれわれが日本的なナショナリズムの欠陥をみずから克服しているのでなくてはならない。これは琉球処分をふくむ、近代化以後のもっとも困難な自己改造の課題として、日本人にせおわれねばならない仕事であろう。

すでに引用したが、鄭敬謨氏は三島流ナショナリズムと呼ぶことによって、じつは日本人一般に底流するナショナリズムの特殊性をいいあてていた。それは自由でも民主主義でもないものを、すなわち日本という支配機構としての国家、その国家を統治する天皇こそを最終価値とするナショナリズムである。《朝鮮野郎の血を吸って咲く菊の花》のナショナリズムである。

近代化の百年来日本人がささげもってきたその特殊なナショナリズムを、鄭敬謨氏が韓国人の屈辱と悲しみの中から、抵抗の中でつちかわれたナショナリズムとみなす、《解放された、誇り高い、自由な人間》を最終価値とするナショナリズムにつくりかえる仕事。じつはその普遍的なナショナリズムこそは、広島・長崎の核爆弾による廃墟で、みずから再生するために日本人がめざしたナショナリズムであっただろう。沖縄で戦火の瓦礫に立つことから出発しながら、永年のアメリカ軍政下の「戦後」を生きねばならなかった人びとのめざしたナショナリズムであっただろう。それはわれわれの憲法が、原理としてあきらかに指示しているナショナリズムである。それを実現しえぬゆえこその、憲法の空洞化、戦後民主主義の虚妄という現実認識を、ここ数年苦しい試煉としてわれわれは受けとめねばならず、より苛酷な試煉として、施政権「返還」後の沖縄の民衆はその本土からの積悪をもろにひっかぶらねばならなかったのではないか？　それを実現しえぬゆえこその、広島・長崎に深く広く潜行する根源的な絶望と憤怒があり、なおそれを越えて原爆後の、「核経験」後の真の人間回復のために働く人びとの存在が、激しく孤絶した光を発するのではなかったか？

　もしわれわれが、韓国人とその普遍的なナショナリズムをわけ持つ明日を獲得するならば、その明日われわれの展望は、すでにナショナルな展望というより、全アジア的な展望となろう。そしてはじめて沖縄の若い民衆が苦しい経験にきたえられてめざすことになったアジア的な展望が、すべての日本人の世界観の中心に坐ることにもなるであろう。そのように普遍的なナショナリズムとは、すなわち民主主義そのものと呼びうるものである。

　しかしそのような明日がはたしてあるのか？　アジア全域が核の廃墟となる明日でなく、解放された、誇り高い、自由な人間のナショナリズムが集まってアジアの展望をあらたに開く明日がありうるのか？　ハンガーストライキの最終日の夜更け、霖雨に濡れる暗いテントに思いをはせながら、僕はそのなかで鬱屈した顔をうつむけていた在日朝鮮人の作家たちを、とくに李恢成氏の運命と選択を考えぬわけにはゆかなかった。日本・アラブ文化連帯会議で、朝鮮の南北分断と韓国人の状況、またとくに在日朝鮮人のにないこんでいるものを語った李恢成氏の言葉は、とくにパレスチナの詩人に深い感銘をあたえた。まさに普遍的な真の人間中心のナショナリズムの光が、かれらの魂のあいだをとびかって熱を発したのであっただろう。それはかれらが、乗り超えねばならぬおよそ絶望的な困難をおたがいのうちに確認しあったことでもあっただろう。

　その絶望的な困難をいちいち正面からひきうけつつ、それこそ原理的に、かつ具体的現実にそくし情理をつくして乗り超えてゆき、その乗り超え作業そのもののうちに、かれらの人間的な実質の全体を表現して行く、ガッサン・カナファーニーをはじめとするパレスチナの文学者のものの書き方を、僕はアラブのエクリチュールと呼びたいと思う。イスラエル人の側のしかしという言葉にはじまる弁明と主張に向けて《そう、しかし。この恐しい、致命的な、血みどろのしかしというやつが……》といって怒りを発するパレスチナ人を書いたのも、そのアラブのエクリチュールにほかならなかった。李恢成氏もまっすぐそこにつらなるべき在日朝鮮人のエクリチュールによって、かれの祖国の統一にいたる巨大な困難を正面から受けとめつつ、いちいちかれの言葉を、かれの特別に条件づけられた日本語を、書きつけてゆくほかにはあるまい。僕はひとりの日本人の作家としてかれに向って立ち、決してあの恐しい、致命的な、血みどろのしかしという態度保留の言葉は発せぬという決意を固めなおさなければならぬ。原民喜のエクリチュールにならえば、核の廃墟か、新しいアジア的な展望か、さだかには見えぬ明日にむかって……

〔一九七四年〕

II

状況へ

プロローグ　「書き方」の問題

ひとりの人間が文章を書く、ということはどういう行為か？　とくに構造主義の言語学者にみちびかれて、僕は自分の文章の書き方《エクリチュール》を検証する。書こうとして、書きながら、書いたあとで。書斎のなかで自分の文章にむかいあっているよりも明瞭かつ全体的に自分の「書き方」をたちまち見とおしうる経験があった。

「アジア人会議」で僕はアジアからやってきた様ざまな人びとの言葉を聞いていた。またかれらを主体的にむかえている若い日本人たちの言葉を聞いていた。そして僕はそれらの言葉がみな、まことにさっぱりと、自分はなにをおこなうか、他人になにをおこなうべくもとめるか、ということだけを語るのに鮮明な印象を受けたのである。かれらの言葉はというより、かれらの語るところの全体をひとつの文章として受けとめることも可能だからそうすれば、すなわち会議でのかれらの「書き方」は、行動と同義語だった。そしてかれらの言葉を受けとめる人びとも、行動と同義語の「書き方」よりほかのものなぞ、いっさい期待してはいないと観察された。それは僕が以下につづく一章のなかでモノーの文章のなかから引いた談論《ディスクール》ということに近い、あるいはまさにそれそのものの言葉であった。

そこにつなぐようにして引用をかさねれば、フランス人であるモノーにとって、談論という言葉は散文についての次の伝統的な考え方と地続きの表面にある言葉として、そもそも把握されているのであろう。ロラン・バルトがかれらの国の大歴史家の文章を選びだして作った本に、この一節があった。《散文は思考の最後の形態、漠とした無為の夢想からもっとも遠い形態、行動にもっとも近い形態である。》(『ミシュレ』藤本治訳)

右のように書きつらねると、不整合なものを無理やり積みかさねてゆくように響くかもしれない。しかし実際におこったことがこうなのだ。梅雨入り近い八王子の丘の会議場で、まことに「アジア人」と呼ぶことがもっとも正当に感じられる若い人びとの言葉を聞くうちに、僕はミシュレの散文観をはっきり把握しえたと感じ、またモノーの談論という用語法を具体的に感じなおす、という具合にそれを連続的に経験して行ったのである。そして問題の核心、すなわち僕自身の「書き方」は、これらの行動＝「書き方」の人びとにとってどのようなものにうつるのだろうか、という茫然とするような思いにひきいれられていたのである。僕はそれらの人びとの肉体と意識の「書き方」の発する光が、くまなく僕の「書き方」の総体を照し出すのを発見するようにも思った。その発見に立ちながら、しかもなお僕は自分の「書き方」で書く……

「アジア人会議」が終ってすぐ、インドとフランス、中国の核実験の報のさなかに、僕は、中国新聞の論説担当者であった金井利博氏の死を知らねばならなかった。以下のもうひとつの一章で病床にありながら「難民諸相の綜合研究」を主張してやまぬ一ジャーナリストとしての金井利博氏を僕は語った。過去から現在につづく原爆難民を、現在から未来に伸びてゆかざるをえぬ公害難民にかさねて積極的に日本人の原点としてとらえなおそうとする。その構想を氏が僕に語ったのは、広島のある大学病院の一室においてであった。突然に見舞いにあらわれた僕を不審げに見つめていられた後、氏は激しく嗚咽された。しかし、肉体的な苦痛との闘いの持続の上で感情的なバランスが崩れているのだという、いかにも氏らしい男らしさの自己分析をすると、氏はもうその構想についてより他は一切語らなかった。医師の面会時間制限を気にかける僕に、氏はたえまなく語りつづけて倦むことがなかった。

　あの夜すでに僕は、氏をとらえているのが致命的な病患であることに気づかなければならなかったのである。作家として自分の鈍感を恥じるほかはないが、しかし氏は永年のあいだつねに、僕に対して励ましの力のこもった言葉を語りかけてくれる対話の相手であったのである。広島での最後の対話のあと、僕がかってつねにそうであったように根本的な励ましを受け、お土産にもらったムスタキの『ヒロシマ』のドーナツ盤を持ってホテルに戻りながら、かえって自分自身が見舞われたように感じていたのも、僕にとってそれは自然なことなのであった。

僕は氏の姿を一九六四年夏の原水爆禁止大会においてはじめて見かけた。そこで氏は原爆被災白書について提案されていたのであった。僕は氏のいわば提案全体の「書き方」を『ヒロシマ・ノート』に記録している。その時若いジャーナリストが、広島の一般の庶民は原水爆体制について怒りをいだいているのではないのじゃないかと、いかにもわけ知りめいた質問をした。それに対して氏は涙ぐまんばかりに激昂された。「庶民にも怒りはあるが、それを表わす方法に迷っているのではないか？　われわれもそれに迷っているのではないでしょうか？」と氏は叫ぶようにいいかえしたのである。この最初と最後の出会いにおいてより他は、氏は涙とはまったく無縁な人間のようであったのだが……

　この提案における、原爆は威力として知られたか、人間的悲惨として知られたか、という氏の問題のたて方は、すなわち氏の「書き方」は、原水爆体制について考えようとする者みなにとっていまやすでに誰も避けることのできぬ根本的な問いかけとなっている。それに続いて、氏の現場でのジャーナリストとしての仕事と表裏一体をなした思想的追求の柱である「核権力」という言葉も。

僕は生前の氏を「志」の人と考えていた。その「志」は広島現地からの原水爆体制への報道の、また論説の仕事をつらぬいていたし、逆にまたその日々の仕事によってあらためて強化されつづけるようであった。とくに原爆被災白書の運動は、その「志」の中核にあった。「志」は具体化されたし、今後なお具体化を深める勢いをあたえられたものとして、われわれの前に残っている。氏は現実的な行動家であった。

そしていったんそのように考えつつ、あらためて氏の文章をふりかえると、その最後の病床での言葉のはしばしにいたるまで、氏はつねにただ行動と同義語の「書き方」でのみ語った人であったと、端的に納得されるのである。それゆえにこそ僕は氏の死の報せを悲しみつつ、その悲しみが時の流れによって穏やかにとけさってゆくものでないと予感する。それは重く硬いものとなって僕の意識にとどまり、いつまでも根本的な反省をうながしつづけるであろう。根本的な反省とはなにか？　それはあの行動の「書き方」の人間にとって僕の「書き方」はいったい何であったろうか、あの死者の魂から発する光が、僕の「書き方」の全体をふたたび徹底的に照し出しているのではないか、という恐しい反省にほかならない。その反省に立ちながら、しかもなお僕は自分の「書き方」で書き、そのむこうに新しい自分の「書き方」をつくりだそうとするほかにない。

以下のひとつながりの文章群は、一九七三年初めから今年初めにかけて雑誌『世界』に小田実氏の『状況から』と併載された。「アジア人会議」の主催者でもあった小田実氏は、もとより行動の「書き方」の人間である。この期間『世界』はそれまでの永い持続に立って、おりから危機的相貌をあらわした日韓問題に集中的な努力をそそぎはじめていた。雑誌全体が、やはり行動の「書き方」をあらわしていたというべきでもあろう。

したがって『状況から』と並んで『世界』に発表されることは、それ自体ですでに僕の「書き方」が、二重の批評の契機とともにあることなのであった。おおかれすくなかれ変化の過程にあると自覚される、僕の「書き方」による文章を、それも日々の状況へ向けて書いてゆき発表してゆくことのうしろめたさは、この二重の批評の契機にさらされているという意識によって、いくらかなりと軽減されたのであった。僕は感謝する。

ガリヴァの馬

北爆再開はパリの停戦協定の討議がアメリカ側にとってどのような性格のものかをあきらかにしたが、それ以前にも、討議のあいだヴィエトナムで数多くの人間が死んでいた。アイスキュロスはトロイ落城を故郷の町に報告にかえった兵士にこのように祈らせたという。《ピュートーの主なるアポローンの君、もはや弓もて射給うことなかれ、我らに矢をば射給うなかれ、スカマンドウロスの河辺にて、我らを敵となし、存分に苦しめ給いしことなれば。》（斎藤忍随『プラトン』）戦争終結への苦しい希望にかさねて、おなじ祈りの声が、様ざまな言葉で、発せられてきたのだ。そしてその祈りもむなしくあらたに数多くの人間が、それも兵士のみならず、民衆が殺される。

しかもなお、ついにはヴィエトナム戦争が終ると、なお困難な期待をかけるとして、この戦争はどのような戦争なのか？　日本人はどのように加担しているのか？　そして、日本人にとってもヴィエトナム戦争は終りうるのか？　日本人はヴィエトナム戦争の文脈につなげて新しくなにを始めようとしているのか？　といまこそむしろわれわれが自ら問わねばならぬ。

歴史最初の帝国主義戦争ということがいわれるように、やがて歴史家は、はじめての核時代の人民戦争と、ヴィエトナム戦争を呼ぶにいたるだろう。いうまでもなく、この言葉はそれ自体で矛盾をはらんでいる。かつてサルトルが語ったように、人民戦争にむけての戦争の歴史の流れを、核兵器は、一挙に反動化した。人民すべての参加する戦争に、ひとにぎりの戦略家たちの戦争が対置された。もっともひとにぎりの戦略家たちの戦争でも、殺されるのは人民であり、この人民という言葉は、いまや地球上の人類すべてという恐るべき意味をそなえている。

　そしてやはりヴィエトナム戦争は、核時代の人民戦争なのだ。再開された北爆がそのまま示すとおりアメリカは、左手の核兵器で威嚇しつつ、右手の大量殺傷兵器で、残虐に殺しまくる戦争をおこなっている。それを核時代の戦争といわぬとするならば他にどのような言葉があるだろう。田中訪中の直前、在沖縄米軍がほかならぬ尖閣列島でＡＧＭ12型ミサイルの模擬爆弾投下訓練をやってみせたが、核・非核両用のこのミサイルに、おなじＦ４ファントム機が搭載できるＡＧＭ12Ｅ型ミサイルをかさねあわせてみるならば、アメリカの今日の戦争のやりくちはくっきりと浮びあがる。それは八三〇個以上のボール爆弾を内蔵するミサイルなのだから。アメリカは、核ミサイルによる攻撃の可能な、Ｆ４ファントム機によって、核攻撃するかわりに、大量殺傷用の残虐爆弾をおとしてまわっている。そのあいだも、いつでも核ミサイルを発射できるぞ、と威嚇しながら。

　このＦ４ファントム機が、ヴィエトナム戦争の、アメリカの側からの内容を象徴している。現実に具体化してもいる。そしてＦ４ファントム機はいまも嘉手納空港から、日々、爆撃訓練に飛びたっている。すなわち沖縄は、そしていまやそこをもっとも危険な突出部として日本は、ヴィエトナム戦争の、核時代の戦争としての側面に加担してきたのであるし、この態勢はいわゆるポスト・ヴィエトナムにもなお強化されてつづくだろう。

　逆に、ヴィエトナム人民の側からいえば、かれらは人民戦争としてこのヴィエトナム戦争を戦いぬき、ついにアメリカを追いつめている。それはパリでキッシンジャーがどのような眼くらまし的演出をおこなうにしても、ヴィエトナム現地の事実において、誰の眼にもあきらかであろう。ヴィエトナム戦争は、核時代の戦争であるが、同時にヴィエトナム人民による、人民戦争にほかならない。

　人民戦争というコンテキストのなかで考えれば、原理的に、これはアメリカにとって絶対に勝てない戦争であった。侵略軍が人民戦争に勝つことができるだろうか？　核兵器をもちいれば、あるいは勝つことができるかもしれない。敵の人民を、みな殺しにすることによって。アメリカがそれを考えなかったと誰が強弁できよう？　アメリカが戦術核兵器使用の技術的検討のために科学者リチャード・ガーウィンをヴィエトナムへ派遣したのを忘れることはできない。

　絶対に勝てない人民戦争に、侵略軍として勝つ、という逆転の夢は、ただ核兵器によってのみ支えられている。いまそうであるとおり今後も、この夢にとりつかれる戦略家は、次つぎに出るだろう。そしてそのたびごとに人類を滅亡のすぐ崖っぷちまで押しやるだろう。この逆転の夢が、核兵器の威嚇と、現実にはその行使なしでなんとか実現されようとし、やはり原理のとおりに失敗に終りつづける過程として、ヴィエトナム戦争を把握することもできるにちがいない。

　核兵器は使わず、しかしそれより他のあらゆる汚ならしい兵器で、「敵」の人民をみな殺しにする。いうまでもなくそのあいだも、核兵器で威嚇することは片ときも忘れずに。それが現実におこなわれているアメリカの側からのヴィエトナム戦争である。「敵」をみな殺しにするよりほか、絶対に勝てない戦争。そのような戦争に参加させられる人間の精神に、どの種の絶望的な荒廃がおこるか、それを人びとはソンミで見ただけではない。アメリカ本国で、沖縄でその酷たらしい実状が繰りかえし赤裸に剝きだされてきた。アメリカ人の、インディアンみな殺しの歴史的な「原罪」がヴィエトナムで戦争をする若い兵士の精神の深層によみがえっていると、分析する者らもいたが、それは必らずしも牽強付会でないかもしれない。しかし、いうまでもなく、もっとも酷たらしいのは、絶望的に荒廃する兵士たちよりも、かれらに殺戮されるヴィエトナムの民衆である。絶対に勝てない戦争において、敗北を認めることをいくらかでも遅らせようと、なおも片手の核兵器にチラチラ眼を走らせつつ「交渉」する者が、みずから殺し、かつ見殺しにしつづけているヴィエトナムの民衆である。

そのヴィエトナム戦争に日本人はどのように加担してきたか？　日本人は、この核時代の人民戦争のコンテキストのうちにあって、どのような役割をにない、どのような本質をあらわにしているのか？

まずもっとも明瞭なのは、日本人が、ヴィエトナム戦争の、核時代の戦争としての側面に、あえて反対していない事実である。そしてヴィエトナム戦争の、人民戦争としての側面に、いささかも加担していない現実である。この基本的な大筋が、観察としてあやまちをおかしているという者は、あるまいと思う。いやそうでないと、あえて強弁する者がいれば、むしろかれの廉恥心が疑われねばならない。

すでにのべたように、もしそのような戦術が決定されれば、明日にでも片翼の下には核ミサイル、片翼の下にはボール爆弾のミサイルを搭載して出撃することのできるF4ファントム機は、いまも沖縄の米軍基地から訓練にさかんに飛び立っている。片方で核爆弾によって威嚇しつつ、片方で大量殺傷兵器によって殺しつくそうとする。しかもその大量殺傷兵器の威力をほとんど核爆弾のそれに限りなく近づけるために、原子物理学者までをも動員して狂奔している。この核時代のみな殺し戦争の特質を、機能においてもっとも象徴的にあらわしているF４ファントム機が、嘉手納基地から飛び立つこと自体へ、日本人は反対していない。それはあらためていう必要がないまでに、日本人がヴィエトナム戦争の、核時代の戦争としての側面に、あえて反対していない、ということであろう。

　もっと一般化してみることもできる。核のカサの神話、すなわち核兵器の庇護のもとにいれば安全だとする、いかがわしい神話をまるごと信じている日本人はすでに数多くないはずである。しかし核のカサの危険を一応は頭にいれたうえで（ということは実は、核のカサの真の危険から意識して眼をそむけて、ということになるが）、しかもなお核のカサのもとにいようとする者と、どうジタバタしても核のカサのもとから逃れだすことはできぬとあきらめた者と、この核兵器の時代への、積極的および消極的賛成者が、日本人の大半をしめていることを、いま誰が否定できようか？

　今日の日本人の社会は、核兵器の世界制覇を認めた者らの社会である。今日の日本人の経済の繁栄は核兵器の世界制覇を認めて、アメリカの核体制にぴったりよりそい、自分は核兵器をもたぬが、核基地は頬かぶりして提供し、核体制による現状の固定に乗じて、吸収しうるものはみな吸いこんでしまおうとするセツナ派によって支えられた、経済の繁栄である。そうした表現に説得的な根拠がないというならば、こういいかえてもよいであろう。日本の経済界の指導者たちの誰が、現代世界の、核体制の大転回を想像しているかと。また、核体制をうち壊す、人民的な力の新しい出現を、かれらの誰が空想だにしているかと。わが国際的・国内的エコノミック・アニマルのすべての領袖たちは、核体制によるこの世界の固定化にのみ、その足場をすえているのである。

パリの和平交渉で妥結近しといわれた間、かれら日本の経済界の指導者たちがおよそ落着いて対処し、経済的な新しい夢としてのポスト・ヴィエトナムというようなことのみを思いめぐらしていた余裕綽々ぶりはなぜだったか？　なぜかれらが、その核時代的パトロンの敗戦によりそうようにして打撃を自覚しなかったのか？　それはまことに端的に、かれらが、いやヴィエトナムでアメリカの核時代の戦争は敗北していない、と考えていたからである。確かに、ヴィエトナム人はその犠牲多い人民戦争を戦いつづけている。アメリカ人の兵士も数知れず殺された。しかしアメリカの核体制は、いささかも揺らいでいはしないと、かれらが計算していたからである。パリのキッシンジャーは、かれらがそのような計算をみずから疑わなくていいように、まさにおあつらえむきの示威的な身のこなしをみせてきたし、その直接の連続として北爆再開があるのはいうまでもない。

そしてその決算法にもとづいてヴィエトナム戦争の全体を見わたすなら、かれらがその出納簿に、結局日本人はこの戦争において敗けなかった、アメリカの核体制によりそってかちとることのできる利益は細大もらさず吸いあげることができたし、ヴィエトナム人の人民戦争は海をこえてここまで押しよせることもなかったと、満足げな総括をおこなうであろうことも自然ななりゆきであるにちがいない。かれらの肥大した自我を中心にして外にむかって開く日本人像の大きなひろがりから、われわれはよく自分自身を、いやおれはそのようにヴィエトナム戦争とかかわる日本人ではないと、くっきり識別できるだろうか？

このような識別のための手がかりがありうるとすれ

ば、そのためのあきらかに新しい日本人像を、地道にたゆみなく自分のうちに築きあげつづけてきたのは小田実をはじめとするべ平連の人びとである。かれらはヴィエトナム戦争にかかわって、アメリカの核戦略の体制の側に立たなかった。それに反対した。かれらはヴィエトナム人の、人民戦争の側に立とうとした。かれらは人民戦争を支援しつづけた。ヴィエトナム戦争において、アメリカの敗北があきらかとなる区切りめごとに、日本のいわゆる現実派の政治理論家たちが、もっともシニックにべ平連を嘲笑した。アメリカ大使館のパーティの、それも一杯まわったあとの気分にこそふさわしい口調で、かれらはこういった、ヴィエトナム戦争の転換にべ平連の運動はいささかも影響していないと。今あらためてかれらはいっているだろう、キッシンジャーの核戦略下の硬軟自在の(これこそヘドだが!)構想が、パリで和平交渉をまとめあげさせようとしているのであって、べ平連はいかなる現実的有効性も果たしていはしないと。かれらいわゆる現実派をして、かれらの品性・資質のままにあらしめよ。

しかし、たとえ運動の直接の対象の状況的変化によって、小田実たちが新たな展開のために組織をつくりかえることがあるにしても、むしろそれゆえに根柢において持続するべ平連的なるものは、すなわち日本においてヴィエトナム戦争の核時代の戦争としての側面に反対し、その人民戦争の側面によりそって立とうとする者らの運動の本質は、ついに困難な平和が(なお平和そのものにおいても困難でありつづける平和が)ヴィエトナムにおとずれるとしても、その後とくに有効性をあらわすだろう、ほかならぬわれわれの生活の現場で。なぜなら、さきにのべたように日本人のおおよそが、自分たちはヴィエトナム戦争において敗けはしなかったと考えており、そもそものヴィエトナム戦争の核時代の戦略としての側面は、なお原理として揺らいでいない、それがわれわれの時代を支えているのだと、その後も信じつづけるであろうからである。それはすなわち、日本におけるヴィエトナム戦争的なるものは決して終りはしないということを、事実において意味しつづけるであろうからである。

　核兵器の時代とは、ピラミッドの頂点にあたる所に核兵器がつりさげられていて、それですべての手つづきが完了するという構造の、時代ではない。片手に核爆弾があれば、もう片手の通常兵器が、みな殺しの性能において限りなく核爆弾に近づかねばならぬ。その事実が象徴的に示しているとおり、頂点に核兵器をおけば、ピラミッドの実体にあたる厖大な体積が、核兵器よりほかのものによって埋められねばならぬ。そのようなピラミッドこそが核体制であり、核時代そのものである。ヴィエトナム戦争は、アメリカの側からすれば、あきらかにこの核体制のピラミッドの胴体を埋めることにおいて致命的に失敗しつづけている、そしてヴィエトナム現地ではもうどうあがきつづけるにしても、そのピラミッドを再建できぬという事例ではないか？

　沖縄の「施政権」返還にあたって、軍国主義日本の底辺を補完するための沖縄ということが、繰りかえし沖縄の若い知識人によって予言された。まことに絶望的な語調のその予言は酷たらしく実現しつつあるが、おなじ表現をもちいれば、アメリカの核体制を底辺において補完するための日本というものが、沖縄をその突出部としてクローズ・アップされてくるのが、もし戦争が終るとしてもいわゆるポスト・ヴィエトナムの現実の眺めであろう。

　一九四五年夏、人類の歴史にはじめて核爆弾が凶《まが》々しくあらわれた日、みずから傷ついて避難した、ひとりの文学者が象徴的な光景を見た。《原爆あとの不思議な眺めのなかに――それは東練兵場でしたが――一匹の馬がゐたのです。その馬は負傷もしてゐないのに、ひどく愁然と哲人のごとく首をうなだれてゐました。》

かれがこの眺めを報告するのは、五年後の夏、あらためてめぐってきた原爆の日に『ガリヴァ旅行記』について語りながらである。かれは毎年この馬のことを考えながら八月六日をすごしたのであろうが、翌年夏ふたたびその日をむかえることはなかった。朝鮮戦争において核兵器が使われるかもしれぬという、暗黒の噂におしひしがれるようにして、まだ春にもならぬうちにかれは自殺してしまったから。今年はこの記憶されねばならぬ文学者、原民喜の二十三回忌にあたる。

死についていえば狂気の老年の「なんという怖ろしい崩壊と廃墟」のはてに死んだ天才ジョナサン・スウィフトの人間観を正確に反映した馬、ガリヴァの馬はどういう存在であっただろう？ 原民喜の想像力の光がそこにあたるのをあらためて追うようにして、われわれは『ガリヴァ旅行記』(中野好夫訳)にたちもどる必要がある、その第四番目の旅行に。

叛乱した船員たちによって追放された船長ガリヴァは、ある島にたどりついて、そこの文化を宰領している馬たちの種族フウイヌムに救助された。フウイヌムとはこの国の言葉で馬を意味し、語源は「自然の完成物」である。ついでに言葉についていえば、フウイヌムには邪悪なものを表現する言葉がない。なぜなら《そもそもこのフウイヌム族というのは、先天的に道徳的な性向を賦与せられているのであって、だからいやしくも理性的生物に、どうして悪なるものが存在しうるか、彼らには全然理解もできないのである。》フウイヌムたちのふたつの大きい美徳は友情と仁慈だった。

ガリヴァは、かれに宿を提供してくれた主人のフウイヌムに乞われて、ヨーロッパ事情について話す。戦争という、フウイヌムの国には存在しない悪についてはとくに詳しく説明しなければならぬ。《われわれの持っているものを隣国の方で欲しがるとか、あるいは逆に、われわれの欲しいものが隣国にあるといったような理由で、向うがこっちの物を奪うか、こっちで向うの物を獲るかするまで、死闘をつづけるというようなこともある。また人民が飢饉で疲弊したり、疫病で衰滅したり、党派的対立のために紛乱に陥ったような場合は、その国に侵攻して行っても、これは極めて正当な戦争理由だと考えられている。同様に、いくら隣国の盟邦であっても、かりにその都市の一つが、こっち側に極めて便利な位置にあったり、あるいはその土地が自国側の領土を完全にするのにちょうどよいというような場合には、これまた戦争に訴えてさしつかえないことになっている。またある君主が、貧窮無知な国民に対して兵を進めるような場合には、たとえ彼らの半ばを殺し、残余をことごとく奴隷としても、ただそれが彼らを文明に導き、野蛮な生活状態から救ってやるためならば、それもかまわないのである。また甲なる君主が、ある侵略を防ぐために、乙なる君主に救援を仰ぐとする、そんな場合、乙なる君主は侵略を撃退してしまうと、今度はかえってその領土を占拠して、かんじんの救援に来てやった君主を殺したり、監禁したり、追放しても、それは立派に王者らしい行動であるとして、しばしば繰り返されているところである。……貧国は飢えており、富国は倨傲であり、飢饉と倨傲とは常に相対立している。》

ガリヴァは戦争がどのようにおこなわれるかについ

ても説明しないわけにはゆかない。《……敗走、追撃、勝利、さては死屍累々として、いたずらに犬狼、猛禽の餌食となるに任せられている戦場、掠奪、強盗、凌辱、焼却、破壊と、そういった事柄について……》、《我輩は、まだもっと詳細に説明しようと思っていると、主人がいきなり黙れという、そして、なるほどヤフーの性質を知っているほどの者ならば、あの凶悪な動物が、今其方の言ったような、あらゆる所行をしそうなことくらいは容易に信じられる。ただしそれは彼らの力や知恵がその悪心に伴いさえすればの話である、と彼は言う。》

ヤフーとは、この馬の国家にいる野蛮・醜悪な人間にほかならぬのである。この獣のごとき人間どもの流す害悪に、「この地上からヤフーを撲滅すべきやいなや」という討論がフウイヌムたちによっておこなわれるに到り、ついにヤフーと同じ姿かたちをしたガリヴァも悲しみをこめてこの地から立ちさらねばならなかった。

さて原爆後の広島に、「ひどく愁然と哲人のごとく首をうなだれて」いる馬を、原民喜が見出した時、かれの想像力は、その馬にフウイヌムを、一頭のガリヴァの馬こそを見出したにちがいないのである。人類は「彼らの力や知恵がその悪心に伴」うまでに文明を発達させ、そのきわみの果てに核爆弾を開発した。そして人間の頭上に投下してしまった。なぜそれを現実にまのあたりにしたガリヴァの馬が愁然と哲人のごとく首をうなだれているか、それはかれの心に次のような黒暗々たる省察がよみがえったからであろう。《……いやしくも理性的動物をもって任じているものに、かような恐るべき極悪の所行が可能だとすれば、理性の堕落は、あるいは獣性よりもかえって恐ろしいのではないか……》

被爆後五年、この文明史の極点の「理性の堕落」が修正されるどころか、核時代として定着するころ、原民喜は暗いフウイヌムの省察をわけもちつつ、ガリヴァの馬にまたがって、おなじく愁然と哲人のごとく首をうなだれて、人間の世界を去って行った。遺書のようにかれの残した文章は、哀れな冷えきった地球ともうひとつの地球のヴィジョンを語っている。《その円球の内側の中核には真赤な火の塊りがとろとろと渦巻いてゐる。あの鎔鉱炉のなかには何が存在するのだらうか。まだ発見されない物質、まだ発想されたことのない神秘、そんなものが混つてゐるのかもしれない。そして、それらが一斉に地表に噴きだすとき、この世は一たいどうなるのだらうか。人々はみな地下の宝庫を夢みてゐるのだらう、破滅か、救済か、何とも知れない未来にむかつて……》

ガリヴァの馬にまたがった原民喜の内部に自己同一化して、かれの眼をつうじて見るように、われわれ自身を眺めよ。われわれ日本人は、広島・長崎において、また福竜丸において核爆弾を被爆した経験をもちながら、しかもなお、この核時代において、核兵器の戦略の側に立ちつづけようとしている者らである。ヴィエトナム戦争において、片手に核爆弾をもって威嚇し、片手にはあたうかぎり核兵器に近づけたみな殺し大量殺傷兵器をもっているアジアへの侵略軍に、よりそって立っている国家のアジア人である。

それに対して、人民戦争によって抵抗するヴィエトナムの人民があり、かれらは核時代の人民戦争を厖大なかずの人間のいのちを犠牲にして戦いぬいている。その側に加担するというのでは決してなく、その逆ですらあるのだが、ともかくもこの核時代の人民戦争の過程を見て、日本政府が、いわゆるポスト・ヴィエトナムの、政治的選択を根本においてこれまでと変えようとした瞬間があったか？　根本においてそれを変えるとは、核時代の核兵器の威力にたよる側から、はっきり自由になることを意味するほかにない。しかし誰の眼にもあきらかなように、われわれの国家はそういう選択をおこないはしなかったし、近い将来そういう選択をおこなうこともないであろう。

　ヴィエトナム戦争において、どうもむこうの人民戦争の側は勝ちつつあるようだ、しかし、こちらの核戦略の側も、今度の北爆再開に見られるように、なかなか負けはしないのではないかというのが、擬人化すればヤフー日本の現在の、およそフウイヌムには理解しがたい二面性をもった考え方であろう。そしていまや、沖縄をなお沖縄戦、「戦後」の酷たらしい犠牲のつぐなわれぬままの突出部として、日本全体が、アジアにおけるアメリカの核戦略の前進基地となりおおせるというのが、ヴィエトナム戦争が終るのであれ、そうでないのであれ、われわれの運命の赤裸な先行きであるにちがいない。

　さきにのべたように、核戦略の時代とは、ピラミッドの頂点に核爆弾を置き、その胴体にあたるところを、かぎりなく核兵器のみな殺しの性能に近づけた大量殺傷兵器によって補完した時代である。アメリカの核兵器を、ピラミッドの頂点に置いて、その胴体を沖縄—本土基地ぐるみ、四次防の構想において補完しようというのが、ヤフー日本のポスト・ヴィエトナムの、あるいは戦争続行中の、どうにもまぬがれようのない剝きだしの実態である。

　日中国交回復も日本の保守政治家の、核戦略の側によりそって立つものの考えかたを変更させはしなかった。現実に田中訪中直前の尖閣列島での空対地ＡＧＭ12型ミサイル、模擬爆弾投下訓練についてはすでにのべたとおりだし、共同声明直後には、自衛隊が本格的に沖縄へ移駐した。《日中正常化後も日米安保条約にいう「極東の範囲」には台湾地域も含まれる》という首相の言明は、在沖縄米軍当局によって事実において保障された。日中国交回復が、かえって沖縄を中国に対するあからさまな「敵」の前進基地として突出させているのである。それについてわが国の政府に、とくに矛盾の自覚はないだろう、あちらさんも核兵器の戦略の側にいるではないかという理由で。かれらの眼は核時代の人民戦争の側面を見る視力をみずから放棄している眼である。

そこで日本および日本人を眺める、ガリヴァの馬にまたがった原民喜の眼には、およそ荒涼たるヤフーどもの現実がうつるほかないだろう。その野蛮で陋劣な景観のなかに、破滅でなく、救済を、未来に約束する萌芽は実在するだろうか？

ここに二通の要請書がある。ひとつは、沖縄の被団協が県に要請したものだ。「施政権」返還前、年二回実施されて来た、厚生省の専門家による沖縄在住被爆者の一般検査および精密検査が、復帰後一回も実施されていない、ということから始めて、要請書は沖縄の被爆者のための病院施設の不備をついている。核兵器の威力を誇示しなければならぬ核戦略の前進基地で、核兵器の悲惨が、なんとか蔭におしかくしておきたいものであることを、すくなくとも積極的にそれをとりあげたくはないものであることを、この現状自体があきらかにする。被爆者の救済をもとめる声が、ことの本質において、核戦略の体制に否定をつきつけるものであるのをも、それは明瞭に示すことになるだろう。

もう一通は、山口県の被爆者たちの、県への要請である。自己犠牲を重ねて原爆被爆者福祉会館ゆだ苑を根じろに被爆者自身が、被爆者救援の地道な努力をかさねつづけてきた上での、具体的な様ざまな要請をのべた文章は、次の項目をしめくくりとしている。《核兵器の問題は被爆者にとって最も深刻な悩みである。如何なる理由があろうとも、核兵器の搬出入は拒否し、その監視を厳重に行なうこと。》

　おなじ被爆者として、正確な被爆の記録を残した慎重な原民喜は、これらの被爆者たちを、核時代の人民戦争の側に立つ人間たちだとはいわぬかもしれない。しかし、これらの被爆者たちが、絶対に核兵器の戦略の側に立つことのない人間たちだと認めるであろうことは、それはまことに確実である。そしてこの世界はしだいに二種の人間しかいない場所となってゆくであろう。核兵器の戦略の側に立つ人間と、それに抗がって別の側に立とうとする人間と。ガリヴァの馬にまたがった原民喜の言葉に翻訳すれば、それは破滅にいたる人間と、なお救済にいたりうるかもしれぬ人間と、ということであるにちがいない。

眼くらましの言葉

　ヴィエトナムにたいするアメリカの侵略的な軍事介入は終ったが、今それがどのような政治的選択をおこなうヴィエトナム人であれ、自分がそのヴィエトナム人として現地に立っていると想像すれば、いわゆるポスト・ヴィエトナムのおそろしい困難は、ただちに眼のまえに迫ってくる。日本人が、ヴィエトナム戦争の終結を希望してきたとして、それはおおいに、あれは終った、といって眼をそむけたいという、閉鎖的に自己中心的な考えが働いていたのだということを、われわれ自身どうして否定できよう？　広島・長崎の原爆被災についてそうだった。沖縄についてそうだった。あれは終った、あれらは終ったのだ、という考え方の型式を、なんと日本人は好むことだろう。それは、当の現場の人間として事実を担おうという想像力の行使を、あらかじめ拒むことである。いうまでもなく、現場の人間にとっては、なにひとつ終りはしない。またそれは単に、現場の人間にとってなにひとつ終らぬということにとどまらない。やがて、その終らぬゆえんのものが、それにむけてあえて眼をふさいでいる者たちのところまで押しよせてくる。そこで遠方の人間と事物への想像力の行使を怠たった者に、やっとのことで可能な自衛の手段は、自分のまわり、ついには自分の頭上にのしかかってくることどもにも想像力を働かせないという、やりかたのみである。ついに沈没するまで。沈没しながらも。

　その本質的には決して終らぬヴィエトナム戦争ということを認識の根幹にすえた上で、あえていわゆるポスト・ヴィエトナムの日本および日本人の状況を考える。その時、核戦略のもとの、しかし最前線に突きだされてしまっている日本および日本人というものが、かつてなく明瞭に見えてくると思われるのである。

より正確には、ヴィエトナム戦争のあいだも、沖縄を先頭に押しだすようにして、日本および日本人は、アメリカの核戦略の底辺を補完していた。アメリカが片方で大量殺傷兵器によるみな殺し戦争をおこない、片方で核爆弾による威嚇をおこなっているあいだ、実はその威嚇のコダマは、日本人の耳にとどきつづけているべきはずのものであったのである。もし、アメリカ側の核爆弾による威嚇が、錯誤や事故の場合もふくめて、現実の攻撃にかわってしまったとしたら、それにたいする報復核攻撃が、沖縄はもとより、原子力潜水艦のはいってくる港をもつ本土日本におこなわれることがないという保障がどうしてありえよう。核のカサとは、端的にそのような実在ではないか。

それを日本人がよく認識することがあれば、その状況をよく想像することがあれば、ヴィエトナム戦争の、核時代の戦争としての側面に、すなわち核時代の侵略者アメリカの戦争に、日本が加担している、決してあえて反対していない、という現実に、より大きい市民規模の抗議の声がおこりえたであろう。政府は、実質的にはそれこそ空洞化している(われわれの政府が、沖縄「施政権」返還の前後とくに熱心にワシントンと協同して、空洞化させたところの)、非核三原則を逆にたよりにして、日本人の眼が、自分のとらえこまれている、危険なというよりすでに致命的な核のカサの裏側を透視しはじめることをふせいだのであった。

非核三原則を形骸化し、実質の疑わしいものにしている当人である政府が、いや日本には非核三原則があるから、どんなにべったりアメリカの核兵器体制にくっついていても、自分が核攻撃を受けることはない、と信じているふりをしてみせて、日本人一般を説得したのである。ここで非核三原則という言葉が、魔法使いによってつかわれるようにも、奇怪な、本質において顚倒した利用のされかたをしているのを、後であらためて想いおこしていただきたい。

ともかくヴィエトナム戦争のあいだ、日本の政府は、アメリカの核時代の戦争に加担しつづけたが、日本人が、その核時代の戦争そのものの、ほかならぬ自分たちを犠牲者とする可能性について、激しく拒否的な反応を示すことはなかった。それは、ひとつには日本人が、核戦略の現実について、よく認識することがなかった、という理由にもとづくだろう。第二には、日本人が、自分たちは被爆国の人間として、原水爆の悲惨はこれをよく知っているとしばしばいいながら、その実よく知っていないし、また自分を被爆者の側において想像力を発揮するということをしていない、という現実を反映しているだろう。被爆国の人間として、という言葉の魔法使い的な逆用の仕方は、政府がやはりたびたびおこなってきたところである。それについてもまた、後で想起していただきたい。

そのような状況にあって、山口県の被爆者の、非核三原則の実質の堅持をもとめる要請は、現実の岩国基地への働きかけとかさなって、真に被爆の経験に立つ、今日の核時代の戦争への日本の加担への抗議であった。それは沖縄で、反基地・反自衛隊の市民運動を、いわゆるポスト・ヴィエトナムへむけておこなっているのが、つねに独自の活動を示してきた沖縄原水協であることと共に銘記されねばならない。ヴィエトナム戦争の、核時代の戦争としての側面への、それらの抗議が、すなわちヴィエトナム戦争の、人民戦争としての側面への援護の運動そのものであることにもまた、われわれは注目しなければならないであろう。

さてそのヴィエトナム戦争は、たとえどのように激しく核兵器による威嚇をおこなっても、アメリカが人民戦争としてのこの戦争に勝つことはできぬということが、北爆再開後むしろなおはっきりして、ついに停戦にいたったものである。アメリカは、核兵器片手のヴィエトナム侵略の、そもそものはじめからやってきたことを、タイム・マシンでさかのぼるように、パリの会議のあいだ、幾たびも繰りかえしてみたにすぎなかった。幻想のタイム・マシンを降りてあらためて現在の時間にたちいたると、ヴィエトナム人の人民戦争によって、停戦の会議にまで引きずり出されねばならなかった今日の現実が待っているのみだった。ただ、そのあいだもヴィエトナムで人間の血が流され、人間のつくりあげたものが破壊され、そしてつねに核兵器による戦争の危機は激しくたかまったのである。とくにまちがった答をだしたコンピューターにあらためておなじ計算をさせたような、会談のあいだの北爆再開は、ニクソンが「名誉ある平和」などというだけに、なおさら長崎に対する二発目の原爆を思いおこしつつ、絶対に弁護不可能な戦争犯罪として記憶されねばならぬだろう。核兵器によるヴィエトナム人みな殺し(それはつづいて単なる対岸の火災の問題でなくなるであろうが、しかもそれがまさに一挙に実現するのが、今日の核戦略体制のありようなのであるが)によって始めて達成される逆転が、すべての局面において、アメリカの戦略家に考えられなかったなどとはいわせない。ヴィエトナム人は、じつにそのような核戦略を、人民戦争によって追いつめ戦いぬいたのである。

そしてヴィエトナム停戦が実現した今、すなわちヴィエトナム戦争をヴィエトナム人が人民戦争として戦いぬき、アメリカに核兵器による痙攣的なヴィエトナム人みな殺しの投企を、ついに断念させた今ということになるが、そのいわゆるポスト・ヴィエトナムの日本および日本人の状況とは、どのような状況なのか？　繰りかえせば、それは核戦略のもとの、しかも最前線に突きだされてしまったかたちで、アメリカの核体制の底辺を補完している日本および日本人の状況にほかならない。

　そしてこの新しい状況のもとでは、日本人にその核戦略下の最前線にいる自分というものを見ないでいるための、眼くらましのたぐいはまことに見いだしがたいであろう。それはあきらかに科学的でないし論理的ですらもまたなかったが、たとえば一年前、楽観的な日本人は政府の誘導どおりに、いや沖縄は核兵器で危いかもしれぬが本土は……という眼くらましを、自分で自分に採用することができた。いやアメリカの核戦略の突破口はヴィエトナムにあるので日本は安全な背後にある……という眼くらましも、少数の日本人のみのものであったとは信じえないのである。ところがいまや、これらの眼くらましは、すべて完全に無効になった。日本人は、核のカサがそのまわりにかえってひきつける、凶々しいツムジ風のただなかに、赤裸で、いまや自分たちこそがアメリカの核戦略の最前線で、その底辺を補完しているという事実を見てしまわざるをえないだろう。それも全アジア的な敵意のなかで。

　一九七三年のはじめから特にあきらかに、様ざまな活字、電波のメディアで、核兵器について言及されることがしばしばとなった。そしてその事情の背後には、これまでのべてきたような現実があると、僕は観察している。なぜ突然に、連続性に立ってというのでなく、人びとが核兵器について語りはじめたのか？　それが核兵器の脅威、悲惨についての科学的な解明、より深められた認識にむかうのであれば、これはまことに望ましいことである。逆に、核兵器・核戦略体制にたいする新しい眼くらましを準備するために、意識的に、あるいはそれに誘導されて無意識的に、核兵器について言葉が多量にくりだされているのだとすると、その時さきにのべたような状況のもとの日本人は、なおも逃れがたい災厄の穴ぼこを自分のうちに掘って、そのなかで大災厄を待ちうけることになるだろう。

　核兵器についての眼くらましの言葉？　それは日本核武装論者の、まことに日々破産しつづける火の車の大弁説のことではないか、というむきがあるかもしれない。しかし、いまや事はまことに単純でないのである。核兵器という、人類の歴史にあらわれた最大最悪の武器のパラドックスは、じつに様ざまな言葉の眼くらましをひきつけている。

　ひとつの週刊誌で、ともに敗戦を少年期にむかえた知識人同士の対談がおこなわれていた。片方は、日本人は自爆するつもりで核武装し、外交を有利に展開せよ、と主張してきた、新国権論者きどりの道化である。かれの言葉の石が積みかさなるにつれて、それ自体でかれの泥の舟は沈みつつある。それを逆に政治的に急上昇だと、当人と取り巻き、それに柔順な選挙民が信じている以上、かれを高ころびに転倒するままにまかせよ。しかしもう片方は、日本人は被爆の悲惨をよく知っている、これからは感情でなく論理で核兵器に対さねばならぬという人物である。しかも同時にかれは四次防では役に立たぬ、核兵器でなくては、といっているのであった。その上で、日本は核兵器を持たないで、滅びるにまかせるのがよい、という未来図をいだいていたのであることも、かれの名誉のためにつけくわえよう。

　僕はこの考え方この表現の仕方にこそ、新しい眼くらましの様ざまな契機を見るものだ。時代風俗をつかまえるのに敏感な資質をそなえているこの発言者は、これからわが国において一般的となるであろう眼くらましの傾向を、先駆的に体現している。

なぜ眼くらましの言葉なのか？　まず、日本人が被爆の悲惨をよく知っているというのは、事実でない。たとえば、いま現に広島原爆病院でおこっているところのことを日本人はよく知っているか？　被爆二世がどのような課題をみずから担いこんで苦しい努力をしているかを、日本人はよく知っているか？　これからは論理的に核兵器を考えねば、といういいかたはまことに正しい。それでは論理的に考えるとして、そのためには、まず基本として確かな経験（科学的認識をふくみこんで）を置かねばならぬ。その上で自分の人間的責任において、まっすぐに論理を展開しなければならない。それが、論理的に考えるということの具体的な内容であろう。

さて今日の、核兵器・核戦略について、基本として置かれるべき人類の経験とは、できるかぎり簡略にいうとして（いうまでもなく簡略化のおとし穴は考えつづける必要があるが）、まず一九四五年の広島・長崎の原爆がひきおこした人間的悲惨は、被爆二世たちがそれと闘いつつ対峙するそれをもふくめて、人類によっていまなお医学的に克服されていないということである。次いで、ＭＩＲＶ（多核弾頭ミサイル）とＡＢＭ（迎撃ミサイル網）と、ＩＣＢＭ（大陸間弾道ミサイル）との三すくみの状態によって、核大国の核戦略体系が膠着してしまっているということである。第三に、しかもなお、核兵器の威嚇による大量殺傷兵器によるみな殺し戦争がおこなわれてきた、ということである。そして最後に、この核時代の通常兵器によるみな殺し戦争は、いつ核兵器による戦争に発展するかもしれぬ危機的バランスによってなりたっていたこと（それは核兵器がそれ自体で、みずから使われることを欲する性格をもっている、という点に注意しなければならぬが)、しかも現実にヴィエトナムの核時代における人民戦争は、核権力をもたぬ側が勝利をおさめた(それによって、核兵器に勝つのは核兵器でなく人民戦争である、という公理をみちびく人びともいるにちがいない)、ということであろう。

そこで、この四つの人類的経験を基礎において、自分の人間としての全体的な責任において、ねじまげず論理的に考えて、どうして日本がほんとうに自衛しようと思えば四次防程度では足りず、核武装しなければならぬ、という結論が出てくるのか？　この論者は、a、基本に確かな経験をおいていないか、b、自分の人間的な責任においてねじまげずそれを展開していないのである。すなわち、どちらにしても、かれは論理的でなかったのである。

しかもなお自分は核兵器について論理的に考えている、とかれがいう時、かれは自分に眼くらましを準備し、他人にそれを分けあたえているのである。そして日本の政府にとって、この種の眼くらましは、一応それが反体制的な姿勢からくりだされるだけに、なおさら好都合であろう。核のカサのまことになんともいいようのない危険に対して、しかもほかならぬ今、眼くらましの効果をはたすものなら、それはすべて政府を益する宣伝である。核戦略の底辺を補完しつついけにえとして赤裸に立っている民衆が、みずから眼くらましを準備してくれるなら、それが政府にとってどうしてありがたくないであろう？　もっともこの政府とは、柔順ないけにえどもが全滅して、なおあとに残りえるものではないのであるから、まことにグロテスクな顛倒というほかにないが。そしてそれこそが今日、われわれのそのただなかにいる状況なのである。

表面において科学的めいていたり、論理的めいていいたりする眼くらましは、核戦略という、その根元において民衆を人質・いけにえとしてのみはじめてなりたつ戦争の時代に、核権力とそれにつらなる者によってもっとも頻発されねばならず、実際に頻発されてきた。すでに死にたえた種類の眼くらましの、しかも科学的めき、かつ論理的めいている例をあげよう。この死にたえた種類の眼くらましがかつて生きていた時分、自分はどのようにそれに反応したかを自省することは、われわれに今日の眼くらましへの認識の力を、更新するものであろう。

六年前に刊行された『シェルター』という一連の書物がある。その第一巻は核退避壕の「基礎知識」について語っている。サブタイトルを「原子戦争下における生存の可能性」という。それはケネディ時代のアメリカにおけるシェルター・ブームを、日本にそのまま導入しようとする意図によって書かれた。それがなんとか科学的に事態を解明しようとし、なんとか論理的にそれを語ろうとしている、その意図の誠実さをまず始めに疑ってかかる根拠はない。

《我々は、事ある毎に広島の惨害を訴えつづけてきた。しかし世界が尚、平和を欲せず、その貴重な犠牲者の悲しみを汲みとってくれないとすれば、敗戦国であり、攻撃力において指導力を持たない我々日本の採るべき道は、ただひとつしかない。

その犠牲を無駄なものにしないためには、まず我々自身が次に起こるかも知れない原子戦争の犠牲には決してならないという事——そう考え、その為に必要な手段を講じるより他に、彼等の死を活かす道はないであろう。

戦勝国であり、巨大な核保有国であり、原子戦争の引金を引きうる力を持つ国であるアメリカが、防禦のためにそれを用意している以上――無力な我々は、もっと烈しく、もっと完全なものを、被爆の経験を活かして造らねばならぬ。

　まず我々自身を、次に我々の家族を、更に日本国民すべてを！　原子戦争の中で生存させる為の現実的な手段を講じなければならぬ。もし、科学的に放射能を防禦しうる手段があるならば、それを検討し、それを研究し、どんな犠牲を支払っても造りあげねばならぬ。

　そしてその上で、再び世界に向って、強く語りかけねばならない。ノー・モア・ヒロシマ！　平和を！　すべての人類に平和を！　と。

　…………

　暫く、戦争の悲惨さ、放射能の惨害についてのみ語るのをやめよう。どうすれば生命を守り得るか、もし原子戦争が起ったとすれば、何粁以内に防空壕を掘っておけば生存の可能性があるか、について語り合おう。》

　すでにここに言葉の眼くらましの効果は充分発揮されているが、それはそれ自体によってこの文章の書き手の底意をあきらかにさせよう。つづいてこの文章から、確かにわれわれは科学的ないくつかの考え方をまなぶ。ソヴィエトの百メガトン水爆は、爆発力にして広島原爆の五千倍にあたるが、それは広島原爆を五千発おとした破壊力をもつのではなく、五千の立方根、すなわち約十七倍の科学的破壊力しかもたず、それは実戦破壊力としては、広島の場合の基本価の、八倍にすぎぬ、というようなことを。それにしても広島の八倍にすぎぬというようないいかたは人間的でないが。

　そのあげく筆者は次のように、科学的めき、かつ論理的めいた結論づけをおこなうのである。

　《我々は、原子爆弾の本当の破壊力に対して最も正確度の高い予想値を割り出すことによって、いくつかの発見をする事ができるであろう。
　その一つは、終戦以来我々日本人が持ち続けてきた原子爆弾に対する一種信仰のような怖れは、必ずしもこれからの人生に有益に働かないであろうと言う事、漠然と感じていた数字はすべて錯誤であり、謂わば一万円の単位の商品を一千万や五千万の価格で買っていた様に、必要以上に怖れていた事、その怖れが〝世界最後の日〟とか〝地球が破滅する〟とか言った宗教的な観念にまで高められてしまったということ……等々であり、その結果日本人すべての人々が、広島型の千倍もの原爆が発明されたのでは、どうせ戦争になったら誰も助かりはしまい、という妄想に取り憑かれてしまい、と言っても敗戦国民としては如何に平和運動に熱中したとしても所詮は〝敗け犬の遠吠え〟になってしまうと、一種独特の虚無感、無力感の中で、〝しかしそれだけの威力のある爆弾ができれば、世界は確実に破滅する。やれば確実に破滅する以上、世界は決して引金を引かないだろう〟と、不思議な逆説的安堵感や他力本願的安心感に裏うちされて、平和が尚続くものと何となく考え、何となく生き続けてきた節があったと思われる。
　しかし、原子爆弾が、依然として威力ある爆弾ではあるが、爆発力において、一つの都市を破壊することはできても一つの国土を破壊し得ないものであるとすれば、この考え方は今や重大な危険に面しているものと言わねばならず、我々は他力本願ではなく、起こるかも知れない原子戦争の下で自分自身の生命を具体的に守ることを、そろそろ始めねばならない。》
　さて、現在この呼びかけが、それに注意をこらすほどいかにもキナくさくなってくる、雑音だらけの響きしか発しえぬのは、われわれがこの六年間にすでに核退避壕の欺瞞性によく気づいているからである。核権力にとってみれば、その核戦略の人質・いけにえとなるはずの民衆が、自分自身の生命を具体的に守るために、核兵器そのものに反対するのでなく、自前でつくった核退避壕にもぐりこんでくれるとなれば、まったくそれほど好都合なことはあるまい。そこでひともうけをたくらむ核シェルター産業の推進者たちにとっても同様であろう。しかしアメリカにおいても、ケネディ時代から今日にいたるまでに、核退避壕が民衆をまもるという産軍共同体制の神話は威力をうしなった。ABM網についてすら、自分たちの生活圏に核兵器を持ちこむな、という市民の抵抗はおこっているのである。

しかもこの核退避壕についての宣伝における、眼くらましの言葉をあらためてふりかえる時、次のようなことがしだいに濃くくっきりとかたちをあらわしてくるように思われる。眼くらましの言葉として、宗教のイディオムがもっとも有効である時代が、永く人類の上にあった。次いで経済のイディオムが、またイデオロギーのイディオムが、眼くらましの言葉の根幹となる時代がとってかわり、それは今なお続いている。しかし、現在もっとも強大な影響力を伸長しつつあるのは、いわゆる科学的なイディオムによる眼くらましの言葉ではないであろうか？

われわれは望むと望まぬとにかかわらず、科学の時代に生きている。科学のお釈迦さまの掌の上から跳びだすことができない。たとえ反・科学の旗印をかかげて森にひそむとしても、その核時代の隠遁者の生命もまた、核権力の戦略のうちなる人質・いけにえの生命であるジレンマをまぬがれない。しかもかれの人里離れた生活の場自体、すでに科学のもたらした汚染から無縁ではありえないのである。かれの肉体には、汚染のもたらしたものが沈澱しているであろう。それは遺伝子にまで影響をあたえているかもしれない。

このようにも科学によって封じこめられた時代に、われわれが科学の言葉に無関心でいられようはずはない。滅亡の響きが科学のもたらしたものに発するとすれば、救済の声も、科学者によってつたえられるであろうと、われわれが切実な希いをこめて耳を澄ます。このようにして待機している、自信をうしなった人間を、専門家が眼くらましの言葉で罠にかけようとすれば、それこそ赤子の手をねじるようなものではあるまいか？　しかも、文字どおり、われわれは今日の異様に発達した科学の全体について、また分極化した細部について、赤子のようなものなのである。

その時、あからさまに核権力に密着したコンピューター片手の科学者が、われわれの敵であることはやはり明瞭に見える。大企業を背後にしたお傭い科学者の厚顔ぶりも、われわれに直截な嫌悪にみちた反発をあたえるのであって、かれらの眼くらましの言葉に関するかぎり、われわれはそれから自由である習練をつんできたといいうるであろう。しかし、われわれの世界には、もっと広範囲の、もっと複雑な、数しれぬ科学者たちの言葉が呈示されているのである。それらすべてに拒否反応を示すことは、当然にまちがっているであろうし、またその自由がわれわれにあるのではない。それ以上になお、われわれが進んでその言葉を自分の言葉として採用し、この科学の時代を生き延び、それを改造しさえもしなければならぬ、そのような真の科学者の言葉もまた発せられているにちがいないのである。それではわれわれは、科学者たちの言葉から眼くらましの言葉と真の言葉とを弁別する、どのような手がかりを持ちうるのであろうか？

僕は、そのような希求、なによりもまず切実な自分自身の必要にせまられての希求に、その存在自体で答えてくれていると思う二人の科学者のイメージをいだいている。偶然にもというより、それはかれらの専門の科学とかれらの文化的背景が、そのようなかれら自身のありようを選びとらせたのであるから、それは必然的にとすらいうべきかもしれぬが、かれらは二人ともフランスの生物学者である。ルネ・デュボスには『目覚める理性』(野島・遠藤訳)によって、ジャック・モノーには『偶然と必然』(渡辺・村上訳)によって、すなわちかれらの啓蒙的な二著作によってのみ、僕はみちびかれたものである。それでもかれらがともに、現代の危機的状況を科学的に把握し、そしてそれを克服するための希望を、科学の真の言葉が、一般の民衆とのあいだに正当なコミュニケイションをひらきうることこそにたくしている点において、一致していると考える根拠を、僕は持っている。

《専門家の決定を盲目的にうけいれる社会は、死にいたる病める社会である。専門家集団とならんで、科学の事実、方法、対象にひろく精通し、科学政策についての判断力をそなえた別の学者と市民の集団をつくるべき時期が到来しているのである。科学と社会の相互関係について研究する人が不可欠になってきた。なぜなら、社会でおこるほとんどあらゆることは、科学の影響下にあるからである》とデュボスは書いている。そのような社会では、あきらかに、科学者と、その専門より外にいる人間、一般化すれば今日の科学時代の民衆との、真の言葉のコミュニケイションというものの、ほんとうの意味あいが考えられなければならない。かれのコミュニケイションについての考え方は次のようである。

《結局、コミュニケイションというのは、うけとる側に、創造的な反応を呼びおこす場合、もっとも生産的で役だつのである。……最善の場合、情報とは〈形成的〉なのである。……著者の用意してくれたパターンを利用して、読者は自分自身の〈世界観〉の影響のもとに、別の構造をうみだす。……このように真の情報とは、常に構造のコミュニケイションを意味し、さらに、理想的には、うける側の形成過程の促進を意味する。》

この考え方はコミュニケイションの受け手の役割、ありかたについてもっぱら呈示されてはいるが、われわれはすぐに、このようなコミュニケイション理解を示している科学者が、情報の言葉を発する時、かれにとってその言葉はどのような言葉であるかを読みとることができるであろう。かれが言葉を発する時、それは科学者としてのかれの形成過程にたった〈世界観〉の構造とかかわりながら、その言葉を発するのであるにちがいない。かれの情報の言葉をつうじて、われわれは、ただ科学の世界の切りとられた一部分のみを見るのでなく、かれの科学者としての、この世界の見かた、そこでのかれ自身のありようの、構造的な全体を見るであろう。そのような言葉が、科学者の人間としての本質的な根と無関係の、作為的な眼くらましの言葉で、どうしてありえよう？

それはいいかえれば、このような科学者は、その専門の分野で、つねに「これが人間であることとなんの関係があるか」と問いつつ、仕事をしている人間だということであろう。その問いによってつねに触発され形成されつづけるものは、すなわちかれの「世界観」であるが、それはあくまでも人間であることを中心とした、この世界の全体の構造への眼くばりである。それに立った情報の言葉であるゆえに、受け手にもその人間としての全体の構造に深く関って、それをまるごと発展させるような「形成的」コミュニケイションがおこなわれうるのである。そして僕はこのような態度こそを根本にすえた科学者が、フランス文化の伝統のうちで、ユマニストと呼ばれてきた種類の人間であることに気づくのである。

モノーもまた行動と談論《ディスクール》について、すなわちそれはひとりの人間が他の人間にたいして働きかけるということの、内容そのものについてであるが、次のように書いている。われわれの前にはつねに「客観的真実」と「価値の理論」というふたつの独立したカテゴリーが対峙している。《しかし、依然としてこの二つの範疇は行動――談論も含めて――のなかでは不可避的に結びついている。したがって、原理への忠誠を守るため、われわれは次のように判断する。すなわち、いっさいの談論あるいは行動は、それが二つのカテゴリーを結びつけてはいても、なおかつ両者の区分が明確にされ、かつその区分が保持されているときにのみ（あるいは、その程度に応じて）、はじめて意味ある、正真正銘のものとしてみなされるべきである、と。正真正銘という概念は、このように定義したばあい、倫理と知識とがたがいに重なりあう共通の領域となる。その領域では、価値と真実とが、結びあいながらも混同されることはなく、この両者の共鳴に気づいている注意ぶかい人間にその完全な意義を開示するのである。それに引きかえ、正真正銘でない談論――そこでは二つのカテゴリーが混合し、雑然としているのである――の行きつくところは、たとえ無意識ではあっても、もっとも有害なナンセンスや、もっとも犯罪的な虚偽でしかないのである。

はっきりわかることであるが、特に〈政治的〉叙説においては、……この危険な混合が絶えずしかももっとも組織的に行なわれているのである。しかも、それを行なっているのは職業的政治家ばかりではない。科学者自身も彼らの領域外に出ると、価値のカテゴリーと知識のカテゴリーとを区別する能力がしばしば危険なほど欠如していることが、露呈されてしまう。》

このように考えるモノーが「真に科学的な社会主義的ヒューマニズム」を新しく切りひらく人間であるかどうかを論じる資格は僕にないが、しかしフランス文化の伝統のイディオムでは、やはりモノーをもまたユマニストの科学者と呼ぶほかにないであろうことは、責任をもってそれをいうことができる。なぜなら、かれの倫理と知識とが混同されず結びつく正真正銘の領域から発せられる声は、それがたとえ分子生物学の一局面を語っていても、そのままかれがこの世界の全体の構造をどのように考え、そのなかでどのように生きているかを、どのように生きようと志しているかを、ただちにあきらかにする言葉であるからである。どうしてこのような科学者が、意図的にであれ、無意識的にであれ、眼くらましの言葉を発しえよう？　かれの言葉のひとつのセンテンスが、それ自体のうちに、かれの「これが人間であることとなんの関係があるか」という問いかけを軸としていることがいかにも明瞭であるのに。

ヴィエトナムへのアメリカ軍の侵略的な介入のあいだ、北爆するＢ52戦略爆撃機についてすらも、それを正当化しようとする眼くらましの言葉は、パリ会談のあいだの北爆開始直前に、威嚇的な一二〇機ものそれを、沖縄の米軍基地に受けいれたわが国で当然に発せられた。しかし、それはその言葉の発し手の底意がただちに見えてくるたぐいのものであったし、北爆に抵抗して人民戦争を持続したヴィエトナム人の存在自体が、そのままこの眼くらましの言葉をうちくずしつづけたのでもあった。われわれのまわりにはアメリカ側の情報がみなぎっており、直接ヴィエトナムの人民戦争の側からの声がつたわってくるのは、ごくわずかな量であったにもかかわらずである。

けれどもヴィエトナムの状況が、ひいてはアジア全体の状況が、停戦協定の成立によって新しい段階にはいった後、われわれはあらたに発せられる眼くらましの言葉の裏側を、はっきり透視することに、より複雑な困難を、日々見出すことになろう。すでにのべたようにヴィエトナムにおける、この核時代の人民戦争の過程と結果を見て、わが政府がその政治的選択を変え、核兵器の威力にたよる側から自由になろうとすることはなかったし、近い将来にもそれはありえぬであろう。むしろポスト・ヴィエトナムのアジア全体をくるみこむアメリカの核戦略の固定化を、なんとかその底辺において補完しつづけようと、沖縄を突出部として、わが国は最前線にしゃしゃり出るのみである。しかも片方で中国との経済関係をひろげてゆこうとするのである以上、政府・財界とその擁護者たちの、眼くらましの言葉の濫用は、いまから予想できるものだ。いやすでにそれは頻発されはじめている。

一例のみをあげれば、ついせんだってまでそれがいかに科学的な内容をはらんだ言葉であれ、ただそれが中国の政治家によって発せられるからという理由で、絶対にそれを受けつけず、信じなかったわが国の政府要人が、いま周恩来はアメリカの核のカサのもとにいる日本を容認する(!)といったと、手柄顔に報告するのである。それは単に、わが国の政府要人の主体性のなさという批判によっては打ち倒せぬ言葉である。北京から帰った空港でこう宣伝しながら、かれはその自分の「政治的」談論《ディスクール》をいささかも信じてはいないのだから。この周恩来の意見をひくというかたちでおこなわれたほかならぬわが国の政府要人の宣伝の言葉は、無意識に発せられたのではないから、もっとも有害なナンセンスと、情状酌量するわけにゆかない。それはもっとも犯罪的な虚偽である。核兵器の威嚇によってはじめて成立する大量殺傷兵器によるみな殺し戦争に、アメリカがついに敗退した。そのアメリカのヴィエトナムでの核威嚇に、最後まで日本はおおいに加担してきた。それこそが、いまアジア全体の構造のなかで日本がアメリカの核のカサのもとにいるという事実の意味である。中国はヴィエトナムにおいて人民戦争を戦いぬいた民衆を支援しつづけた。そのような「客観的事実」をすべてひっくりかえし、わが国の政府が、そうあれかしとねがう「価値の理論」べったりに、ポスト・ヴィエトナムのアジア全体の構造における、核戦略基地日本の実態をぼやかしてみせようとしたのが、この眼くらましの言葉の内容である。

　われわれは、戦後まことに永年の保守政権の独裁の歴史に立って、わが政府要人に正真正銘の談論を期待しない。およそ身も蓋もないいいかたになるが、そんなことはどれほど単純な人間でもいまやあえておこないはしない。そこでわれわれにできることは、自分自身の正真正銘の行動と談論をつくりあげて、この眼くらましの言葉に対抗することのみである。さきにひいたデュボスは次のようにもまた主張していた。《専門家を信用せず、技術的「処理」の危険を重視することは、科学あるいは技術にたいする敵意を意味するのではない。それどころか、重要なのは、目標の設定とその実現手段の確立についても、人間がますます意識的に選択し、反応できる社会環境を維持することである。「技術はわれわれをどこへつれて行くのか」と疑問をもつだけでは不充分である。さらに建設的な態度は、われわれが行きたい所へ行きつくのに役だつ科学と技術を計画することである。》

専門家という言葉を政治家とおきかえればこのセンテンスの意味は新しい広がりを示す。核戦略下の眼くらましの言葉に対抗して、われわれは、真に被爆の経験に立ち、核戦略の行きづまりと、しかも決して軽減されぬその巨大な危険の「客観的真実」をふくみ、なおわれわれが行きたい所へ行きつくための「価値の理論」をもまた欺瞞なくすくいこむ、われわれ自身の正真正銘の言葉を計画しなければならない。そのようにつとめつづけるのでなければ、われわれは、ヴィエトナム戦争を、ただ核時代の戦争の核権力のコンピューターどおりにゆかなかった一例としてのみ記憶し、その人民戦争としての歴史的な本質を忘却する、アジアで最初の国の人間となるであろう。

メイラー／ヴィエトナム

今日の日本人の特性のひとつに、国際関係の激流にあらわれて生きていながら、その国際関係のいちいちの状況について、人がどのように行動し、発言したかを、すぐに忘れてしまう事実が、あげられるべきであろう。それを日本人らしい淡泊さ、などと解釈する者はすでに国の内外にいまい。われわれは、アジア全域においてとくに、淡泊とはまったく逆の性格をあらわしているから。中国に対して、「迷惑をおかけした」といってすましこんだりするのは、それは淡泊とは別のものだ。

むしろ戦後四半世紀以上、日本人が国際関係において自立した選択の意志をもたず、つねづね他人まかせでやってきたこと、繰りかえし受け身の選択をしてきたことに、それは由来するであろう。ヴィエトナム戦争について、日本人が、他に対しても、自己に向けても、真の責任追及をしないことを見れば、それは具体的にあきらかである。アメリカの大統領に対して、いやその決定にわれわれ日本人は反対すると、自立した異議申立てをしなかった者が、どうして確実に、アメリカの権力者たちの責任を追及できよう。しかもその責任追及は、アメリカへの加担者日本への責任追及へと、ただちにはねかえってくるのであるから、ここでいかにも「淡泊」であろうとする日本人は、中国への戦争責任について、「あっさり水に流す」ことを求める者と、おなじ精神構造をあらわしているのである。われわれが、現実の国際関係のなかで自立した意志をつらぬこうとすれば、われわれはまず、なかなかのことでは忘れぬ、忘れさらぬ人間とならねばならぬのではあるまいか。歴史はそれ自体で、なにひとつ忘れさられてしまうことを許さない。積みかさなった、その重量は、それを忘れさろうとつとめつづける者の頭上にも、ついにはかぶさってこないわけにゆかない。

忘れやすい者は、忘れさせることを望む者によってタカをくくられる。ヴィエトナム戦争終結をつげるニクソンの演説を、衛星中継のテレヴィ放送で聴いていた者たちは、次の一節にいたって啞然とせざるをえなかっただろう。《昨日、偉大な米国人が死んだ。ジョンソン大統領はその生涯にわたって、同氏を戦争を好む人だときめつけようとした人びとのそしりに耐え続けた。しかし同氏ほど、世界に恒久平和を実現することを深く気にかけていた人はいなかったのである。》

もっとも、それから数日の新聞紙上で、この異様なほどのニクソンの強弁にたいする異議申立てはなかったように思う。日本人は、もしかしたらニクソンの底意どおりに、もっとも柔順に、ジョンソンが本当にやったことを忘れる者たちではなかったであろうか？『米国防総省《ペンタゴン》レポート』はわが国でも広範囲に読まれたのに。しかし、当然ながらわれわれは、ジョンソンのやったこと、そのジョンソンの代表した一時のアメリカについて、決してそれを忘れさってはならないのではあるまいか。なぜならとくにジョンソン時代のアメリカ社会と、今日から明日にかけての日本社会とを、深刻につなぐ、もっとも危険な、というよりむしろ端的に滅びにいたる、様ざまな共通点が見えるからである。それをあらためて考えるために、決して大統領によって顕彰されることはないであろう、もうひとりの、それもきわめて奇矯な面がまえをしばしば見せてきたアメリカ人、しかし真に記憶されねばならぬアメリカ人のひとり、ノーマン・メイラーを、われわれの関心の焦点に再び喚起したいと思う。

　メイラーは、現状維持のぬるま湯におさまりかえる者らに、冷水を、時には熱湯をすらかけるように語ったから、かれの言葉に、一時的な弥次馬の歓声をあげても、すぐさまかれの意味しようとねがったところの核心から眼をそむけてしまう人びとは、太平洋の両岸に多かった。かれが一九六五年五月二十五日におこなった『ヴィエトナム・デーにおけるバークレー演説』も、いまはその結びの、逆さの《アップ・サイド・ダウン》ジョンソンの写真をかけようという呼びかけが、おおかたの記憶に残っているくらいのものではあるまいか？《黙々として、一言も発せずに、リンドン・ジョンソン、きみの写真はいたるところに、逆さまになってあらわれるであろう。きみの首は――アジア農民にむかってさえ――すべてのアメリカ人がきみの途方もない虚栄心と、思い上った敬虔ぶり、あやしげな動機に気づいていないわけではないということを、はっきり語るだろう。それは、われわれがわれわれの大統領をどんなに信頼していないか、彼をどんなにつまらぬ人間だと考えているかを、そしてわれわれは彼の写真がいたるところに逆さまに貼られているのをちゃんと見ているのを、彼らに告げるだろう。

リンドン・ジョンソン、きみはそれらの写真が、四インチの高さや四十フィートの高さのきみの写真がいたるところに、逆さまに貼られているのを見るだろう。リンドン・ベーンズ・ジョンソン、きみはいたるところに、逆さま《アップ・サイド・ダウン》になって、アップアップしながらあらわれはじめるだろう。アメリカ全国、いたるところに。ありとある場所に。

そして、それらの写真は、われわれがきみと、きみのヴィエトナム戦争をどう考えているかを、全世界にむかって語るだろう。アメリカ全国、津々浦々。あらゆる場所に、逆さまになって。いたるところに。あらゆる場所に。》(山西英一訳)

しかしメイラーは、たとえ乱行《オージィ》のイメージすら盛りこんで始めた演説を、右のような響きの良い嘲弄で結んだとしても、ただ単にひとりの大統領を悪罵するためにのみ語ったのではなかった。むしろかれの『ヴィエトナム・デーにおけるバークレー演説』は、アメリカ文明全体に対する、悲劇的なまでの深い危機感につらぬかれている、永い展望をそなえた意味によって支えられていたのである。われわれはそこに、いまや本質的な深みにおいてすでに実現してしまった、いくつもの暗い予言を見出すだろう。

それは、まだ十年たたぬうちに誰も思い出すことがなくなったようにすら感じられる、アメリカの「偉大な社会」宣伝のさなかにおこなわれた演説であった。この宣伝はそれ自体のなかに、それ本来のもつべき意味の否定の契機がふくまれているような、そういう政策ではあったが、当時なおジョンソンとともに生きてはいた。その全体に抗してメイラーは、もっとも素朴にといっていいほどに(それはマス・コミュニケイションの火花に照しだされたメイラー像とは、およそ対極をなすいいかたになるけれども)ヴィエトナム戦争をなぜアメリカ人が戦っているか、ということについて疑いの声を発したのである。それはアメリカの一般的な市民にむけて、ヴィエトナム戦争が、どのようなイメージとしてあたえられていたかに、逆に照明をあたえる効果をもはたすものだった。

《ヴィエトナムにおけるわれわれの役割を、法的な立場で弁護しようとするいっさいの解釈は犯罪的であるがゆえに――われわれには、あの国にいる、法的に正当な理由は何ひとつないがゆえに、事実われわれは(諸君の多くがすでに御承知のとおり)、われわれが絶対に妨害しないと誓った、一九五四年のジュネーヴ会議の協定に違反して、あの国にいるのであります――われわれがあの国にとどまるためのたった一つの議論は、われわれはすくなくとも共産主義と戦うためにあすこにいるのだ、ということであります。》

メイラーは、アメリカの市民たちをもっとも広範囲にとらえうる議論として、この「われわれはすくなくとも共産主義と戦うためにあすこにいるのだ」という命題を、最後までおいておこうという。そしてかれはまず、《ヴィエトナムは東南アジアの他のすべてのドミノを支えている一つのドミノである》という、「メタファーの助けをかりた議論」のあいまいさをつきだした。おなじ議論が、わが国のアメリカ仕込みの現実派たちによって、さかんにかつぎまわられたことを思い出せ。われわれの生活習慣のなかで、ドミノという言葉は耳新しいものだったから、かえってこの「メタファーの助けをかりた議論」は、眼くらましの言葉として実力を発揮した。

メイラーは、しかしこのドミノ理論は東南アジアにおいて現実的にすでに破産しているではないかと、はっきり指摘していたのであった。ヴィエトナムで戦うことによって、《われわれはたがいに連結している要塞の地位を防衛していると言うよりも、むしろ要塞はほとんどうしなわれている――それはドミノではなくて、砂上の楼閣であり、民族主義の潮はいまや上げ潮にある、という事実を、ひた隠しに隠そうとしているのではないか？　そういう疑惑を感じはじめずにはいられないでしょう。戦争を擁護するのにメタファーをつかうとは、世にも奇妙な外交政策があったものであります。メタファーが極端に不正確な場合、それはまさに詐欺であります。》

メイラーは二億に近いアメリカ人にとって「ヴィエトナムは顔をもっていない」ことを思い出させようとした。《アメリカ人にとってほとんどなんの意味もない土地で、こんなに無意味な戦争がつきすすめられたことは、わが国の歴史上かつてなかったことであります。したがってわれわれは一つのミステリーにぶつかっていることをみとめないわけにはいきません。それは、巨大な潜在性をもち、しかも感情的な意味は空無である戦闘に、われわれがすでにこんなに巻きこまれてしまったのはなぜか？　ということであります。》

メイラーはそれに対する唯一の筋のとおった答として《中国の核兵器プラントを破壊することを目的とする過程の最初の手段として、ヴィエトナム戦争をエスカレートし、北ヴィエトナムを爆撃しているのだ》ということを考えてみる。いまとなっては奇怪な発想だが、むしろそれゆえにこそ確実に、それはひとりメイラーにとどまらず、当時数多くのアメリカ人の頭をよぎる考えであったにちがいない。しかし全面核戦争を展開してアメリカ市民に巨大な死をもたらすにいたる公算の大きい、このエスカレーションを、なぜヴィエトナムの他人の戦争のためにおこなうのか？　そこでメイラーとともに考える者は、あらためてミステリーに直面することになる。

《およそ文明の病患は、文明が自然から引きはなされていることであります。――不均衡がいたるところで猖獗していることであります。ヴィエトナムの戦争は、そのような途方もない不均衡の一例であります。われわれは、一つのミステリーに直面している。途方もない不均衡は、すべてミステリーか、それとも狂気を隠しています。もしも高熱に苦しんでいる人間が、火の中を歩いてそれを治療しようとするなら、その人間は何か秘密の動機をもっているか、それとも気が狂っていると言わなければなりません。》

そしてジョンソンが「ミステリーか狂気」にかりたてられて、ヴィエトナムで不可解な戦争をしなければ、かれがアメリカの大統領たることそれ自体を維持できぬとすれば、それはむしろジョンソン一箇の問題であるよりも、アメリカ人全体が、そのような「ミステリーか狂気」をはらんでいるというのが、メイラーの到達する究極の省察であった。アメリカは病んでいる、それは冷戦によっていやがうえにも重くなった文明の病いである。冷戦によるアメリカの綜合的な病いのコンテキストのなかで、《われわれは、偉大な社会にむかって正式に、公然と何歩かすすめました。電子計算機と丸薬、職業適性とひどい建築、精神分析、スーパーハイウェイ……誕生から死まで、いっさいのイメージが操作される、あの偉大な社会にむかってであります。

現代生活の埋もれた動物のうちの何かが、この偉大な社会という考えによって凶悪になりました――文明世界の最も進歩した科学技術《テクノロジー》の国民が、血にいちばん近い、自分たちがまだ一度も見たこともないアジアの農民の血を流し、肉を焼くことにいちばん近い国民になったのであります。国防総省《ペンタゴン》は、二十年近いあいだ行動を制限されていました。トルーマンやアイゼンハワーのような、平凡な才能しかもたない大統領たちは、軍部に国を支配させないようにしていました。

だが、ジョンソンはそうしなかった。

臆病からか、それとも秘密な眼の狂気から、彼は彼の軍事機関、統合軍のあの固まり、いろんなめざましい業績のうちでも、豚の湾事件を計画した、陸軍省とCIAとの助言に耳をかたむけることに決定したのであります。それはいまやヴィエトナムでエスカレーションを計画しているのであります。そして、ジョンソンはこれと意見をおなじくしたのであります。至上最高の政治家の肉体は、眠っているあいだに、国民は病んでいること、その唯一の療法――そこからドラムが打ち鳴らされ、火はやむことがない――は、われわれに際限のない戦争の最初の不安を経験させることであるということをみとめました。》

そのような全アメリカ人をつらぬく本質において、ヴィエトナム戦争が現にあるとすれば、メイラーの具体的な提案はかれのそれまでの様ざまな機会における主張にかさなって次のようだった。

《わたくしは言う、冷戦を終結せよ、と。われわれの境界を、われわれが防衛することができるところまで、防衛されることをねがう線まで、後退せよ。共産主義は、来たい国へ来させよ。貧困で、未開発で、ただわれわれにたいするどん底からの憎悪によってだけわれわれにむすびついている国民にしがみつこうとして、われわれの本質を使いはたすことはやめよう。》

きみはいったい、どの国のいつの状況へ向けて、長たらしい引用をかさねるのか、ジョンソンはすでに死に、一九六五年は、はるかに後方にあるではないか、という反撥を僕はまねきよせていることだろう。メイラーの、冷戦下アメリカの全体にかかわる荒廃についての痛切な予感は、いま「偉大な社会」アメリカの現実となった、それは確かにそのとおりだが、予言者メイラーをいまさら崇めてどうなるものか、という声もありうるだろう。いうまでもなく僕は一九七三年の、ほかならぬ日本の状況へ向けて語っているのである。

　アメリカでいま人びとは、ヴィエトナム戦争の終結のもたらしたものを、その全体的な構造において経験しないわけにはゆかない。ジョンソンの「偉大な社会」の時点でのヴィエトナム戦指向につながったあらゆるものについて、人びとは、それをはっきり客体化せずにはいられぬだろう。いうまでもなく、「冷戦を終結せよ」という叫び声が、アメリカの世界政策の中心にとどいたのではないし、アメリカの核戦略体制は、なお全世界のすくなくとも二分の一を覆っているのであるけれども。

　ところが、日本の現状はどうであろうか？　すでにのべたように、僕は、現在の日本こそリンドン・ジョンソンの「偉大な社会」の時代における、アメリカの「冷戦によって深められた病い」が、異様なアナクロニズムの勢いによって蔓延している、世界でただひとつの国ではないかと疑うものなのである。このままゆくならば、十年先の日本の全体的な荒廃は、今日のアメリカの荒廃の範囲にとどまらぬだろう。モンテーニュの引くギリシャの詩人のように、それについてなら誰でも「後向きに予言する」ように確かに予言することができよう。

　その荒廃にいたる既定コース、「偉大な社会」から七〇年代にむけてのアメリカのコースを、われわれがみずからの頭上に再現させまいとすれば、われわれはメイラーが、ジョンソンの時代に、まことに全体的にアメリカ社会の奥底にまで感じとったところの、「冷戦によって深められた病い」を、あらためて自分のものとして経験しなければならぬだろう。しかもその病いがヴィエトナム戦争の終結近く、いかに激しい現実的反映をそこにもたらしたかに、いちいち検証するようにして眼をくばらねばならぬだろう。そしてわれわれ自身の「文明」の全体像が「冷戦のもたらす病い」によって、どのように歪み、ひずんでいるかを把握する力を、自分のものとしなければならぬだろう。一九六五年の、ヴィエトナム戦争をめぐるメイラーとジョンソンの、ついに片方は全アメリカを覆う巨大な影としてしかあらわれなかった攻防を忘れさってはならぬと、いま僕が考える理由はそこにもとづく。

もともとメイラーの「戦後」認識は、まことにユニヴァーサルに次の原点に発していた。《おそらくわれわれは、強制収容所や原子爆弾が現代に生きるほとんどすべての人間の無意識な心に、どんな精神的《サイキック》荒廃をおよぼしたかを、はっきり知ることは決してできないだろう。》われわれみなが、《みずから選んだ真剣な行動の結果として伴う、威厳ある死ではなくて、むしろガス部屋か放射能都市における deus ex machina による死》に運命づけられていることを人間誰もが心の奥底で知らないわけにゆかぬ時代としての戦後。

冷戦の時代とは、まさにこのような戦後の、そのままの延長であった。冷戦のもとでのアメリカ社会の肥大について、メイラーは《われわれは真に繁栄をもちはしませんでした。ただ熱病的であっただけであります》といっていた。かれは過去にむかってそういうのでなく、そのような現実のただなかにあって、現実の全体を最深部までさぐるようにしてそう告発するところの、しかもそれを自分の病弊として告発するところの、アメリカ人であった。しかもメイラーは、アメリカについて、またアメリカ人について、真に人間的なものに励ましをあたえる強いイメージをいだきつづけている作家でもあった。このようなタイプの(それは全人的タイプの、といってすらいいであろうが)知識人を、アメリカよりほかの国にもとめるとすれば、こちらは冷静さと熱情をかねそなえた科学者であるが、たとえばフランスのモノーであろう。そしてそこから逆にふりかえれば、メイラーのアメリカ的特質はなおあきらかであるにちがいない。メイラーは一九六七年十月二十一日、ヴィエトナム反戦抗議のための米国防総省《ペンタゴン》への行進に加わって逮捕されたが、その勇敢さと滑稽さのまざりあった行為の全体を、かれは、やはりこのようなアメリカ人は、いかなる国の人間ともことなって独自であり、現代の文明のもっとも尖端のさきゆきの舵をとる責任者は、このようなアメリカ人であろうと、あらためて信じさせずにはおかぬ文体で描きだした。その最後の章は、さきに引いた、政治家とその顧問の不正確なメタファーへの具体的な批判をあらわす意図を示して、かれ自身の真のメタファーをのべるものであった。

≪一方には軍事的ヒーローたち、もう一方には無名の聖者たちに分裂したアメリカのキリスト教の全危機! ラッパよ、吹き鳴らせ。アメリカの死はスモッグに乗ってやってくる。アメリカ——神は、憐愍としてばかりでなく、力として、すべて人間のうちに現存している、ゆえに、国は人民のものであるという信念から新しい人間が生れた国、なぜなら、人民の意志は——もしもかれらの生命の錠が、回されて開く技術《アート》をあたえられるなら――神の意志であるからである。

……

　われわれの意志を表現するあの国を深く考えよ。それは、かつては比類なくすばらしい美女であったが、いまは癩者の皮膚をした美女アメリカである。かの女は子供を身妊っていて――それが正統の子かいなかはだれにもわからない――眼にはけっして見えない壁の土牢の中で窶れ衰えている。いま、かの女の恐しい陣痛の最初の痙攣がはじまっている――それはつづくだろう。産れる時を告げることができる医師はいない。ただ、いまかの女を襲っているのは、おそらく嘘の陣痛ではないということだけはわかっている。いや、かの女はおそらく出産するだろう。何を?――世界がいまだかつて知らなかった最も恐るべき全体主義であろうか?　それとも、哀れな巨人、責めさいなまれる愛すべき娘のかの女は、勇敢で優しく、技巧にたけてしかも野性な、新しい世界の赤ん坊を産むだろうか?　錠へ駈けつけよ。鎖に縛られた神はのたうち悶えている。錠へ駈けつけよ。われわれの呪いから解き放せ。われわれは勇気と、死、そして愛の夢が、眠りを約束するあのミステリーへの途上で終らねばならないからである。》

　なんだ、これは、神秘的な熱狂家のうわごとかと、冷笑する人間はまことに多いだろう。メタファーの真の鋭さ、深さ、豊かさを、自分の内部に実現して受けとるためには、その人間もまた、真の鋭さ、深さ、豊かさをそなえた想像力をもたねばならず、その心は激しい危機感におののいていなければならぬだろう。「巫女」メイラーによる御神託より、『米国防総省《ペンタゴン》レポート』のほうが、肯定的な意味で、国際関係におけるアメリカの現実的偉大をあかしだてる、と申し立てかねぬ現実派の政治学者もいることなのだ。

しかし、さしあたり僕はかれらに向けて、なにごとかを語ろうとする情熱をもちあわさない。メイラーのように時代への全体的な展望と、人類そのものへの綜合的な感受性をそなえた人間が、いまひとりの日本人として、今日の日本を見つめつつ、その現実に生きているとすれば、かれの同じ言葉はどのような響きを発するであろうかと、それを考えるのみである。

　十年前、メイラーについてそのように考えることは現在そうするよりはるかに難かしく、しばしば雲をつかむようだった。なぜなら端的にメイラーの慣用句《イディオム》が、日本人の生活の現場において、なお一般的でなかったからだ。しかしその慣用句《イディオム》は、いわば文明そのものの全体的な転換の過程で、たちまちわれわれの世界をみたした。いまや誰の脣にものぼる公害・環境破壊、これらの言葉が、十年前どういうあつかいを受けていたか？　それを人間の文明の中心の課題として、すなわち、われわれ人間一般が、明日にむけて生物学的になお生き延びてゆきうるかという根本的な自省として、われわれは深く考えることがあったか？「生物学的激怒」というメイラーの言葉は、十年前、おそらくは詩人の修辞的好奇心しかひかなかった。

　今またわれわれは分子生物学の領域からの新しい知識と考え方を、自分たちの生活のなかへみちびきこむことができる。しかしそれもかつてメイラーの文章の世界のもっとも消化しがたい異物の言葉をなしていたのだった。科学技術《テクノロジー》という言葉すらも、われわれにとって、十年前といまとではいかに異なった喚起力をそなえていることだろう。《およそ文明の病患は、文明が自然から引きはなされていること》という文節自体、現在われわれが、それを実感をこめて受けとるように、かつてわれわれはこの言葉の前にはっきり立ちどまっただろうか？　病んでいる国という句の前にも？

いうまでもなく、われわれに対するこのような「教育」は、自然的環境をふくみこむ、全体としてのわれわれの状況の悪化によっておこなわれたのである。ついこのあいだまで、コンピューターによって管理される全体主義社会という発想は、ＳＦの世界のものであった。われわれが核戦略の、それも他人様のはりめぐらした網の目に厳重にかこいこまれながらも。十年前、自分が知らぬうちに石油蛋白飼料で育った鶏をたべさせられぬようにするには、ただ市民の力で大企業、国家と闘わねばならぬ、というようなことをいえば、それもＳＦの世界の話とのみ受けとられたのではなかったか？

それでは今メイラーのすべての慣用句《イディオム》が、われわれの日常生活に親しくなったかといえば、それはそうでない。その、決してわれわれの世界に近づかなかったメイラーの言葉の体系の中心に、精神《サイキ》という言葉があるであろう。そして実際にその認識にたてば、メイラーの神という言葉も、悪魔という言葉も、文明という言葉も、じつはわれわれの本質的経験から遠かった、といわねばならないのである。つづいて、《およそ文明の病患は、文明が自然から引きはなされていること》だとする、メイラーの思想は、あらためて日本人の思想から、結局は異質なものだったと認められざるをえなくなるのではあるまいか？　自然のなかに、自然にとけこむようにして生きている人間と、みずから信じてきた文明史をもつわれわれに。そこからはいかにも直接的に、われわれの状況が、メイラーの実際にその萌芽を感受し告発した方向にむけて、悪化している現実をあらわすとともに、しかもわれわれのその現実把握の仕方が、いかにメイラーのそれとはちがっているかという、もうひとつの日本人的現実をあきらかにするだろう。

メイラーは一箇のアメリカ人としてのかれの存在に、アメリカ文明の総体をにないこもうとする人間である。アメリカ文明に病患があれば、それをかれの精神《サイキ》のうちにまるごとにないこんで、それが人間としての自分をどのような地点にひきずってゆくか、見きわめようとする人間である。メイラーは、冷戦がアメリカ人にもたらした永年の荒廃の、あらゆる社会的・人間的毒素を自分にひっかぶって、自分自身のなかのアメリカ人を確かめようとしつつ生きてきた。かれのモラリティーの感覚はそのような根本的性格のものであったし、かれの想像力はその方向づけのもとに発動された。かれの想像力は、キューバ危機のケネディの事務机にぴったりよりそっていた。ダラスの狙撃者とともに倉庫の床に立っていたし、月面を宇宙飛行士とともにカンガルー跳びしていた。そのようにしてかれは、自分一箇の人間のなかに、アメリカ文明の総体を、世界像を、生きたものとして統一的に把握しようと努めてきたのである。その困難な努力の頂点に、ヴィエトナムが、とくにリンドン・B・ジョンソン時代のヴィエトナムがあったのである。

現代に生きているひとりのアメリカ人として、たえまなくふりかかる虚偽やごまかしの火の粉をはらいのけつつ、ジョンソンのヴィエトナムを人間的な全体性の中心にとりこみ、なお未来にむけてまともに生き延びうる自分を見出しうるかというのが、ヴィエトナムへのかれの態度だった。そして自分の人間としての全体性の中心においたヴィエトナム、それこそは冷戦がアメリカにもたらした、すべての根源的な害毒・疾患の鏡だった。アメリカ人自体が、いかにアメリカの森と海を毒でみたしたか、ヴィエトナムでアメリカ本国でいかに大量の血の流れる犯罪をおかし、麻薬の暗闇に逃げこんだか。それらもまた、この鏡に照し出された。冷戦が永年つづくことによって、アメリカ人の想像力が枯渇し、アメリカ文明が病み、巨大な国家アメリカが荒廃する。荒廃の余波は恐しい津波となって世界じゅうにひろがる。メイラーのそのような戦後観は、かれの人間としての存在に全体的に表現されて、ジョンソン時代のヴィエトナムという焦点に、まことにあきらかに鋭い像をむすぶものだったのである。そしてそのようなすべてを綜合して、自身の病患のように背おっているアメリカ人、メイラーが、あの熱烈で悲惨な希求の声をあげたのだったのである。《われわれの意志を表現するあの国を深く考えよ。……錠へ駈けつけよ。鎖に縛られた神はのたうち悶えている。錠へ駈けつけよ。》

　メイラーの切実な叫び声に対比すれば、われわれに欠落しているものは明瞭になる。冷戦がわれわれにもたらしている政治的な想像力の枯渇は、われわれがこんりんざい核戦略の、それもアメリカの核戦略の前進基地たる状態を脱出できぬとする、国民的あきらめに端的にあらわれているが、実は日本人は、それを自分の人間的な全体性のなかで受けとめようとしてはいないのではないか？　公害・環境破壊の現実は、いまや誰の眼にもあきらかだが、それでもこの認識は、ただそれだけで閉鎖している。端的に、右のふたつの病患を冷戦下の産業社会のひずみとして、ひとつの肉体ににないこんでいる者としての日本人たることを自覚し、病める日本を、その全体像において把握することを、われわれはおこなっているであろうか？

　現在のわれわれの政府の「日本列島改造計画」は、ジョンソン時代の、「偉大な社会」の発想を余儀なくさせたものと、その悲惨な先ゆきを思い出させずにはおかないが、全体的な病患にとらわれた日本という明瞭なイメージを、自分の人間としての全体性にかさねるようにして考える者の誰が、この巨大な破壊の槌音のする計画に、自己の病患がなお深まるのを感じとらぬだろう。国内のみならずアジア各地で自然を破壊する。一地方の森林を丸裸にしてしまうようなことすらをする。それに対して海外の現地からの批判がたかまると、樹木の伐採を止めるかわりに、植林の輸出を企画する！　自然破壊そのものを、自分の人間としての全体性にかさねて、そこに病める日本人像、病患のもとの日本のイメージを把握するのではない。メイラーが癩者の皮膚をした娘としてアメリカ全体をとらえ、アメリカ人たる自分の本質にそれをかさねようとした態度は、おおかたの日本人に欠落しているといわねばならぬだろう。日本人の総体のイメージ、日本国のイメージ？　それなら天皇家族の写真でも思い出してくれ、われわれは、この多頭の蛇が、ある頭は病み、ある頭は狂気し、ある頭はすでに死んですらいても、残っている数かずの頭はなお自然を咬みくだきつづけるような、その日本を担って、猛烈に働いている日本人なのだ、という声がただちに響くかのようだ。

実際、時代が為政者の本質を選ぶ。この猛烈な多頭の蛇に乗っかって「日本列島改造計画」に驀進するために、もっともふさわしい個性を、現在の首相はそなえているように思われる。前の首相には「寛容」とか「調和」とかいう眼くらましの言葉を使うことで、錯綜した政治現象の上に奇怪にまたがっている自分に、なんとか自己同一性《アイデンティティー》をあたえようとするところがあった。しかし現在の首相はそのたぐいの糊塗工作すらも初めから放棄している。しかもそれを大衆受けのするかれの個性とさえしたのである。誰ひとりあの首相に、あなたの人間としての全体性にたって、冷戦のもとの日本人は、この病患のうちなる日本は、どのようなイメージをなしているのでしょうか、などと問いはしない。かれは多頭の蛇である日本人の、いかなる中心的な頭をも代表しない。かれはいかなる日本人の全体的表現でもなく、ただすさまじい破壊力をもった多頭の蛇にまたがって、走ることのみを期待された、稀有の人格的アリバイを公認された首相である。

　なぜそのような政治家を、この危機に日本人が許容するのか？　それはわれわれが、自分自身、この日本という病める多頭の蛇のどの頭を、自己同一性《アイデンティティー》にたって選ぶべきか惧れている、いやそれよりも、まったく見当さえつきかねているからではないのか。しかしこの多頭の蛇の全身を流れる血に巣くった、あらためてメイラーの慣用句を用いるなら、全国民的癌《キャンサー》を発見するためには、あえてこの多頭の蛇の綜合的な全体像を把握することから始めねばならぬのであるのも、じつは誰もが意識していることであろう。メイラーがジョンソン時代のアメリカ全体像にむけて悪戦苦闘しつつおこなったように。そして、かれのそのような努力と、かれに協同する様ざまな思想家の努力にもかかわらず、それでもなおかつアメリカにおいて、ジョンソン時代からニクソン時代へ急激な荒廃の深まり・広がりがあるとすれば、自己同一性《アイデンティティー》の意識がまったく徹底的に寸断された、多頭の蛇たる日本の、十年後の廃墟の眺めがいかがなものか、それは予測しがたいだろうか？

破壊者ウルトラマン

　子供のための文学、映画、劇が、大人によってどのように造られるか？　そこには単純な構造の、しかし複雑な課題がこめられている。それは子供の眼、意識が受けとるべきものを、大人の眼、意識によって造るものであるからだ。子供と大人とのあいだの、たがいに排除しあう境界線がはっきりしないような、「子供大人」あるいは「大人子供」の幻的人格が造ったものには、どこかいかがわしいところがある。子供の想像力を解放する作品は、自立している大人の想像力によって造りだされねばならない。それは単純な原則である。しかし、大人になることとは、子供であることの否定に立っているのであるから、また大人が子供に仮装してみることではなにも解決しないのであるから、ことは複雑になる。子供の想像力は、大人の想像力とつながった同一地平にあるものなのだろうか？

　子供のために造られた作品は、どのような種類のものであれ、おおかれすくなかれ、この単純な構造の、複雑な課題を反映している。われわれ大人がそれを見る時、子供のために造られた作品のうちの、この二重性が契機となって、かえって大人のための作品においてより、現代そのものが鋭くかいま見えることもある。現代とは、大人の想像力が、子供の想像力にむけて、こういう世界こそを示したいとねがう時代なのか。現代とは、大人の想像力から子供がこういう世界を呈示されて、それを自分の想像力になんとか受けいれねばならぬ時代なのか。その感慨はしばしば、この時代を唯一の同時代として生きるわれわれに、酷たらしいほどのあきらかさで、ほかならぬわれわれ自身を凝視させずにおかない。

　現在わが国の子供たちの文化を、もっとも高度に支配している「造られた世界」とはなんだろうか？　それはあらためていう必要もないほど明白に、テレヴィの、いわゆる怪獣映画の世界である。すくなくとも戦後の子供たちの文化の領域で、怪獣映画ほど永く広範囲に、そこを支配しつづけたものはなかった。毎週それも毎日のように、わが国の子供たちがテレヴィの怪獣映画を見まもってすごす時間の総量を集計してみれば、それはおどろくべき数値にたっするだろう。むしろ怪獣映画と無関係に幼・少年期をすごす日本人が、いまやまったく稀であるといわなければならないほどだ。しかも子供たちは、なかなか怪獣映画を「卒業」しない。われわれは日本人の幼・少年時の意識と感受性の、まことに大きい部分を（全体を、でないことが心から希望されるが）怪獣映画にささげていることになる。

　怪獣映画は、いうまでもなく大人の日本人によって「造られた世界」である。想像力にかかわっている以上、この「造られた世界」のそのすべての領域が、大人の意識によってコントロールされつくしているというわけにはゆかない。もしかしたら、その根本のモティーフすらもが、当の「造られた世界」を造る大人によって、確実に意識化されていないのであるかもしれない。なぜあなたは怪獣映画を造っているのか？　いやそれは子供たちが望むからだ、という答のみがかえってくることはおおいにあるだろう。もっとも根本にあるものが、子供に肩がわりさせられているわけだ。しかし子供がいかに怪獣映画に熱中していても、きみはなぜ怪獣映画に夢中なのか？　と問うて、充分な答がかえってくるとは思えない。それはやはりこの「造られた世界」が、受けとる側にとっても想像力にかかわっているからである。

　そこで本質的な意味づけはあいまいなまま、怪獣映画を造る大人たちがおり、それに熱狂する厖大な数の小消費者群がおり、テレヴィ産業も、それをスポンサーする製菓産業、玩具産業も繁栄するという、現代的な事実のみが残る。事実、一九七〇年代のマス・メディアのもっとも大きい部分が、怪獣映画によってしめつくされていたという事実は、歴史からぬぐいさることができぬだろう。そしてほかならぬわれわれが、怪獣映画全盛の時代に生きた日本人として、この時代そのものの責任を分担せねばならぬように、怪獣映画についてもまたそれをみずから造りみずから熱狂したものとしての責任を、とらねばならぬはずである。未来法廷で、一九七〇年代の日本人が尋問される。次の世代によって、ほかならぬ現在のテレヴィの前の子供たちによって。お父さん、あなたがたはなぜあのようにもとっかえひっかえ大量に、怪獣映画を提供したのですか？　あなたがたが、われわれの幼・少年時の魂に、怪獣映画をつうじてつたえたかった真のメッセージはなんだったのでしょう？

　怪獣映画は一九七〇年代のわれわれ自身にとって、いかなるメッセージをあらわしているだろう？　深くわれわれの内部にひそんだ無意識の暗号を、あるいはわれわれの個人を超えたこの社会全体の圧力の情報を？　アリブンタは、ドラゴリーは、カメレキングは、ガランは、泡怪人カニバブラーは、鳥人ギルガラス、そしてすでに古典となっているゴジラ、ラドン、アンギラスは……

　怪獣映画の「造られた世界」を構成している要素はいうまでもなく、怪獣だけではない。しかしまず怪獣たちに最初の光をあてるとして、かれらを造った大人の想像力はどういうものだろうか。子供たちの想像力は、それをどのようにむかえているだろうか？　かれら怪獣たちは、僕の見ることができたかぎり、その根本のところでは、自然的な生命である。核爆発の放射能が、火山の爆発のエネルギーが、あるいは他の惑星における特殊な環境が、また気狂い科学者の科学的処置が、かれら怪獣をつくりだした。しかしそれらの生命そのものまでが発明されたのではない。かれらは通常の生命をそなえて生れる過程で、あるいは生れたあとで、時には数千万年にわたる仮死状態をつうじて、怪獣になりおおせたのである。

　なかでも、放射能を大量にあびることによって怪獣となってしまった生命体という発想はしばしばあった。なかには直接、広島・長崎における被爆者たちにたいして、また被爆二世にたいして、差別的である発想すらもがあらわれた。それらは核兵器の人類にあたえる悲惨についての、科学的・実証的な認識に立たぬことにおいて、根本的に差別的であった。しかもなお被爆ということについて、いいかげんにタカをくった妄想をくりひろげることにおいて、むしろ悲惨の拡大を望むような想像力のたてかたにおいて、細部の発想のすみずみまで差別的であった。現実に根づかず原理にそくしていない「被爆」のつたえかたにおいて、広島・長崎の経験の子供たちへの伝承の、まともなかたちをおしつぶす可能性を考えれば、それは未来にわたっても差別的であった。そしてこの差別的な性格は、直接に被爆者をあつかっているのではない発想においても、放射能と怪獣というむすびつきが考えられている、あらゆる怪獣映画において、あらためて検討されねばならぬであろう。

　それを考えたうえでのことであるが、怪獣の出現の惧れを、核兵器の悲惨への惧れとかさねるようにして、怪獣映画を造り、テレヴィの前でそれに釘づけになる、大人および子供の存在は否定できないはずである。それはいわば、この世界を覆っている巨大な核兵器の影への、漠然たる恐怖を想像力の呼び水として、怪獣映画が造られ、見られているということを意味する、といってすらもよいであろう。まともな人間規模の力によっては、それに対抗することが絶対に不可能である巨大核兵器。その存在への、日本人一般の無力感と、それは照応するにちがいない。怪獣が暴れまわるのみで、ついに三十分番組の終りまでウルトラマンもミラーマンもあらわれることのない映画を、考えてみるべきであろう。この怪獣どものまえで、ウルトラマンの助力なしに、われわれになにができるかと、無力感にただ暗然と滅亡を待つ人間たち……

現にこの一九七〇年代に生きている日本人にとって、真の怪獣・核兵器の存在は巨大に圧倒的に確実であるのに、現実生活においてわれわれにウルトラマンもミラーマンも実在していないことは確かなのだから、怪獣映画という「造られた世界」において、あのようにも暴力において大きい怪獣を造りださざるをえない人間の、想像力の基底にある暗さ、悲惨さは、それを見すごすわけにゆかない。テレヴィの前では、大いなる恐怖につづく豊かな安堵のカタルシスをあじわう子供たちも、もしかれらが正当に核兵器の脅威について教育を受けるなら、自分たちがそのような奇怪なものに、ウルトラマンの援助なしで(!)対峙しているのだということを、認める目をもたないわけにはゆかぬだろう。逆にいえば、そのような現実的対応物が、この世界にのしかかっているからこそ、地球破壊、人類滅亡の危機の具体化である怪獣の、繰りかえされる出現が、この「造られた世界」を造る大人たちにも、それをテレヴィの前で待ちうける子供たちにも、たとえ想像力的であるアクチュアリティーであれ、深く強くその現実感を保証するのではないであろうか？　核兵器による恐怖の均衡の時代が始まる前に、どうして子供たちのための文化の世界に、毎週しかも毎日のように、地球の全面的破壊の危機が繰りかえし描きだされることがありえただろう？

《「同ジク《イテム》、コノ一四二九年、六月六日、オバルヴィリエ Aubarvilliers ニテ、コノ図(……)ト寸分違ワザル二人ノ子供ガ産ミ落サレタリ。蓋シ、余ガコレラヲ見、コレラヲ余ノ手ニ抱ケルガ故ナリ。而シテ、コノ子供ラハ、二ツノ頭、四本ノ腕、二ツノ首、四本ノ腿、四本ノ足ヲ持チナガラ、一ツノ腹、一ツノ臍シカアラザリキ……」》

　同じく『日記』のなかには、次の週の日曜日に、サン・ジャン Saint Jehan 近くのラ・シャンヴリー La Chanverie というところで、二つの頭と八本の足と二本の尻尾とを持った一頭の犢が産み落されたり、更に次の週には、サン・ユスタシュ Saint-Huistace (Eustache) 近くで二つの頭を持った豚が生れたりした奇態な現象を、同じく報告しています。

　こうした畸形児や畸形動物の出現を特に記録している『日記』の筆者は、前述のような情勢の激変——『生娘《ラ・ピュセル》』の驚異的な出現——によって、若干ノイローゼにかかってしまっていることを、言外に告白しているような感じもいたします。『日記』の筆者にとって、一四二九年は、正に狂った年に見えたわけで、狂ったことのみが眼についてならなかったのかもしれません。そう言えば、今までにも、戦火の絶えない悲惨な冬の真最中に、菫が狂い咲いたというようなことを、この『日記』の筆者は、両三度に亙って、わざわざ書き止めていました。何か、わくわくしながら、またはらはらしながら、世のなかの動きに首をかしげている人の胸に宿った幻の一端が判るような気がします。どの時代もどこか狂っている筈なのですが、人間には、とかく、自分の生きている時代が一番狂っていると思う癖があるものかもしれません。末世終末観は、人間の業かもしれません。》(渡辺一夫『乱世の日記』)

生娘《ラ・ピュセル》すなわちジャンヌ・ダルクの出現前後の、乱世を生きる一市民の日記を紹介するわが国のユマニストの言葉は、いかにも慎重にひかえめであるが、それにみちびかれて僕は狂った年に狂ったことが濃くはっきりと眼につき、それを無視しえぬ人間のありかたに今日的に重い意味を見出すものである。自分にとくに強いにちがいない、自分の生きている時代が一番狂っていると思う癖をいましめる声を聞きながらも……

モンテーニュもまた、かれ自身の生きた百年後の乱世において、自分がその眼で見た畸形児のことを記録していた。

《生まれて満十四ヵ月だったが、両の乳の下のところにもう一人の頭のない子供がすがるようにくっついていた。この子供の脊髄は塞がったままであるが、その他は全部揃っている。たしかに一方の腕は短かかったが、これは生まれるときに偶然に折れたものである。二人は向かい合ってくっついていて、ちょうど小さいほうが大きいほうに抱きついている格好である。くっついているつぎ目の部分は四本の指をならべたくらいの幅しかない。だから、不完全なほうの子供をまくり上げると、その下に別のほうの子供の臍が見えるという工合である。……

私が最近メドックで会った三十歳かそこらの羊飼は生殖器をもっている気配がなく、三つの孔から絶えず小便をもらしている。しかも、ひげを生やし、性欲をもっていて、女と交わることを求めている。》

そのような見聞を記録しつつモンテーニュは、われわれわれが奇怪と呼ぶものは神にとってはそうでないとし、われわれは習慣に反して起こることを自然に反することと呼ぶだけだとして、やがてこれらの怪異を自然の理性であきらかに意味づけうる日がくるのを、期待するのであった。それを考えあわせながらも、モンテーニュの詳細な観察と記録のうちに、やはり僕は狂った年に狂ったことがおこることについて、鈍感でいられない人間の、それこそ自然の理性を見出すように思うのである。

そしてあらためてその自然の理性によって、たとえ想像力の産物とはいえ、いやむしろ、それが大人と子供の想像力の、どちらにも関わっている産物であるゆえに、なおさら怪獣映画のブラウン管での隆盛に眼をそそぎたいのだ。七〇年代の日本に生きている大人の想像力が、これらの怪獣群を生みだし(子供をよくひきつけるためにそれらをしか生みだすことができず)、子供たちの想像力の楽しみが、これらの怪獣群によってはじめて解放される(それらよりほかのテレヴィ番組はチャンネル争いにおいて見棄てられている)ことが、無意味であるとするわけにはゆかない。日々、繰りかえしまきかえし怪獣群が出現して、地球を破滅の危機に追いやる番組が、子供らをいまもっともひきつける想像力の産物である。その現象の、時代の全体の深部にふれた意味あいを、次の時代の自然の理性は、われわれより容易に、かつ徹底的に見とおすのではないであろうか、現実化した怪獣映画の後遺症のなかで？

いうまでもなく怪獣映画は、怪獣群のみによってなりたっているのではない。かれらの暴力的侵略から地球をまもり、人類を救うウルトラマンやミラーマンの活躍が、実際のカタルシスの根幹を構成する。怪獣たちが、おそるべきエネルギー量をたくわえ、およそ動物的限界を超えた、全地球上の鯨の力の総和にもあたるような体力をそなえてすらいるにもかかわらず、ほとんどつねに実在の動物（あるいは想像された前世紀の動物）を思わせるところを（たとえばコブコブの尻尾を）残しているのは、誰もが見知っていることであろう。ところが、かれらと闘うウルトラマン、ミラーマンのたぐいは、たとえ人間のかたちをしていても、むしろ怪獣の逆に、まったく哺乳類くささのないのが通例である。かれらは科学の匂いをたてている。科学者（または神のような超科学者）によって造られた、純然たるロボットであることもあるし、おなじ科学的処理をへた改造人間である場合も多い。アンドロメダ星雲からやってきた使節であるというような場合も、そのもともとの宇宙的故郷は、それ全体が科学工場であるような、徹底して科学的な惑星として想定されているのである。かれらはみな体内に、超大型の原子力潜水艦でも装備しきれぬほどの機械的能力をひそめており、一様にロボットめいた機械的な身のこなしにおいてエネルギーを発する。

かれらウルトラマン、ミラーマンたちこそは、ありとある科学の精とでもいうべき巨人たちとして想定されているのである。そこで問題が生じることになるであろう。たとえば核兵器という、科学の一典型について同じ問題を類推してみれば、こういうことになるにちがいない。すなわち、科学の精・核兵器にはふたつの側面がある。それは大破壊力において、科学の威力を示している。かつそれが人間の頭上にもたらす悲惨の大きさをも、この科学の精はあらわしている。そして科学としての医学は、おなじ現代科学のもたらしたこの人間的悲惨と闘う力をなお十全には持ちえていない。そこからあらためてウルトラマン、ミラーマンの場合にかえる時、問題はいかにも明瞭に見えてくるだろう。

怪獣映画の超人スターたちは、もっぱら科学の威力を示威するだけの存在である。かれらは科学のもたらす人間的悲惨とまったく無関係な超能力として、空をかけり地にもぐり、怪獣どもを撃滅する。ドラマの展開のうえで、かれらの超威力の出現する前に、まず一般の人間たちの無力がつねに誇示されることも忘れてはならぬだろう。怪獣にたいして、一般の市民は、あるいは人民はまったく無力だ。かれらは自分の生活圏を不当に踏みにじられて、嘆きつつ怪獣を見あげるのみである。特別任務をおびた準科学的集団が、しばしば自衛隊の機動力とともに、怪獣と闘う。それが人間による努力の限界をあらわすものとして、まず描き出されるのが、怪獣映画の一般式である。その反撃力だけで、たとえば大都市における「治安出動」には充分すぎるほどであろうと思わせる規模の、しかしついには怪獣に対して無力な人間による作戦が終って、攻撃の専門家たちもまた無力感におちいる時、宇宙の果てから、地球の端から、ウルトラマンが、ミラーマンがやってくる……

人間の側から、これら超人間科学スターと独自な関係をひらくのが、ほとんどいかなる怪獣映画の場合にも、優等生の子供と、まことに人格高潔な科学者である。そして、その逆に怪獣どもとひそかな連絡をとっている悪人集団には、たいてい気狂い科学者がいる。地球上の人間にその責任のある科学の悪、科学のもたらす人間的悲惨は、すべてこの気狂い科学者にひっかぶせられる。それが科学の悪であり、科学のもたらした人間的悲惨である以上、超人間科学スターたるウルトラマンたちに人間の側でつらなっている善良、高潔な科学者のほうにもまた連帯責任があるのではないか、という疑いは、その怪獣映画に熱中している子供の想像力に向けてみじんもほのめかされることはない。もしそれを疑う子供がいたとしても、なにほどのことがあろう？　人格高潔な科学者にしてからが、結局ウルトラマンの大活躍のあと地球が滅亡の危機をまぬがれれば、あらためて宇宙へ向けて飛びかえるウルトラマンを、ただおとなしく見おくるだけの存在ではないか。人間のやることにたいしたことはないのである……

　ウルトラマンやミラーマンの、超人間科学スターの無私の活動によって（かれらは名誉も報償も求めぬばかりか、地球で燃料を補給することすらまれである）ブラウン管のまえの子供たちにあたえられる第一の印象は、正義としての科学の威力ということであるにちがいない。科学の絶対的な威力が地球を滅亡から救い、人類に未来をあたえるという、その全面的な正義の保証であるにちがいない。どのような子供の想像力が、ウルトラマンによる科学の威力のうしろに背なかあわせになっている科学の悪、科学のもたらす人間的悲惨に向けて発展してゆきえるだろう？

　いわゆる「日本列島改造計画」のように、科学的機械力による大規模な自然の破壊は、ウルトラマンの活動さながら、ついには正義の科学的行為であるとする宣伝は、ウルトラマン的想像力に慣れている人びとの耳にやさしく聞きとれるだろう。もし政府が「日本列島改造計画」を国民に宣伝するテレヴィ・ネットを買いこもうとするならば、ウルトラマン的超人間科学スターの活動する怪獣映画の番組ほどにも、好適なコマーシャル媒体はないにちがいない。もっともいま怪獣映画にうつつをぬかしている子供たちが大人になって、おおはばに「改造」された日本列島のありとある場所で、救いをもとめる叫び声をあげるとしても、汚染された海からミラーマンはあらわれず、汚染された空からウルトラマンはやってこないのであるが。ただ透明な怪獣どもの大群が通過して行ったかのような、破壊のあとこそがかれらの眼にあきらかであるのみなのであるが……

もともと僕がはじめに怪獣映画へと関心をひかれたのは、単純な視覚的動機によっていた。ほとんどつねにそれらの番組では、怪獣とウルトラマンたちとの格闘によって、都市が破壊される。実際東京はいくたび破壊しつくされたことだろう。

とくに怪獣の進入路である東京港近辺の建物は、怪獣とジェット機の闘いの格好の背景である東京タワーともども、およそ映像によって破壊された建造物の、双璧であるにちがいない。怪獣のみならず、それと闘うウルトラマンやミラーマンもまた、都市破壊の当事者だった。かれらの巨大な足が踏みつぶす情景の効果をあげるためだろう、ビルディングの谷間にはいかにも日本的な資材、様式の、それこそマッチ箱さながらの民家があって、人びとが逃げまどった後、民家は踏みつぶされ火災を発するのだった。

そのように都市破壊が繰りかえされる光景を見ながら、ついに僕のオブセッションになりおおせたのは、この大規模な破壊のあと、都市を再建することがいかに困難で厄介な大仕事であろうかという、もの思いなのであった。広島においても長崎においても、原爆後の人間の営為に関して、もっとも感銘深いのは、そこで人びとがいかにかれ自身を再建し、都市を再建して行ったかの現実的細部にほかならない。おなじく文字どおりの瓦礫の荒野から、米軍占領のもとに日本政府から見棄てられて、なお都市を村を、学校を門中墓を、すべての人間的環境を回復して行った沖縄の人びとの営為についてもおなじである。

僕は怪獣映画のフィルムが進行しているブラウン管

の前に自分と並んで坐っている幼児たちの顔を、いくたび覗きこんだことだったろう。この破壊された大都市の再建をどうすればいいのかと、幼児もまた心を痛めているのではないかと疑って。しかし、おそらくは当然のことながら、幼児たちはそういうことを気にかけていはしなかった。東京タワーが幾たび破壊され、東京港の巨大なビルディングが叩き倒され、江東区の民家が踏みにじられても、幼児たちは無感動だった。やがてウルトラマンが怪獣をねじ伏せ、そいつを緑色のドロドロのかたまりにかえてしまうのだから。そして映画の最後のシーンはつねに、沈黙したまま宇宙へ帰るウルトラマンの英姿であり、それを見おくる民衆のうちから、自分の家を壊された不満を訴える声などは、こんりんざいあらわれてこぬのであるから。すくなくとも僕は破壊された都市の整理、再建の光景すらを、かずかずの怪獣映画のフィルムにおいて見たことがない。破壊の次のシーンは、ウルトラマンの勝利、宇宙への帰還、次はコマーシャルだ。次の週たちまち再建された東京へ、新種の怪獣が攻めいってくる。そして、破壊のきわみの都市、ウルトラマンの勝利、宇宙への帰還、歓呼して送る民衆……

怪獣映画を造る大人たちが、これはあきらかに充分意識によってコントロールされた方法論によって、そのフィルムにあたえているのは、場面転換の論理である。ゆっくりつなげながら持続的に論理を展開して行くと、どうしても都合の悪い、単純に整理しがたい現実が頭をもたげてくる。その論理の進め手にたいして、それ自体が自己否定を迫るような新局面が、論理のつながりのうえであらわれてこないわけにゆかない。リアリズムは、芸術家にそのような自己否定を契機にして、より大きい芸術家へと自分をつくりかえしめるところの方法であった。もしリアリズムによる怪獣映画がありうるとすれば、それはまず科学の悪、科学のもたらした人間的悲惨をも担いこんでいるウルトラマンこそを描きださずにはおかなかっただろう。テレヴィ会社の経営者やスポンサーの経営者には、当然ながら、子供じみた冗談をいうなと、一蹴されるにしても。しかし現実の怪獣映画は都市の大破壊の後、ただ説明もなにもない場面転換ですべてを水に流すことによって、ウルトラマン的超科学スターを聖化しつづけているのである。

　ヴィエトナム戦争が終結すれば、ヴィエトナムの破壊しつくされた都市と村、人間生活と人びとの心はたちまちフェイド・アウトし、「名誉ある撤退」をする米軍兵士の画面にキッシンジャー、ニクソンの顔の大写しが重なって、ヴィエトナムは終ったというカタルシスの情緒をうけとるような、そうしたタイプの受身の精神をそなえた若い日本人が育ってきているとすれば、かれらのつちかうはずであった論理のリアリズムは、幼・少年時のうちに、自然の理性ともどもウルトラマンによって破壊されたのである。

破滅するジェイソン

広島でおこなわれた3・24「被爆二世実態調査」粉砕・ＡＢＣＣ解体被爆者解放総決起集会、というものに僕は出席した。被青同の、それも被爆二世自身がつくっている高陽病院建設委員会からの要請によって。集会にさきだつ記者会見で、通信社の記者が、執拗にこういう質問を繰りかえして答をもとめた。被青同は天皇来広と佐藤来広に激しい阻止闘争をおこなった。かれらは静かに原爆記念日を悼む心をこめて平和広場に集ってきている被爆者たちのなかへ乱入して、式典をかきみだしさえした。きみはそれらの被爆者たちに対しても、なお被青同を支持する意思をいだいてここに来たのか？

この種の質問は、現にその八月六日朝の広場で、被青同の行動に怒りを感じた被爆者が（そのような被爆者が実在するとして）、いま眼の前に立って僕を問いつめているのだと受けとめて、その重苦しさのうちにあって答えるのでなければ、無意味な厭がらせのおしゃべりにすぎない。僕はそのようにしつつ考えてほぼ次のように答えた。僕がその現場にいて、片側に被青同のデモがあり、片側に（実は機動隊の堅固な列があるであろうが、それも仮にとりのぞいて考えるとして）被青同に反対する被爆者たちの抗議の声があるとしたら、もちろん僕には、容易にどちらの側に加担するという決定はできぬし、それはすべきでないだろうと思います。僕にはどのような被爆者に対しても、あなたはまちがっているという権利はありませんから。それが僕の一貫してとってきた態度です。しかしつづいて僕はこう考えはじめるでしょう。どちらが根本において科学的かと。

　被青同の若い人びとは、核兵器をおとした国を告発し、核兵器の威力のもとから人間を(とくにかれらの被爆二世同志を)とりかえそうとして運動をおこなっていますが、同時にかれらは、原爆が投下された時点の前後にわたる、軍国主義日本をも批判しつづけているのです。その被青同が原爆が投下された時点とその前の戦争責任を問い、その時点とそれ以後の、被爆者を見殺しにし、かつアジア全域に対して侵略的であることをやめぬ、新しい「戦争」責任を問うて、その責任者たちが広島の原爆横死者たちを「静かに悼む」ことを阻止しようとした行動は、根本において科学的ではないでしょうか？　そこで僕は被青同を支持してここに来ています……

　僕はそのように答えながら、あらためて自分に、根本において科学的なものへの信頼があることを認めたのである。しかしなぜ根本において科学的なのか？　こういういいかた自体が矛盾をはらんでいるではないか。根本において科学的でないものが、科学的であるはずはないのであるから、それを単に科学的といわず、このようないいかたをすること自体、あいまいさをふくんでいるから。

　それでもなおかつ僕が、根本において科学的といいたい気持をもつのは、すでに単なる科学的ということへの根本においての信頼を、自分がうしなっていることを示すようにもまた認められるのである。ここでは科学の外にある人間の、そのような信頼と疑いについてのべたいと思う。

　僕は3・24集会でラルフ・ラップの興味深い論文「『核』を盗む時代」(『朝日ジャーナル』所載)への根本においての疑いについて話すことから始めた。ラルフ・

ラップはいうまでもなくマンハッタン計画に参加した原子物理学者である。しかし米国防総省《ペンタゴン》を去ってからのラルフ・ラップの評論活動には、僕もそのうちしだいに(それも物理学者に直接みちびかれて)疑義をいだきはじめたとはいえ、ともかく僕のような科学の外の人間には学ぶことがまことに多かった。この新しい論文は、プルトニウムを盗んでひそかに核爆弾をつくる泥棒たちの、具体的な実在の可能性について生きいきと描き、核物質の保管・運搬にあたっての警戒の必要性を説いている。このような論文がいま書かれねばならぬことについて、僕はいささかも疑いをもたない。僕がこれを読みすごしえないのは、現実にマンハッタン計画に参加した、核戦争の戦争責任者でもある科学者が、現在なお世界の核状況について、このような考え方しか持たぬとすれば、それは根本において科学的か、と疑うからである。

というのは、ラップが、現存する核保有大国の核兵器保有の不当性については、まったく問題にもしないからだ。ラップは潜在的核泥棒と考えられる者らの動機について分類した、もうひとりの科学者の指摘を引用しているが、その第一は、「非合理なやりかたで、自分自身のために行動する一人または少数の人間」である。しかしその核泥棒どものひそかな核開発が非難されるならば、アメリカの核保有は弁護されうるのか? どのように? ヴィエトナム戦争において核兵器の威嚇によるみな殺し兵器の攻撃をおこなう、また核兵器そのものを行使することについて公然検討するという威嚇をおこなう、それは「非合理なやりかたで、自分自身のために行動する」国家の行動ではないのか?

被爆二世たちがみずから作ろうとする高陽病院の第一診療所が活動をはじめた時、あすこには爆弾犯人がかくまわれているとか、実際に爆弾を作っているとかいうデマが流された。実際に被爆二世たちが、プルトニウムを盗み出して、かれらの水爆を一箇製造したとすればどうだろうか？　かれらは世界じゅうの核保有大国に対して、即時全面的な核兵器撤廃を要求して、脅迫するためにのみ、その水爆を使うと約束するだろう。そこでこの被爆二世はアメリカよりソヴィエトより、中国より、正当性において劣るだろうか？　もし広島・長崎以後、なお核兵器を保有することに道徳的正当性のある人類が実在するとすれば、右のような動機に立った被爆二世こそそうではないのか？　どうして根本において科学的に、いやきみたちは核兵器を持ってはならぬ、われわれが持つのは正しいと、核保有大国が強弁することができるだろう？

　いうまでもなく被青同は、僕の見るところこのような考えもいったんふまえた上で、しかもなおより根本において科学的に、すべての核兵器体制に対して抵抗している人びとの集りである。そのようなかれらの存在の光に照しあわせればなおさらに、おおもとのところで核保有大国の核兵器体制を認めながら、ただ核泥棒たちのひそかな核兵器製造に警鐘をうちならしてみせる科学者の、まことに根本において科学的でない素顔があきらかになる。いったいこの科学の時代の、およそもっとも優秀な人類のエリートであろう科学者たちのすべてが、はたして根本において科学的な人びとなのか？　僕はかれらによって自分の運命がにぎられていることを信じないわけにゆかぬ以上、胸のうちで憐れな悲鳴をあげるようにして、問いかけずにはいられない。科学者たちよ、あなたがたすべてが根本において科学的な人たちでしょうか？　もし、根本において科学的でない科学者たちが、たとえば先にラルフ・ラップの去った米国防総省《ペンタゴン》とむすびついて、その科学的な能力と展望のすべてを権力に提供することになれば、どういう悲惨が科学の外にあるわれわれを見舞うでしょうかと……

このような訴えかけに対して、胸が真黒になるような答を、かれら自身の存在において示してくれる科学者たちがおり、逆に、決して見まがいえぬ微光を、やはりかれら自身の存在においてかえしてくれる科学者たちがいる。僕は、ある物理学者のもとにカリフォルニア、バークレイからとどいた「人民に敵対する科学——ジェイソン局の物語」というパンフレットを通読して、その二様のものからみあった感慨をいだいた。("Science against the people, the story of JASON", by SESPA)

ジェイソン局という、米国防総省《ペンタゴン》に関係する国防分析研究所ＩＤＡのサブ・グループが、そこに集ったアメリカの超エリートの科学者たちが、ジョンソン、ニクソンのためになにをやったか？ われわれはすでに『米国防総省《ペンタゴン》レポート』によってそれを知っている。一九六六年夏かれらはマクナマラ国防長官のために、北爆が「『南』への浸透」を妨げる効果をはたしていないという評価をおこない、その《目標を達成するに必要な、アメリカの軍事努力の水準を予言しうる、適切な基礎は現在のところなく、さらにいえば、これら目標を達成する具体的な努力水準があるかどうかをきめる、堅実な基礎は存在しない、と結論しなければならない》(杉辺利英訳)と答申した。原文はこのまわりくどさにソフィスティケイションの匂いさえまぶした、すなわち東部のエリート教授たちの集りでこそしっくりするであろうような文体で書かれている。それを、後に示すもうひとつの文体に比較するために記憶にとどめておいていただきたい。そして科学者たちはかれらの学問の成果を駆使して「『南』への浸透」をふせぐ精巧な電子障壁を、非武装地帯に建設することを進言した。そして、オートメ化された、エレクトロニクスの戦場としていまや誰知らぬ者もない、テクノロジカルな戦争が、ヴィエトナムの土地に繰りひろげられたのである。科学者たちはソフィスティケイションの匂いのする言葉で語り、エレクトロニクス、オートメイションの科学の香りが設計書をみたしたが、現実の戦場で(ヴィエトナム人の生活の現場で)数知れぬ人間を殺傷した、あの厭らしいともなんともいいようのない落ち葉地雷(草色の布製の外被につつまれていて、踏めば足首をふっとばす)、釘爆弾が、ほかならぬその設計書の底辺をうずめていたのであった。ジェイソン局が果たした戦争犯罪はなお摘発されてゆくにちがいない。

当面、僕がこのバークレイの、ＳＥＳＰＡ、すなわち社会的、政治的行動のための科学者たちと技術者たちによってつくられた、ジェイソン局についてのレポートに関心をいだくのは、アメリカの(ひいては現代社会全体の)政治権力と超エリート科学者たちとの関係のありかたについてであり、その協力関係にはいった科学者たちの、人間的資質の特徴についてであり、つづいてそのような科学者たちを告発する、もう一方の側の科学者(技術者もふくめて)の人間的資質についてである。

第二次世界大戦が終ると、原爆とレーダー研究のようなかたちで戦争に参加していた科学者たちが、米国《ペン》防総省《タゴン》を、さきのラルフ・ラップのように去った。そこで種々の研究所のかたちで、科学者をあらためて軍事研究にひきつける方策がとられたが、そのもっともエリートの科学者たちを集めたＩＤＡの、より若くより優秀な超エリートを、なお選りすぐったサブ・グループ、ジェイソン局は、そこに招かれることが最高の特権をあらわすという声価を確立した結果、まったくの人材の宝庫となることに成功した。冷戦イデオロギーが、この超エリートの園の政治的、哲学的基盤であった。

ジェイソン局の超エリート科学者たちのことを、SESPAは新しい意味をこめてインサイダーと呼んでいる。かれらは多くの政府官庁の秘密情報に接する機会を持っている。そしてトップ・レベルの政策決定者が、かれらの答申にたとえしたがわぬとしても、すくなくとも真剣にそれを検討することを期待しうる。かれらのように政府の内部の情報への手づるなしに政府を批判しなければならぬ者たちは、アウトサイダーと呼ばれる。SESPAもそうだ。多くの民衆とともに。

インサイダーとアウトサイダーの論争がおこなわれれば、インサイダーのつねにかわらぬいいぶんはこうだった。連中はなにも知らぬ、真の事実《ファクツ》を知っているのはわれわれなのだから、われわれに反対する連中の論点はとるにたらぬ。わが国でもおなじ経験を持たざるをえなかったアウトサイダーは数多いのであるから、この種のもののいい方をするインサイダーの人間的資質を理解することはやさしい。

SESPAたちはじつに率直で人間的な態度で（それは多くの、かれらからインタヴィユーを受ける科学者たちも認めずにはいられなかっただろう、それはいかなる意味でも吊しあげとは別のものだ）インサイダーたちから真実の声を聞きだそうとする。ジェイソン局の科学者たちのうちに、ヴィエトナム戦争に対して中立的な態度をとろうとしたり、実際にこの戦争を不名誉に感じている者さえいることがあきらかになる。しかし、それらの科学者たちの、原子物理学、分子生物学の研究に立った政府への答申が、ヴィエトナム戦争を支えたのでもあったことをＳＥＳＰＡが見のがすというのではない。

　ＳＥＳＰＡはジェイソン局の超エリート科学者たちの米国防総省《ペンタゴン》への協力について、その自己正当化の様ざまなタイプを、直接、間接のかれらインサイダーへの調査に立って、次のように推測し分類した。ＳＥＳＰＡの態度の注目すべき点は、それらのタイプのいちいちについて、実際のジェイソン局の科学者たちの実例であとづけていることである。いわばインサイダーもそれを認めざるをえない事実《ファクツ》をアウトサイダーながらも発掘したことになる。それに加えてＳＥＳＰＡは、これらの科学者たちの自己弁護を、やはり事実と論理によって打ちくだくのである。

　まず、いかにもひかえめな責任の隠蔽のしかたがある。かれら超エリート科学者がいうのだ、政府があまりしばしばジェイソン局の進言を受けいれるのではないから、局の仕事は無害だと。しかし先にのべたように、ジェイソン局の答申は数多くのヴィエトナム人を殺傷したし、たとえ政府がジェイソン局の進言にしたがわぬ場合があるにしても、すべての進言は、政府がそれにしたがうことを意図しているのである。

　平衡をとるタイプの理論とでもいうべき、自己正当化もあった。ジェイソン局の科学者が、内部で軍事的な行きすぎに対して自由な見解を発表し、どのような利害関係からも独立した視野にたってものをいうことによって、平衡をとり戻させる役割をはたすと。たとえば四十四歳の若さで政府の科学諮問機関のスターとなったリチャード・ガーウィンはＡＢＭシステムについての米国防総省《ペンタゴン》の計画を公的に批判したにもかかわらず、その後で、大統領の科学諮問機関に招かれた。それはジェイソン局にいるような科学者が、独立をたもっている証拠ではないのか？　ガーウィンはＳＳＴ

機の政府計画に対して批判的な諮問機関の答申について、その内容を知りながら、政府に公開を余儀なくさせたが、それもまたジェイソン局に属するような科学者の自立をあかしだてていないか？

しかしガーウィンは、さきのオートメ化された戦場の開発にもっともしばしばその名のあらわれる科学者であり、ヴィエトナム戦争での戦術核兵器使用の技術的検討をおこない、一九六八年にヴィエトナムを訪れた科学者団においては、その長であった人間である。そこでＳＥＳＰＡは米国防総省《ペンタゴン》とホワイト・ハウスは、ガーウィンがかれらにきわめて役に立つからこそ、ガーウィンのさきにあげたような脱線をがまんするのだと考えるのである。

またジェイソン局の科学者たちのうちには「中立の技術者」の役割を強調することによって自己弁護する者たちがいるように見える。軍部がなにをやるかということについて影響をあたえるほどのことはしない。しかし、それがなにをやっているのであれ、それをよりうまくやることを助けるために、科学者としての客観的能力と見通しとを、軍部に提供する。ジェイソン局が働かなければ政府は他の助けをかりるほかないが、「利巧な科学者のほうが、まぬけな科学者より、良い武器をつくる」とすれば、ジェイソン局の超エリート科学者が、やはり仕事をすべきではないか？　しかしかれらがよりたくみに目標を達成するにしても、その目標自体が有害である時、どのような自己正当化がありうるかと、ＳＥＳＰＡは正当に批判するのである。

もちろんＳＥＳＰＡは、ジェイソン局の科学者たちが、自分は政治的に無智なのだ、政治に弱いのだ、という自己弁護をすることについても反論する。また、たとえばヴィエトナムで悪がおこなわれていようと、世界全体の展望のなかで、また未来を視野にいれれば、アメリカの軍事政策は正しいとするジェイソン局の科学者たちの自己正当化も、決してそれを容認することをしないのである。

まことにこのアウトサイダーたちは、ジェイソン局の超エリート科学者に対して、ノーベル賞をえた物理学者だけでもチャールス・タウンズ、ルイス・アルヴアレス、そしてマレイ・ゲルマン……と、まことにキラ星のごとく並ぶインサイダーたちに対して、よく戦っているというべきであろう。なぜかれらがかくもよく戦うか？　それはこれらのアウトサイダーたちが、やはり専門の科学者・技術者として、ヴィエトナム戦争に向けてジェイソン局が開発に力をかした、オートメ化された方法によって「敵」をさぐりあて、追跡し、のぞむならいつでもそれを破壊することのできる手段が、またそれに加えられてゆく日々の改良が、未来にわたってアメリカ国内また海外での解放運動にたいして、積極的な脅威となるであろうことを知っているからである。

ＳＥＳＰＡはいう。《これらの科学者たちはただ軍部にそそのかされて働いているのみだと考えてはならない。まったくその反対に、もっとも新しい兵器は、科学の外の人間には予想することすらできなかったものであり、しばしば職業軍人の保守的大多数によっては抵抗を受けすらしたのである。原爆、水爆、大陸間ミサイル、原子力潜水艦、そして細菌兵器、オートメ化された戦場、――それらはみな第一級の科学者たちが、それらを米国防総省《ペンタゴン》の注文にあわせるだけでなく、それらのために力をつくして奮闘してくれることを必要とし、実際そのような科学者たちをえたのだった。》

これらのアウトサイダーの文体が、さきのインサイダーの文体にくらべてはるかに朴訥であり、しばしば素直な悲嘆と祈りのような声《ヴォイス》をすらつたえるものであることを、僕は右のような短い一節で、おそらく翻訳しえなかったであろう。しかし僕自身はその文体にかかわる印象こそに、はじめもっともひきつけられたものであることをいっておきたい。SESPAの呼びかけの最後は次のようである。《これらの問題について、政府機関にいる者そうでない者をとわず、きみの同僚と対話をつづけよ、そしてジェイソン局タイプの者たちには、かれらとかれらの仕事について、きみがなにを考えているかを知らしめてやることを、恥かしがるな。》

国家権力の政策決定に参加する、影響をあたえることをねがっている科学者がいる。かれはジェイソン局にむかえられる。それはアメリカの超エリート科学者の位置を自他ともに認めしめることにほかならない。かれはインサイダーである。国家機関の様ざまな内部の情報に直接かれは手をふれることができる。莫大な研究費を使うこともできる。そしてかれの答申は、もしそれに国家の政策決定者が従わぬということがあるにしても、まじめな検討がそれに対しておこなわれぬ、ということは考えられない。そのような科学者インサイダーとしてのジェイソン局的人間《ビューピル》。しかもかれは、国家権力がいったいなにをおこない、なにをおこなおうとしているかについては、二義的な関心しかよせていないと主張するのである。まぬけな連中よりましな兵器をつくることのできる、利巧な科学者としてだけ、かれはその仕事に専門の能力をつぎこんでいるのだといいたてるのである。

鉄人28号というロボットがテレヴィ漫画の主人公(あるいは主人公のサブ・グループ的役割)として人気を博したことがあった。鉄人28号は超能力をそなえた無敵のロボットだが、電磁波ボックスで操縦する者の意志のままに活動するのであって、今日の民衆のいちばん頼りになる味方の鉄人28号は、明日、民衆にとって最悪の敵となりうる。科学における鉄人28号のような超エリート科学者が、自分の科学に関する能力、展望だけを、自分の人間としての全体性から切り離すようにして国家権力に提供する。かれの提供したものが現実世界において、人間にどういう結果をもたらすかということについての、人間としての全体性に立った反省をかれはすることがない。なにをやるか、というのは国家権力のきめることだから。「これが人間であることとなんの関係があるか」というようなユマニスト的反省をおこなうことになれば、良い兵器をつくろうとするかれの手の動きはたちまちとまってしまうだろう。したがってかれは、まず自分から人間としての中核をなすものを(僕はそれをさきにモノーについて、デュボスについて書いた意味あいでの、科学者におけるユマニスト的なるものと考えているが)とりのぞかねばならない。人間としての自分を動かす自前の電磁波ボックスをとりのぞき、国家権力の電磁波ボックスがいつでもはめこまれうるように、そこをあけておかねばならぬだろう。しかもかれは、国家権力のリクエストにこたえてというより以上に、たとえばオートメ化された戦場という構想に熱中して、たちまちその大規模なものをつくりあげ、日々その洗練に努力をかたむけるのである。この超科学的鉄人28号がグロテスクな恐怖のかたまりでなくてなんであろうか? かれがどうして根本において科学的たりえようか。その根本は、すなわちかれの人間としての全体性の中核は、自分でカセットでもはずすようにあらかじめとりのぞいてあるのに?

モノー、デュボスとおなじ生物学者であるジェイソン局的人間《ピューピル》をあげれば、一九六〇年にノーベル賞を受けたドナルド・グレイザーがいる。現在のかれの研究分野は細菌の遺伝学である。細菌戦争の上での良い兵器をつくるためにかれはもっとも利巧な科学者であることを証明しうるだろう。現にかれがそれをやっているかどうかは、すくなくともアウトサイダーには知りようがない。われわれが知っているのは、かれをジェイソン局の科学者として重用している米国防総省《ペンタゴン》が、ヴィエトナムにおいて細菌兵器を使わなかったといいはれる者はいないということである。

グレイザーは核兵器による超大量殺戮を好まぬが、第二次大戦における、また戦後のヨーロッパ防衛における、キューバのミサイル撤去、イスラエルへの戦闘機配備におけるような、効果的な兵器の使用を評価する。かれはヴィエトナムとギリシャにおけるアメリカの政策に賛成しないが、結局世界の発展にアメリカは責任を持っていると考えている。そして新しいヒットラーの出現をはばむために、兵器の不断の改良が必要だと信じている。

しかしかれの科学的能力のすべてを投入して、かれ自身、超科学的鉄人28号のように兵器づくりに熱中している時、かれに電磁波ボックスをつうじて指令を発する国家権力が、新しいヒットラーでないと、どのようにしてかれは知ることができるのか？　新しいヒットラーを探知する能力こそは、人間としての全体性の中核をなすものであるのに、先刻それはひっこぬいて、国家権力のカセットをそこにはめこんでいるジェイソン局的人間《ピューピル》のかれに、どのようにして？

根本において科学的であることを放棄して、ジェイソン局的人間《ピューピル》になったインサイダーたちが、その人間的根本に立ちもどって出なおすことなしに、真に科学的であることはありえないと、まず自分たちが根本において科学的である条件を見きわめて、ジェイソン局的人間《ピューピル》を敵として告発する行動に出ているのが、ＳＥＳＰＡのアウトサイダーたちである。

　ジェイソン局のＪＡＳＯＮとは、いうまでもなくギリシャ神話に発している。はじめて建造された巨船《アルゴー》に乗組んで、五十数人の超エリート英雄をひきつれ金毛羊をとりにおもむく隊長がＪａｓｏｎ、ジャゾーンにほかならない。超エリート勇士のうちに、オルフェウスもヘラクレスも、医学の象徴のようなアスクレピオスもいたことを思いだすならば、ジェイソン局の超エリート科学者たちが、かれら自身についてどういう無邪気な自負をいだいているかということにも、おのずから照明があてられよう。

　神話とは、古代の人間の集団的想像力がつくりあげたものだ。そこには人間についての、根本的なそして全体的な省察があって、時の流れによる風化をうけつけない。われわれが人間であることをやめぬかぎり、個人は永い時をへだてて変化しても、集団的想像力の根はかわらぬのであるから。したがって現代の人間はどのようにも多面的に神話を読みとり、自分にひきつけることができる。その多面的な鏡の、自分のもっとも望む鏡面に、自分を映すことができる。

　ジェイソン局的人間《ピューピル》が、科学技術の世界的な最先端をゆくものを使用して軍事研究にたちむかう自分たちを、今日のエレクトロニクスの巨船《アルゴー》に乗組んで困難な探究の旅に出ることになぞらえるのを、Ｊａｓｏｎ神話は拒まぬだろう。かれらは金毛羊のかわりに、オートメ化された戦場をかちとった。そのような神話的陶酔をかれらがあじわったとして、やはり多面的なＪａｓｏｎ神話はそれを許すだろう。

　そこで、あらためて神話という集団的想像力の産物の性格を考えなければならない。神話は多面的である。

われわれはそのうちのどのような側面の光でも自由に選びとることができる。しかしわれわれは、たとえ望まぬとしても、他の側面からの光から自分が照しだされうることもまた、覚悟していなければならないのである。そうでなければ、神話に近づくことはできない。神話とはそのような、人間についての、根本的でありかつ全体的である省察だから。

すなわち花やかな超エリートが苦難をこえて、金毛羊をえるＪａｓｏｎ神話に自分たちをなぞらえた時、ジェイソン局的人間《ピューピル》は、この神話の他の側面からの光もまた、かれらの特質をよく照しだしうることを覚悟しなければならない。花やかな神話の光がぴったりする人間ならば、おなじ神話の凶々しい光はもっとよく似合うだろう。なぜなら、集団的想像力の産物としての神話とは、そのように人間について根本的であり、全体的なものであるから。

Ｊａｓｏｎ神話を、ジャゾーンにとってもっとも暗く凶々しい光においてとらえた人間の作業として、エウリピデスの悲劇はもとよりだが、ケルビーニのオペラ『メデア』があることも、音楽を好む多くの者が知っていよう。ジャゾーンは確かに金毛羊を得たが、それはじつは、人間をこえた者であるところの女、それは魔女とすらいっていいであろうメデアの助力をえてこそのことであった。ジャゾーンはメデアとのあいだに二人の子供までつくったが、やがて人間の世界の新しい愛にむかう。そこへ報復にあらわれるメデアは、ジャゾーンをこのようになじるのだった。

――だまっているのね、ジャゾーン、うつむいてばかりいて、……

ジャゾーンはおもてをあげるわけにゆかぬ。エウリピデスはもっと直截にメデアを叫ばしめていた。《お前は当然のことながら、アルゴーの残骸に頭を打たれてみじめにもみじめに死ぬであろう。》メデアはついにかれとのあいだに生まれた子供たちを殺害し、ジャゾーンが新しい愛をかちとろうとしていた宮殿に火を放つ。民衆の合唱は次の叫び声である。（小林英夫訳）

——正しき天よ、おお、恐ろしや！　天も地もみんな炎だ。逃げろ、逃げろあつい空を、黒い苦しみを。底なしのふちがあいているぞ。この不吉の土地から逃げだそう。

ジェイソン局的人間《ピューピル》が、いや自分たちはそこまでＪａｓｏｎ神話を拡大して責任はとらぬと、冷笑することはおおいにありうるが、そうだとすれば巨船《アルゴー》乗組みの超エリート英雄きどりも、ただ鈍感なだけのお笑い種なのだ。自分がジェイソン局的人間《ピューピル》であることへの、根本的・全体的な自己批評をおこないうるほどの人間ならば、どうしてこの民衆の恐怖の叫び声を聞かずにいられるだろう？　しかも現代のあつい空、黒い苦しみに、恐怖の叫び声をあげる民衆には、この不吉の地球から逃げて、新しい土地にいたる方途はありえぬのである。おなじ科学者・技術者でありながらも、これらの民衆とおなじアウトサイダーであることの自覚に立つＳＥＳＰＡの人びとはこう呼びかけている。われわれは泣くよりもむしろ行動しよう。

逆照射

沖縄の「施政権」返還一年から五日たって、石川市東恩納出身の青年が、国会正門の鉄格子とびらに、まっすぐ時速七十キロでとびこみ、激突して死んだ。新聞報道によれば、かれは日ごろ運転技術にたけた安全ドライヴァーだったという。正門前のT字型交差点の信号が青になった瞬間、猛ダッシュしたオートバイは五十メートルはなれた鉄格子にむけて直進し、ハンドルを切った形跡もブレーキを踏んだけはいもないという。前日かれは沖縄から出てきた仲間三人と、「県人会」をひらいたのだったという……

かれが自殺したのか、全体が「事故」であったのか、新聞報道によるかぎり、それを性急に判断することはできない。たとえ自殺であることがしだいに明瞭になってゆくにしても、（右の報道の細部をつなぎあわせてゆくと、「事故」であるとしてそれはまことに奇妙な「事故」だと、誰もが感じとらぬわけにゆかぬだろうが）自殺にはしばしば複合された様ざまな動機が集中しているものだ。地道で周到な、この二十六歳の青年の生と死の全体の追跡調査がのぞまれる。そうでなければ、われわれはすぐさまこの自民党単独採決による国会会期延長のつたえられた翌日の、国会正門への激突死のことを忘れてしまうから。

日韓条約の「強行採決」、沖縄返還協定の「強行採決」の日、その直後、なにが日本人の現実生活におこったかを、すでにわれわれの多くは忘れている。政府・与党の「暴挙」を糾弾した野党の、それぞれの言葉がどのようであったかも、忘れている。そもそもこれらの「暴挙」がいったいどのような暴挙であったかすらも、忘れた人びとは多いかもしれない。しかしその「暴挙」の現実的な結果は、朝鮮半島全域と日本との関係において、またほかならぬ沖縄のすべての生活の場において、実に露骨に顕在化しつつある。その影響をもろにひっかぶらねばならぬ人びとにとって、それを忘れるなどということはおよそありえぬのであるが……

　国会正門前の五十メートルを驀進するオートバイ上の、決してハンドルを切らずブレーキもかけぬ青年のことを、ただ新聞の報道するところにもとづいて想像している僕には、しかしそれだけでも充分に、この青年の肉体が発する暴力的なほどの激しい光が見え、その逆照射に日本と日本人の全体が照しだされるのが見えてくる。それが「事故」であれ自殺であれ……　そしてとくにその逆照射の光を、かれ自身逆光として背おっている、真黒な顔をした小柄な人間の躰が、はっきり見えてくるように思われるのである。見えてくるように思われる、とまわりくどいいいかたをしはしたが、現実には、この新聞報道に接した時、僕はただちにある圧しひしがれるような思いをこめて、……古堅《ふるげん》さん、と呼びかけてしまったのであった。一九六九年に「事故」で死んだ古堅宗憲が、ほかならぬこの一九七三年の疾走者であるとでもいうように。

　このあしかけ五年を、古堅宗憲に思いをはせながらふりかえると、まことに厖大な月日が流れさったような気がする……　そしてその月日の積みかさなりは、またその積みかさなりにたって一九七三年五月十五日に沖縄からつたわってきた、およそ全面的に暗い情報は、まことに古堅宗憲の幻を時速七十キロで国会正門に驀進させ激突させずにはおかないほどのものであった……　もちろん古堅宗憲にかわる(多様なかたちにおいてではあるが、しかしやはりかれを継ぐ)新しい活動家たちは、そのように深いところでねじくれ曲った憤怒を、しかもなお乗り超えるようにして生きつづけ、様ざまに積極的な活動を展開しているのであるから、僕はかれらのそれぞれの上に、この幻を重ねるつもりはない。したがってこれは、古堅宗憲への個人的な感懐にとどまるのであるが……

それでもなおわれわれが古堅宗憲の幻に想像力の光をそそぎ、そこから逆照射してくる光によってわれわれ自身を見つめるならば、その時われわれにあらためて獲得される認識は、すでに個人的なものではありえぬであろう。古堅宗憲は伊江島の農家の出身である。伊江島の米軍基地は「施政権」返還以後もそのままだ。日々爆撃訓練するジェット機の轟音が島を覆っている。民家にパラシュート訓練の米兵が墜落してくる。そして農民は伊江島にとどまらず、沖縄全域において疲弊している。農業外資本が土地を買いしめる。物価高騰は農業労務賃金をひきあげて生産コストをかさばらせる。そもそもの農業労務者が、海洋博を背景とする建設ブームに吸いとられて、深刻に不足している。伊江島からも海を渡ってすぐ対岸の現場へ、働きに行く人びとはなお多くなるだろう。農民のみでなく、しだいにその海を汚染させられつつある漁民たちもやむなく。伊江島の今日の状況には、およそ古堅宗憲を鎮魂するにたるような要素はいささかもない。

古堅宗憲の政治活動は、もっとも端的に憲法をその原則としていた。アメリカ軍政下の沖縄は、日本本土のいかなる場所より憲法を印刷した小冊子がよく読まれた場所であったが、そのような情勢をつくりだすためにかれは力をつくした。施政権「返還」のあと、沖縄において、具体的なせめぎあいをおこした憲法と安保条約とのあからさまな矛盾は、たとえば施政権「返還」以前、全軍労が根強い抵抗を繰りかえして死文化させた布令一一六号のかわりに、そっくりおおいかぶさってきた安保条約が、全軍労の活動をしめつけるというような事態をもたらした。それはやすやすと予見されたことではないかと、沖縄返還協定の粉砕を主張し、なおその態度をつづけている人びとはいうだろう。かれらには確かにそのように遺恨をこめていう権利がある。

　しかしあらためて僕は、沖縄戦に米軍と日本軍のそれぞれの銃口をさけてさまようようにしながら戦闘に参加した十五歳の少年兵が、焦土の沖縄で教師になり、その後あらためて学びなおすべく本土に渡り、そこで学生運動をはじめるや、沖縄に戻るための旅券をたちきられ、そして沖縄「復帰」運動に生涯をかけて力をつくすことになった、個人的歴史のことを思わずにはいられない。そのような人間としての古堅宗憲の、運動のさなかでの死にいたるすべての時をつらぬいての、憲法への態度を思いおこしつつ、沖縄の憲法・安保条約状況を見ずにはいられないのである。

　施政権「返還」のめどすらもたたぬ時期、古堅宗憲にみちびかれて、アメリカ軍政下の沖縄に、憲法の精神が民衆によってどのように確実にいだかれているかを、現実的・具体的に僕は学んだ。そこに向けた眼にかえってくる逆照射は、いうまでもなく本土日本の、根柢において憲法より安保条約をとる、という現実の状況を照らしだすものであった。古堅宗憲は日本本土の陸の上にわれわれとともに立って、その逆照射をひっかぶるようにしながら、なおありうべき憲法状況について希望を持ちつづけていたのであるから、かれが施政権「返還」によって沖縄に憲法の光のみがあふれ、安保条約の闇がそこにまぎれこむことはないと、信じていたはずはなかった。しかもなお、かれにとって頼るべき一筋の縄は憲法であったのだと、そのように僕は考えている。そして憲法を印刷した小冊子を胸ポケットにいれた、およそ単純でない古堅宗憲の肉体と意識からの、あらためての逆照射は、施政権「返還」前後をつうじてつねに、われわれに日本の憲法・安保条約状況を照らしだす、もっとも鋭い光であった。

古堅宗憲は日本本土にあって、海をへだてて沖縄にむかっていた。そして沈黙したかれの背から発せられる光は、つねにわれわれにむかって、おまえたちの憲法・安保条約状況はどうだと、冷たくきびしく、時には嘲罵するようにさえ訊ねていたのだった。生前のかれがたとえば沖縄の現地で生きている憲法の精神という時の、その舌の苦がさが、時をおうにつれて僕などにもまたしみじみと理解される。それは今日の沖縄へ、日本本土から雪崩れこみ、そこでもっとも大きい矛盾を突出させるようにしている憲法・安保条約状況とかさなりあって、ますますその苦がい実体をあきらかにする。しかもかれが施政権「返還」後の今日の沖縄の状況をそのように予見していたといういいかたは、あたるまいと思う。それは古堅宗憲のように生きてきた人間にとっては、予見するもなにも、もっとも大きな降り坂の道の行く先として、眼の前にあるようであったはずだから。しかもなおかれは、沖縄の人間がその憲法・安保条約状況の嵐に突入してゆき、そしてなんとか安保条約の側にかたむいている基軸を、憲法の側へ押し戻すということへ、しかししぶとく遠い希望をたくして、沖縄にむかっていたのではなかったであろうか？　その古堅宗憲の後姿へ自分の視線をむけるやいなや、そこから照りかえしてくる光は、われわれにほかならぬ日本本土の憲法・安保条約状況を、おまえたちの力で憲法の側に押し戻せ、そうしないでどのような未来にひらくおまえたちのありようがあろうと、問いかけていたのである。それはいまなおかれが、具体的な現実の状況のいちいちを指さすようにして（たとえばとくに日本本土から、沖縄の民衆ならぬ、在沖米軍を守護するような格好で「進駐」して行った自衛隊を指さすようにして）いいつづけていると考えねばならぬ言葉である。それは将来にわたってなお多様にそうであるだろう。

　古堅宗憲が沖縄の現状と先行きについて決して楽観的でありうるわけはなかったが、しかしあえて悲観的になることも自分に許さぬ（またかれにつながっている多数の人びとによって、許されぬ）人間であったと、かれの死の年の年齢になっている僕は、しだいに濃くくっきりと思いさだめぬわけにゆかない。そのようなかれを記憶しつづけようとする以上、僕もまた、現在の沖縄の憲法・安保条約状況を、施政権「返還」以前とつなぎ、また近い未来への展望にかさねてそこへ視線をそそぎつづけ、そこからの逆照射によって酷たらしいほどにあきらかになる日本全体の憲法・安保条約状況にあらためて面とむかって、自分にできることをするほかにないと、まことに意気あがらぬいいかたによってではあるが、ありふれたことをいわねばならない。いま沖縄でおこっているすべてのことについて、日本人である自分の責任は逃れられぬ。それは生きつづける個人には背おいきれぬほどの重さであるから、不様によろめくことも結局さけえられるものではない。しかし沖縄で剝きだしに尖鋭化しているすべての矛盾は、ごく近いうちに日本全体にかえってきて、そこを襲うはずのものである。その嵐の予兆を見きわめつつ、古堅宗憲が楽観せぬことはもとよりながら、悲観的になることもうけつけずに、じっとこときざみにそこへ迫って行くようであった、独自の姿勢を、繰りかえし自分に喚起しなければならぬ……

　そしてそのように考えるのと矛盾することなしに、

僕はさきにのべた国会正面前の五十メートルを、ハンドルも切らずブレーキも踏まず驀進するオートバイ上の、古堅宗憲の幻を見るように思った者なのである。それは、どのようなかたちであれついには自分もまたそのような驀進者となるより以前には、僕から決して消えさらぬ幻なのであろうけれども……

一九七三年五月十五日にいたる数週の、新聞・雑誌の記事、それらはまともなものほどほとんどが黒暗暗と塗りつぶされた(塗りつぶされざるをえない)ものであったが、僕は日々それらを読みつつ、ひとつの新しい事実に気づいていた。それは、沖縄県よりほかの都府県の出身の者が、すなわちいわゆる本土側の知識人が書く文章に、まことにしばしば、「琉球人」「沖縄人」という言葉があらわれるようになったという、事実である。

日本本土の人間にたいして、沖縄の人間としての歴史的、文化的、そして現実の政治的自立を意識深く据えている人びとが、かれら自身のことを「琉球人」「沖縄人」という。ウチナーンチューという。限られた僕の経験でも、その明確な態度を、ヤマトンチューたるおまえらとは別の人間なのだという、拒否の意志をあきらかにして呈示するようであったのは、まず戦前の差別と沖縄戦の現実とを、苦がい心において重ねるようにして生きぬいてきた、戦前からの知識人たちであった。これらの人びととの自己確認としての「琉球人」「沖縄人」あるいはウチナーンチューという言葉の意識的な選択は、琉球処分以来の知識人たちの系譜に、伊波普猷をその頂点としてつらなるだろう。そして自分からは文章を書いたり声を発したりはせぬが、戦前と沖縄戦を経験したことではおなじ数多くの沖縄の民衆の意識を、それは代表してもいただろう。

つづいて「琉球人」「沖縄人」、ウチナーンチューの名において自己主張するのにもっとも意識的であったのは、沖縄の戦後世代であった。沖縄の「復帰」を拒否し、アジア規模の変革を考え、日本の解放とかさなるようにしてしか沖縄の返還を考えることはできぬとする若い人びと、おおくは沖縄返還協定粉砕を主張し、行動によってもそれを示す人びとであった。

　さきの戦前派の知識人たちを、民俗学と歴史、そして琉球処分前後の、実際に自分の耳にたたきこまれた体験が支えていたのに対比すれば、戦後世代のもっとも革新的な若い人びとの「琉球人」「沖縄人」、ウチナーンチューとしての自己主張を支えたのは、アジア規模あるいは世界全体の規模での、沖縄列島への独自な展望であった。琉球弧という言葉、南島、辺境、ヤポネシアなどなどの言葉が、その展望を直感的にあらわして、かれらの「琉球人」「沖縄人」、ウチナーンチューという意識によりそっていた。もっと直截に、異族という言葉もまたおなじように用いられることがあった。

　それはさきの戦前派の「琉球人」「沖縄人」、ウチナーンチューという自己規定が、過去の歴史からの帰結をあらわしていたのにくらべて、むしろ未来の歴史にむけての、かれらの出発点での意志を示すものであったように思える。まず言葉があり、そしてその実体を科学的、実践的に埋めてゆこうとするのが、かれらの現在の生き方であり、未来への決意であるのであろう。しばしばかれらが、たとえば日本人にたいして「異族」である客観的な根拠を具体的には呈示しえぬことがあるように見えるのも、それはなお未来に向けてひらかれているということであろう。

　しかしともあれ、これら二様の立場からの「琉球人」「沖縄人」、ウチナーンチューという自己主張は、たちまちわれわれに日本人としての自分のありようの、正確に限定された意味を照しだす力であった。「琉球人」「沖縄人」、ウチナーンチューに対して、さて自分はどのような「日本人」であり、ヤマトンチューであるのかと、それはすぐさまわれわれにみずからへの問いを喚起する言葉であった。

戦前派の「琉球人」「沖縄人」、ウチナーンチューという言葉は、われわれ「日本人」が、琉球処分以後つみかさねてきた沖縄への差別、強制してきた犠牲を、それ自体においてさらけだした。沖縄戦での日本軍の一般市民への態度についても、この言葉の歴史がそれをはっきりときあかしたし、しかもこの言葉はいまや沖縄戦でおこったことのすべてを、その意味のうちにふくみこんで背おっている。『沖縄県史』に記録されている戦火をくぐりぬけた市民の証言を、「日本人」はいまやほかならぬ自分についての定義として拒むわけにゆかない。

そしてまた、沖縄へのいわゆる東宮行啓を、尚家の旧臣がどのように批評的に受けとめたかを少年時の思い出として語る、「琉球人」戦前派の言葉に接すれば、われわれは、いかに「日本人」が天皇制のしがらみにかたく想像力を縛られている者たちであるかを、そこにはいかに相対化の習性が欠けていたかを、自覚しないわけにはゆかなかった。

沖縄の新しい世代が、自分たちを「琉球人」「沖縄人」、ウチナーンチューと呼ぶ時、かれらの「日本人」、ヤマトンチューへの批判はもっと攻撃的に尖鋭である。射程は明確に見さだめられている。かれらの「日本人」は、いわゆる風化・空洞化した戦後民主主義の体制のうちにいる者らであった。そのような憲法・安保体制状況のもとにある者らであった。アジア規模の自己解放にむかうどころか、アジアに向けていまなお侵略的でありつづけている者らであった。かれらが、自分はそのような者らとは「異族」だと、自分をそこから切り離すことによって、豊かな自由の感覚をあじわいうるような「日本人」、沖縄列島あるいは琉球弧よりも格段に大きい列島にいながら、そこに狭く閉じこめられている「日本人」であった……

そこでわれわれは、沖縄の人びとが「琉球人」「沖縄人」、ウチナーンチューという名でかれら自身を呼ぶ時、「日本人」、ヤマトンチューとして、琉球処分から沖縄戦にいたる差別者としての自分自身を自覚しなければならなかったし、天皇制イデオロギーにがんじがらめになっている自分をもまた、意識しなおさなければならなかった。また沖縄の米軍政下の現実に「関心」をよせながらも、自分がそこにとりこまれている、憲法・安保条約状況の歪みひずみには鈍感になっている自分を、再発見するのでなければならなかった。そしてアジア規模での自己解放をあらためて構想しなおす力を、なんとか自分にふるいおこすのでなければならなかった。

「日本人」、ヤマトンチューのうちにそのようなインパクトをあたえてこそ、沖縄の人びとが「琉球人」「沖縄人」、ウチナーンチューとみずから呼ぶ言葉に、ダイナミックな意味が生じえたのである。やはり僕は、沖縄の人びとにとって、「琉球人」「沖縄人」、ウチナーンチューという言葉は、アメリカ人に対してでも、中国人、朝鮮人に対してでもなく、ほかならぬ「日本人」に向けてこそ、もっとも明確な意味をこめて発せられていたのであると思うものだ。その意味は、施政権「返還」前後をつうじてかわらず、むしろいまこそもっとも切実なはずであろう。もし沖縄の若い知識人が、「異族」として自分たちを「日本人」から切り離し、ただかれらのみの内部に閉じこもるなら、そこには確かに、ある思想的な深まり、あるいは実存としての深まりがつくりだされるにしても、やはりそこには限界が生じるだろう。しかも片方で、かれらから「異族」として拒否された「日本人」が、菊の紋章のもとにすくみこみ萎縮してしまうとなれば、その限界はまことに乗りこえがたいものとして固定するだろう。

　日本本土からそれこそ自分をふくめて、日本および日本人のすべてに愛想をつかしている若い知識人が、自分をとくにヤマトンチューと呼ぶことを進んでひきうけつつ、沖縄社会にはいりこむ、という現象もあった。その「志願ヤマトンチュー」の存在に、沖縄への無知、頬かぶりとは比較にならぬ意味あいがあることは、それを僕は確実に評価するものだ。しかしかれらもまた「日本人」、ヤマトンチューへの拒否の光をつねに自分の眼にうけとめているのでなくて、むしろ免罪された「日本人」、ヤマトンチューとして安住するようになってしまっては、かれが沖縄にそのようにして実在することの強い意味はうしなわれるだろう。かれは新しい差別的存在にすらなりうるかもしれない。すくなくとも、「日本人」、ヤマトンチューという、沖縄側からのまなざしに対していっさい無感覚な、本土日本からの出向社員、官僚といった日本人にはっきりした対立的な存在として「志願ヤマトンチュー」の自分をうちだす、という力はうしなってしまうだろう。

　沖縄の人びとが「琉球人」「沖縄人」、ウチナーンチューと自己主張する。われわれが「日本人」、ヤマトンチューという批評的なまなざしをはっきり意識に受けとめつつ、かれら沖縄の人びとがそのように自分を呼んで未来に向ける視線と、同じ方向を見るべくつとめる。その時はじめてこれらの言葉が真に社会化された意味をもつのである。われわれにとって、そして沖縄からの反撥を覚悟しながらいうのであるが、おそらくかれらにとっても。いまやわれわれが、そのあらわれの露骨さ、受けとる側の切実さの深浅はあるにしても(そしてその深浅が沖縄の民衆の現実生活にどれだけ深刻かということは、具体的に繰りかえし語られねばならぬが)、同じ根の憲法・安保体制状況を沖縄に雪崩れこませ、かつ自分も同じその状況のうちにある以上、なおさらに……

　ところがこの五・一五前後に、僕の眼にふれたかぎりでの、「日本人」、ヤマトンチューの文章における「琉球人」「沖縄人」という言葉には、しばしば、これらの言葉がもつべき根本的な批評のダイナミズムが、素通りされていたことに注意を喚起したいのである。まったくアッケラカンと使われている「琉球人」「沖縄人」という言葉をふくむシンタックスのうちには、戦前の日本社会での、この言葉の差別的な使われかたをあなたはどう考えるかと、あえて筆者に問いただしたい思いをさえ誘うものがあった。今日の現実の日本本土での、沖縄県出身の若い労務者のさらされている差別的な状況をどう考えるかと、個人的にであれ意図を確かめたいものがあった。東京での沖縄出身の青少年の犯罪には、その根柢に沖縄県出身者だけの孤立の深まりということが、ほとんどあらゆる場合にあると僕は見ている。かれらの周囲の日本人たちが、これまでのべてきた、この言葉の批評的な意味あいとはすっかり無関係に、「琉球人」「沖縄人」と差別的に呼ぶ、という状態が固定することを人は考えぬであろうか？　戦前の本土日本での生活の経験に立つ沖縄県人ならば、この疑いをまったく無視するということはないのではあるまいか？

　国会正門前のオートバイによる暴走者が、その前日、すなわち自民党による国会会期延長の単独採決がおこなわれた日、というのはサーカスもどきに全自民党議員がオートバイを議事堂内で暴走させてみせたような日だったわけだが、おなじ沖縄県出身の仲間三人と「県人会」を開いたことが、あらためて思い出されねばならぬだろう。そこでは歴史と伝統文化にたつ沖縄の言葉、ウチナーグチが話されたにちがいない。それもあえて自由にそれを採択するようにして、標準語でしゃべることになんの困難もない四人が、ウチナーグチで語ったのであるだろう。いくらかの泡盛も飲まれたかもしれない。青年はコザ市で修理工をしているその兄の話をふくめて、故郷のことをほがらかに語ったという。

それは愉快な「県人会」であったにちがいない。しかしかれらのウチナーグチの団欒のすぐ外側には、「日本語」の世界が壁のようにたちふさがっているという自覚もまた、そのほがらかな青年の意識にあったのではあるまいか？　すくなくともその団欒の行くさきが、青年に日ごろの「安全運転手」らしい心理的安定を保証するものでなかったことはあきらかである。そして翌日あらためて「日本語」のただなかにひとりでいる自分を、かれは発見したのだ、およそ心理的な安定はむしりとられたような状態で。その「日本語」とは「琉球人」「沖縄人」、ウチナーンチューという自意識がよびおこす、「日本人」、ヤマトンチューの言葉「日本語」である。その「日本語」とそれを話す他人である「日本人」、ヤマトンチューもかれの心理的安定を保証するかたちでは近づいてこない。午後三時、オートバイをひきずりだして青年はアパートをひとり出て行く……

僕に想像することができるのはそこまでだ。オートバイを駆って国会正門前にいたり、そのT字型交差点で赤の信号にとどめられ、片足を舗道についてオートバイとかれ自身の重みを支えつつ、まっすぐ前の国会議事堂を鉄格子とびらごしに遠望する、青年の内部がどのようであったか、それを確実に想像することはできない。青年はそのわずかな静止の後、事故死しようとしているのか自殺しようとしているのか、それすらも生き残っている他人にはさだかでない。信号が青にかわり、かれは猛ダッシュする。それからの二・五秒ほどについて僕がなんとか想像しうるのは、ただ時速七十キロで驀進する青年の耳に、背後からも両脇からも、正面の国会議事堂からも、ウチナーグチのかわりに、「日本人」、ヤマトンチューの「日本語」がざわめきたってふりそそぐようであっただろうということのみである……

それはいうまでもなく個人の任意の想像にすぎない。客観的には不確実なものだ。しかし事故であれ自殺であれ、その後すぐ激突死をとげるオートバイ上の青年へ想像力の光を投げかけるなら、ただちに沖縄の青年から逆照射する光がとびかえって、われわれに、「日本人」、ヤマトンチューたるわれわれ自身の全体を照しだす。一九七三年の日本の憲法・安保条約状況のただなかの、その逆照射によって赤裸にむきだされたわれわれ自身の実体は、それを逃れがたく確実に見きわめるほかになにひとつ対応のしようのない、ものそのものの明瞭さである。それを見つめながら、また見つめたあとでどうするか、ともかくわれわれは容易に眼をそらすことはできぬだろう。

機械じかけの神

おれのクーは失敗だったが(と、ある悪夢にあらわれた割腹自殺者は、coup d'État のことをそのように呼んで語った)、それは、失敗の第一例なのだ。第二、第三と失敗がつづく。本質においておおかれすくなかれスキャンダラスなおれたち作家は、いうまでもなく、絶対天皇制の幻を一方の極におけば、むしろ他方の極に近いところに位置している。さて、その極から、幻への数知れぬ階梯をなした列を見わたす。こちらから、第二、第三、第四、……と新しいクーをやろうとする者がでてくる。そのうちに、どうして質的な逆転がおこらぬだろう? その第n番目の割腹自殺者は、日本人なら誰もはっきり面をあげてはかれを否定できぬところの、そのような男かもしれないよ。その時にいたっても、なおかつクーは失敗するだろうか? きみの地点から絶対天皇制の幻へむけて、第二、第三、第四、第五と、はっきりした階梯をなすものを数えあげつつ、見わたしてみたまえ、きみが逆転を見出さざるをえぬ、第n番目は、きみ自身にとってどのあたりにある?

僕はこのシミュレーションのゲームめいた呼びかけの悪夢をいくたびも見た。悪夢? 夢の話か、といわれるにしても、僕は自分の意識がもっとも眼ざめている時にすらもしばしば見る、このような悪夢をぬきにしては、天皇制の課題を考えることができない。ともあれ僕はこの肉体と意識をそなえて生きている。悪夢はそこに深く根ざしている。僕にとって表現とは、その肉体と意識を、より総体的に、より根こそぎつかみとることである。言葉によってそれをつかみとる試みの繰りかえしが、僕の表現である。指のあいだから夢をこぼれおちさせると、ついにはなにもかもがこぼれおちてしまう。とくにこのような課題については根本的なものが。

もっともそのように一般化しては、様ざまな不整合があらわれるのかもしれない。実際に、僕のそれは、個人的な特殊な経験とからみあっているところがあまりに多いから。戦争の終りちかく父親が死んで、僕は自分の幼年の頭に、それこそ幼年の肉体と意識とに、死を種子とする悪夢の蔦をはびこらせた。僕を救助してくれようとした魂の教師は、森の谷間に宿舎を設営し、そこから森に上って行って、松根を掘りだす作業にしたがう「予科練」の若者であった。かれはわれわれのまわりに数知れずある樹木の一本を指して(現在の僕の言葉に翻訳すると)次のようなことをいった。おそらくは夜になると、それも森の谷間の真の暗闇の夜になると、若者はむしろかれ自身にむけて切実にそう説得しようとしたのでもあったであろうが……

あの日光に輝やきながらヒラヒラ動いている樹木の葉の(それはブナの若葉であったが)、その一枚がおまえだ。樹木全体が、「国体」だ。おまえの葉が死んでも、その葉を茂らせている樹木の全体は生きつづけているんだ。いまは死ぬことや死んだあとのなにもない永遠のことなんか空想するのをやめて、あの日光に輝やきながらヒラヒラ動いている葉を、よく見てみろ。あれがおまえの、永い歴史のなかの「国体」から茂った一枚の葉としての、おまえなんだから……

子供の僕の魂は、なんとなく甘美な悲しみにみちた樹液のようなものでうるおった。天皇陛下万歳！と叫んで、森全体のすべてのブナの若葉がいっせいに散る光景を思い浮べることはやさしい。そのような軍国幼年で、僕はあったのだ。同時代の他のあらゆる日本の子供らのように。それにしても、いまなおあの日の日光に輝やきながらヒラヒラ動いている樹木の葉の眺めは、眼をつぶりさえすればくっきりとよみがえるのだから、若い「予科練」の説得力は相当なものであったといわねばならぬ。

　だからといって、かれがとくに秀れた個性であったというのではない。かれにはおよそ万能の効力をもった、機械じかけの神《デウス・エクス・マキナ》「国体」の加護があったのである。しかしやがて僕は、この機械じかけの神の加護にあずからぬように、それなしでこの世界を、かつ人間を、そしてまた自分を見るようにつとめて生きてゆこうとすることになった。一九四五年の夏、そのように心にきめざるをえないように追いつめられて、心にきめたのであったし、つづいて繰りかえし、それをみずから選びとるようにして、心にきめつづけてきたのである。しかもなお、すでにのべたように悪夢は、また日光に輝やきながらヒラヒラ動いていたブナの若葉は、僕の肉体と意識の奥そこから根こそぎひきぬかれたのではない。しばしば僕は、あの機械じかけの神が、ほかならぬ自分のうちに浮びあがってくるのを、あるいは自分のうちの欠落としてのその不在、陥没に、光があたるのをあじわう経験をしてきた。

　僕は文学を自分の仕事に選んだ人間である。したがって、文学をつうじての、ほかならぬこの機械じかけの神にかかわる経験が、自分にとってのもっとも核心にある。より一般化して論ぜよ、この機械じかけの神は、日本人の総体の上におおいかぶさっているものではないのか？　そのような声は当然におこるだろう。この機械じかけの神によって一挙に救済を獲得しようとする者は、かれらの内包する個々の特質を放棄して、まるごとそこへ自己没入する。それこそ醜《しこ》の御楯《みたて》として。逆に、この機械じかけの神に、地道に執拗に抵抗しようと思えば、まず個としての自分の具体的な特質に根ざしつづけることが必要条件となる。僕の場合、それは作家として、言葉と想像力につねに足を踏まえつつというほかにない。それは経験にたって、僕がそのように考えるにいたったところのことである。

さて僕の文学の領域において、どのようにこの機械じかけの神の課題があらわれるか？　それがさきにのべた、絶対天皇制の幻を旗のようにかかげて割腹自殺をとげた作家の動機というように、きわめて直接的に出現することもあった。そのような場合には、むしろ文学の領域からはみだしたところで、問題の本質はもっと明瞭になる。僕がいま一例をあげようとするのは、いかにも文学の領域にせまく限られながら、それも直接にはわれわれの国の現代の課題に関わっていない文学についての経験でありながら、なお僕に、あの機械じかけの神について思わせずにはおかぬ場合である。

おそらくはアメリカ文学のもっとも重要なヒーローである『白鯨《モオビイ・ディック》』の船長エイハブは、ただ一頭の白鯨と闘うためにのみ、乗組員たちを威嚇し懐柔し、永い大洋上の航海をつづけた。かれはついに白鯨を追いつめるが、しかし次のような叫び声を発して、ほかならぬかれ自身が斃れてしまわぬわけにはゆかない。

《わしは太陽に背を向ける。どうした、タシュテゴ、お前の槌の音聞かせろ。おお、わしの三本の不屈の尖塔よ、不壊の竜骨よ、神のみが傷つけ得る船体よ、堅固な甲板、傲然たる舵、北極星を指す船首——死すとも燦たる船よ！　ではお前も滅びねばならぬのか。しかもわしと別々に？　わしは、あわれな破船の船長すらもつところの最後の切ない誇りをすらも与えられぬのか。おお、孤独な生涯のはての孤独の死！　おお、わしの最高の偉大はわしの最高の悲みの中にあると感ずるぞ。は、は、わしの過ぎた生涯における荒い大浪よ、すべて涯なき彼方から、ふたたび打ち寄せてきて、この高々としたわしの死の浪頭を、さらに盛り上らせよ！　貴様、破壊力を揮うが征服の力なき鯨よ、わしは貴様めがけて躍りかかり、貴様と摑み合い、地獄の只中から突き刺し、ただ憎みから最後の一息をたたきつけるぞ。あらゆる棺桶も棺台も一つの大きな水溜りに沈めるがよい。だが、わしはそんなものに用はない。呪われた鯨め、わしは貴様に縛りつけられたまま、貴様を追跡し、そしてこなごなに打ち砕けるのだ。さあ、この槍を食らえ！》（阿部知二訳）

　船長エイハブの思想と行動とは、ある絶対的なものの幻との対比のうえで理解するのでなければ、こちら側にまるごと受けとめることのできぬ、そのような最高の偉大と最高の悲しみとをそなえている。それは誰もが認めずにはいられない。船長エイハブは、白鯨をどのようなものだと考えていたのか？《まあもっと聴け――もっとじっくりとな。ええか。眼にみえるものはすべてこれボール紙の仮面だわ。だがな、どんな物事にでも――疑うことのできぬこの生の行動の中ではだな、その滅茶な仮面のうしろから、何じゃか知恵では分らんが、ちゃんと筋道通った滅茶でないものが、ぬっとその顔貌をもたげてくるのだわ。もし人が叩きつけたいちゅうなら、その仮面を打ち破れ。囚人は壁を打ち抜かねば外には出られぬ。このわしにはあの白鯨が壁なのじゃ。ぐっとつめ寄ってきとるのだわ。そりゃ、その向側にゃ何も無いとおもうこともある。だがそれが何だ。あいつがわしを振りまわし、のしかかってきやがる。底知れぬ悪で固めて猛々しく力ずくできやがる。その底知れぬものがわしには憎うてならんのだ。で、あの白鯨めが使いであろうと本尊であろうと、わしはこの憎しみをあいつに向けて晴らしてやるのだわ。ええか、わしに罰当りなんぞというてくれるな。侮辱されたら太陽にでも打ちかかるわしじゃ。もし太陽がしてええことなら、わしにもしてええはずじゃ。憎しみが生物の中に満遍なくゆき渡っとるとすれば、それがまあ公明正大ということじゃ。だがな、その公明正大にすらわしは頭を下げはせぬ。何に頭を下げるもんか？　真実は何ものにも囚われはせぬ。》

船長エイハブは、かれの熱狂にたいして懐疑的な一等航海士の眼にも《天上なるものに対してさえ民主主《デモクラ》義者《ット》なのだ》とうつっている。かれは人間として自立している。その自立した人間が、徹底してかれの白鯨への追跡をおこないつづける。白鯨のもっとも暴力的な、反人間的な滅茶な仮面のうしろからあらわれてくる、筋道通ったものにむかいあうために。その行為自体がおよそ滅茶なものだし、かれがついにはその滅茶のきわみのものに頭から突っこんでしまうようにして潰滅してしまったのも、さきに引用したとおりである。

しかもなお船長エイハブの暗黒にみちた激しい航跡の全体から、人間とはなにかという、深く豊かな洞察が浮びあがってくるし、それと同時に、この天上なるものに対してさえ相対的な態度をとりつづける、真に自立した人間の赤裸の奮闘のむこうに、ある絶対的に筋道通ったものが、たとえ幻のようになりと、無信仰のわれわれにも見えてこずにはいない。それをキリスト教的に、それも様ざまにことなった方向づけにおいて理解しようとする多くの人びとがいた。僕はただ、メルヴィルが、『白鯨』を書きながら脇においていた聖書の、鯨についてもまた語っているヨブ記の次の一節に印をつけていたということのみを思いだそう。

《彼われを殺すとも我は彼に依頼《よりたの》まん　惟《ただ》われは吾道を彼の前に明《あきら》かにせんとす》

さて僕がこのようにメルヴィルを読みすすめる時、

われわれの国の機械じかけの神が、どのように出現して、僕にひとつの経験をあたえたのであったか？　僕はおもに想像力の問題として、まずこのように考えはじめたのであった。われわれは、絶対天皇制の実体あるいは幻について考える時、決してそれを相対化するほどの民主主義者《デモクラット》として、自分をつきつめてみることをしたのではない。もし自分の視野に、この機械じかけの神を導入するならば、その瞬間に、われわれは相対的な立場を棄てさるのがつねであった。したがって船長エイハブにおけるように、はっきり絶対的なものを天上に思いえがけば、それゆえになおさら地上においての、人間的な赤裸の実質があきらかにされていって、人間とはなにかという反省を、われわれにしいるというダイナミズムがあらわれはしなかったのである。たとえば、あの割腹した文学者は、絶対天皇制の幻を、そら、太陽のようにそれが中天にかかっている、と叫びこそしたが、その幻のこちら側で、地上で、それゆえにこそ人間としての赤裸の奮闘をくりひろげるということをなしとげての死を、死んだのであっただろうか？　かれの死は、われわれに人間とはなにかということを考えこませるかわりに、ある非人間的なグロテスクの眼つぶしをかませたのみではなかったか？

メルヴィルの、ある絶対的なものを見つめつつ、かつ自立した人間の、その全体性をくりひろげてゆく構想は、その絶対的なものが人間の想像力を自由に解放し、かつダイナミックに緊張させる契機であったことを示している。しかし、絶対天皇制とはそのようなものであったろうか？　それは自立した人間の想像力を解放するどころか、人間にその想像力の自立性を、いわば自己否定させる方向に働いてきたのではなかったか？　しかも自己否定が新しいダイナミズムを生むたぐいの性格であれば、むしろそれは日本の文化全体に発展の契機をあたえただろう。現に絶対天皇制の、いまま汚ならしく息を吹きかえしているイデオローグたちは、侵略戦争のさなかにその種の議論をおこなった者たちであった。それは焼きすてられずに残った古雑誌が実証する。しかし自分の想像力の根のおおもとをみずからくびってしまうような態度が、どうして新しい想像力の芽をもえださしめえただろう。

　絶対的なるものを思いえがくならば、しかもなお、それにたいして相対的であることを主張しつづける自立した人間、天上なるものへの民主主義者《デモクラット》のみが、想像力の側の人間である。しかもわが国の機械じかけの神は、それを端的に相対化する力であるところの、それよりほかの絶対的なるものの導入を、たとえ想像力的なものであれ、徹底して排除する力であった。それは具体的な権力としてそうであったし、僕のような軍国幼年には、悪夢のなかにはいりこんでそうであった。キリスト者たちの戦時の様ざまな抵抗は、日本人の想像力について考えるにあたっても、重要な契機としてふりかえられなくてはならぬだろう。

　いうまでもなく僕は、まずある絶対的なものを想定せよ、などといいはしないし、もともとそのように考える習慣もない。ただ、滅茶な仮面をかぶったものが、壁のようにぐっと立ちふさがり、つめ寄ってくるとすれば、それを打ちやぶって、そのむこうに、ちゃんと筋道通った、滅茶でないものがぬっと顔貌をもたげるのを見なければならぬし、あらゆる人間的な苦闘は、いかに不条理なかたちを呈するものであれ、そのためにあるという、船長エイハブにならうのである。かれのいうとおり、囚人は壁を打ち抜かねば外に出られぬのであるから。しかもそのようにいう船長が、壁の向うにはなにも無いのかもしれぬと疑いつつ、なお赤裸に奮闘する人間である以上、どうしてかれにならわずにいる理由がありえよう？

それというのも、僕には自分がすでにのべたあの悪夢を、自分の肉体と意識の根柢からたちきりえていないことが、繰りかえし自覚されるからである。また、具体的にこの現実世界に、その悪夢がしばしば白日をもおそれず姿をあらわすからである。それは次のようにつないで一般化できるだろう。すなわち、僕は、自分の幼年時をおおっていた絶対天皇制の幻から、完全に脱却しえているといえない。そして僕は、自分がある絶対的なものに向けて、しかもそれを相対化しうるような人間として考えつめてゆく、こちら側から向う側へと壁をうちやぶってゆくということを、本当に経験してきたのではないゆえに、このあいまいさを自分に残したままなのだと考えるのである。それは一般的に、われわれの社会が、確かに絶対天皇制の憲法から象徴天皇制の憲法を選びとったが、しかし、絶対的なものとはなにか、それを相対化する自立した人間とはどのような人間なのかと、考えすすめることによって、真に自力で壁をうちやぶることはなかったという、戦後状況へつながってゆくだろう。

絶対的な神はわれわれの視界から姿を消した。しかしそれはちょうどわれわれの視界から、幕か大道具によってさえぎられている高みに、出番を待ってじっと吊りさがることになったのみなのである。象徴天皇制の機械じかけで。それはまことに機械じかけの神《デウス・エクス・マキナ》にほかならぬ。舞台の上で、悲劇を演じている（あるいは喜劇を演じている）人間どもは、かれらの葛藤がまことにどうにもこうにもならぬところへはいりこんでしまうのを体験しながら、しだいに上眼づかいになる。やがてそこへ機械じかけの神が降りてきて、すべてを処理してくれるのだ。それを思えば、舞台の上のあらゆる人間どもは、まだ機械が動きださぬあいだ、機械じかけの神にたいして知らぬふりをしていなければならぬ。全員一致して、まだ高みのかげにかくれたままの、機械じかけの神を擁護しなければならぬ……

増原防衛庁長官（時の）が、天皇に「当面の防衛問題」について「ご進講」したと、ある朝の新聞が報道した。《近隣諸国に比べて自衛力がそんなに大きいとは思えない。国会でなぜ問題になっているのか。防衛問題はむずかしいだろうが、国の守りは大事なので、旧軍の悪いことは真似せず、いいところは取入れてしっかりやってほしい》と天皇。そして防衛庁長官は、《防衛二法の審議を前に勇気づけられました》といったという。

国会でわれわれ日本人の代表たちは、この問題をめぐってどのような言葉を発し、どのように機械じかけの神を擁護する動きをくりひろげたか。首相はこういった。《増原長官がいろいろなことを申上げたことは事実だ。記者との懇談の機会に、その模様を話したことも事実と思う。その後、増原長官から「自分が述べたことが適当でなかった。天皇がご意見を述べられたような印象を与える結果になったが、そのような事実はなかった」として、誤解を生んだ責任をとって辞任したいということだった。ここで重ねていっておく。天皇からご意見の発表があったような印象を与えたが、その事実はなかった。……天皇陛下は憲法をお守りになっており、国政に対して賛否の意思を明らかにされるようなことは、過去も現在も将来もない。私は経験に徴して真実を述べておる。……天皇は憲法第九九条をお守りになっている。これは過去の天皇のご生活をみておって、天皇が憲法に背反しているなどという人は、日本人には一人もいないと私は確信している。日本国の象徴でございます。日本国民全部でご大切に申

しあげてですな、皇室をお守りするということに徹していかなければならない。》

　僕はほとんど絶望感にみたされながら（僕といえどもしばしばこのような表現をするのではない）、日本人の内閣の首相が国会で答弁したところのこの「言葉」を書きうつしたものだ。それをあらためていう必要があるだろうか？　国会においてすら（国会でこそ、とこの場合いうことは、やはりシニシズムにすぎるだろう、たとえそのとおりであるにしても）、本当のことをいっているのではないのを、現にそういっている人間も、面とむかってそれを聞いている質問者も、そのまわりの人間も、日本全体の無数の人間たちもよく知っている。しかし、これが本当なんだ、これが本当でないなどという人間は、日本人にはひとりもいないと確信している、という者にたいして、なおもそれは本当でないではないか、という反問はおこなわれない。なしくずしの沈黙は大きく輪をひろげてゆく。そして、具体的な一つの里程標として、防衛庁長官こそ更迭したものの、おなじ内閣の衆院内閣委員会が、防衛二法案を「強行採決」した。なにがなにを「お守りするということに徹して」いるのか？　機械じかけの神は、もう動きはじめているのか？

　機械じかけの神に対して、それに根本的にひとりの自立した人間として、人間とはなにかということをつねに正面にすえつつ抵抗しようとすれば、ただ時の権力をにぎり機械のバネを動かしている人間だけを問題にしたのではだめだ。結局ことはふりだしに戻るだけだから。一九四五年夏、日本人はそれを経験しつくしたのではなかったか？　原爆のおよそ異様な規模の滅茶な仮面にむかって、それをつらぬき打ち抜いて、ちゃんと筋道通った滅茶でないものをまっすぐ見きわめねばならぬ時、当の広島・長崎で被爆した国家の人間である日本人は、どうしたのであったか？　機械じかけの神を、「国体」こそをまもりぬかねばならぬという方向において、ただ萎縮していたのみだった。そして四人は、いまなお核兵器の壁にかこまれている。

　機械じかけの神を日本国民全部でご大切に申しあげて、機械じかけの神をお守りするということに徹していかなければならない。なぜか？　やがて機械じかけの神が降りてきて、いや日本人はこのままでいいのだ、いまあるがままで正当化される。アジアじゅうの民衆に嫌悪され憎悪されても、そのままで居なおることが認められる。日本列島のすべての土地、すべての海をとりかえしがたく汚染しても、そのままで心を安んじる道があたえられる。このままの日本人であれ、どうして人間とはなにかなどと、苦しい考えにみずからなやむことがあろう、と宣言する日がなければならないから……

ヨーロッパの、アメリカの新しい黄禍思想？　そのようなものこそ、いま降りてくる機械じかけの神が、それ自体で、われわれ日本人のために、あのたぐいのことをどうして気にかけることがあろう、日本人よ、そのままのかたちで、そのようにあれかし、と励ましてくれる日がくるであろうから……

　あるいはまた、もっと根本的・綜合的に、日本人よ、大いなる滅びの火に焼かれよう、この期にいたってジタバタするな。われわれは機械じかけの神によって、いま滅亡へと選ばれた民としてあらためて保障されたのだ、ゆめ悪あがきして、機械じかけの神をいただくわれらの秩序の、全階梯を揺がせてはならぬ。さあ滅びにむかって行進しよう、弥栄《いやさか》！　という声の響く日がくるのであるかもしれぬから……

　このおれには核兵器が壁なのじゃ（と僕が眼ざめて

見る真に恐しい夢のなかの、核時代の船長エイハブはいう。なぜ真に恐しい夢であるかといえば、機械じかけの神のもととなるわれわれ日本人は、ついにこのように主張する人間をわれわれの新生の「象徴」として生みだしえなかったし、今後も生みだしえないのではないかと、しみじみ自覚されるからだ)。ぐっとつめ寄ってきとるのだわ。そりゃ、その向側にゃ何も無いと思うこともある。だがそれが何だ。あいつがわしを振りまわし、のしかかってきやがる。底知れぬ悪で固めて猛々しく力ずくできやがる。その底知れぬものがわしには憎うてならんのだ。で、あの核兵器めが使いであろうと本尊であろうと、わしはこの憎しみをあいつに向けて晴らしてやるのだわ。ええか、わしに罰当りなんぞというてくれるな。侮辱されたら太陽にでも打ちかかるわしじゃ。もし太陽がしてええことなら、わしにもしてええはずじゃ。憎しみが生物の中に満遍なくゆき渡っとるとすれば、それがまあ公明正大ということじゃ。だがな、その公明正大にすらわしは頭を下げはせぬ。何に頭を下げるもんか？　真実は何ものにも囚われはせぬ。……

悪疫年《プレイグ・イヤー》

一六六五年のロンドンに猖獗をきわめた悪疫のありさまを、とくに大都市の人間のそれとの闘い、敗北と再生を、詳細な日誌《ジャーナル》として描いた、ロビンソン・クルーソーの生みの親が、ある奇妙な人びとの挿話を語っている。

あまりに数多い死者の処置に困って、日誌《ジャーナル》の筆者の教区では、埋葬用の「一大深淵」が掘られねばならなかった。二週間で、一一一四箇の死体がそこに埋められたというのであるが、その近辺の料亭に、猛る悪疫もものかは、むしろそれゆえにこそ、連日あつまって乱痴気騒ぎをする者たちがいた。

《この連中はいつも街路に面した部屋に陣取って、毎晩夜更けまで酒を飲んでいた。すると、必ずそこの町角を横ぎって、ハウンズディッチのほうへ行く死体運搬車がやって来たものだった。それがちょうど店の窓から見えるのである。彼らはそういう時、その鐘の音を聞くやいなや、ただちに窓を開けてその一行を見た。そして車が通る際に通りがかりの人や家の窓に寄っていた人などが同情の念にかられて嘆声を発したりなんかするのを聞くと、何をいってるんだい、とばかりに乱暴な嘲弄の言葉を浴びせかけた。とくに、この当時普通に道を通りながら口癖のようによく人のいった「神よ憐れみ給え」という言葉を聞こうものなら、彼らの悪口雑言はいっそうはなはだしいものになった。》(平井正穂訳)

この不逞な人びともそのうち死にたえてしまうのだが、かれらはいったいどのような情熱・渇望にかられて、悪疫のさなかにこのような「不埒な生活」をつづけたのか？　かれらの態度を神の摂理・恩寵の側から非難した日誌の記録者にたいして、かれらは恐るべき愚弄の言葉をむくいた。

《……彼らのけしからん言葉の中でもとくにひどかったのは、神を汚し神の存在を無視するような言葉を平気で吐いたことであった。疫病を神のみ手の業であるという私の言葉をせせら笑い、あたかも今次の一大災厄に対して神の摂理が少しも関係を持たないかのごとく、「審判」という言葉をさえ馬鹿にするのだった。死体を運んでゆく車を見て、道を行く市民が神のみ名を唱えることほど、狂人じみた笑止千万なことはない、というのであった。》

　これら神にたいする否定者たちも、そのように神を汚し、無視しようとする以上、じつは神の存在を内心強く意識しないではいられなかった連中なのであろう。それは敬虔な記録者の神への意識と、軽率にその重さを比較してはならぬほどのものであったかもしれぬ。わざわざかれらは教会の玄関の見える料亭の、街路に面したところに陣取ったのである。

　ロンドンの全市が、悪疫のただなかにある。誰にとっても、悪疫から逃れうるあきらかな手だてがあるというのではない。善良な者も、注意深く身を処す者も、悪疫にやられる。それは恐しい無秩序である。記録者自体、どのような人間が助かり、どのような人間が死ぬか、その筋みちだった把握を断念したかのようだ。すくなくともかれは、「この悲しみの時に際して神の恵みを祈り求める」市民たちをたたえこそすれ、これらの市民が悪疫をまぬがれるだろうとは予想することができない。じつの所、悪疫にたいする神の役割に現実的な期待をよせえぬ点では、記録者も放蕩者たちも五十歩、百歩である。

　しかもなお記録者は、神の摂理・恩寵を信じているという。放蕩者たちは、やはりその全身を危険のただなかになげかけるようにして乱痴気騒ぎをおこない、神を愚弄し否定する。結局、放蕩者たちは悪疫に死んで、おおいに敬虔であったであろう他の死者たちとともに、埋葬用の深淵にほうりこまれた。しかしデフォーの筆致は、じつは生き残る者がこれらの放蕩者たちであり、当の記録者が観察なかばに斃れてしまったとしてもおかしくはないと、奥深いところで感じとらせる、公平な性格のものである。そこにはロンドンという十七世紀の大都市、人間の密集地に、悪疫のひきおこした不条理の全体が、動かしがたく描きだされる。その巨大な不条理の前の人間たちが、ひとえに神にすがる者らも、わざわざそれを嘲弄してみせる者らもともに、ある絶対的なものにむけて、赤裸のかれ自身を切実にあらわさざるをえない状態でとらえられているのである。

　不条理こそが神の摂理であったなどと、もともと無信仰である僕がいおうとするのではない。繰りかえしになるが、悪疫で死んだ人間を運びながら、神の名を唱える者たちを、わざわざ教会の玄関の見えるところまで出張ってきて(感染をさけるためには人前に出ぬのが最上の策である。もっとも街なかを歩きまわる点では、この記録者の観察の情熱の異様さも、おなじく特別なものだ)、神を愚弄してみせる放蕩者たちも、かれらの意識の中核に、どうしてもときほぐすことのできぬ、絶対的なるもののしこりがあって、なんとかその厄介なやつを全力をあげて愚弄してやらなければ、この巨大な不条理のただなかにおっぽりだされた人間として、腹の虫がおさまらぬ、ということであったにちがいない。そこには巨大な不条理そのものと、神を信じるにせよ信じぬにせよ、とにかく絶対的なものとの対比によって赤裸のかれ自身を確認している人間たちとが、それぞれくっきりと呈示されている。

いま僕がデフォーを再読するのは、大都市を悪疫が襲って巨大な不条理を現出する、その一部始終の詳細な日誌に、ほかならぬわれわれの大都市の、明日の運命をかさねて考えようとする動機に発している。一九七三年夏の新聞も、雑誌も、あらためて五十年後に繰りかえされるかもしれぬ関東大震災、というような記事でうずまっている。それらの記事の洪水は悪疫年《プレイグ・イヤー》の不条理と、人間の赤裸のありようについて、デフォーよりもすぐれた想像力を働かせているか？　すくなくともそれらは、両者同時に読まれて不都合ではないだろう。

いうまでもなく大都市の地震の予感にとどまらず、これはすでに現実化してしまっているのみでなく、すでに人間の手では回復不可能かと疑われる悪疫として、日本列島をとりかこむ海と陸の汚染について、まことに大量の活字が激しく語りつづけている。終末・滅亡という言葉の眼につかぬ朝刊が、月のなか幾日ほど配達されるだろう。科学者や市民運動家、そして被害者たちの（かれらは日ましに、ただわれわれよりさきに汚染からの病いを発した人びとという印象を強めてくるが）、ことの本質上、まさに地道で切実な努力にたつ証言は、われわれがそれに眼をつぶりつづけることを許さない。またそれらの暗く沈んだ言葉の周囲に、時にはそれらより声高く、ほとんど陽気にすらも鳴りひびく終末・滅亡の歌がある。僕はそれらに眼を見ひらき、それらに耳をすませるうち、あらためてデフォーに戻ってくる。そして、結局は同一のものであろう人間の状況の、この巨大な不条理、歴史をつらぬいて同一の光で照しあうこれらの大規模な悪疫年《プレイグ・イヤー》への人間の態度に、根本的なちがいがあると考えざるをえないのである。自分もまた新しい科学的悪疫におかされて、すでに回復不可能であるかもしれぬのであるから、いうまでもなく僕は客観的に、人間としての悪疫年との対置のしかたの根本的なちがいをいっているのではない。デフォーの詩句における「されど、われ生きながらえてあり」と、やがては自分も確認しうるつもりでこのようなことをいっているのではない。

わが国の現在の、終末論の流行にめざましい特徴をなしているのは、まず第一に、おなじ日本の終末、世界の滅亡をいいながら、戦後の出発点からわれわれの担っている、核兵器の問題と、公害の問題とが、その終末の歌声のなかですっかり切り離されているということである。むしろ原・水爆についてそれを日本人の滅亡の危機とかさねて、そこに自分の終末についての想像力を働かせる人びとは、すくなくともマス・コミュニケイションの表層にはいなくなったかのようだ。いうまでもなく被爆者たちや、その二世たちの、それこそ切実かつ地道な運動はつづいている。核兵器体制からの人間の解放という、被爆二世たちの視点は、単なる終末論のペシミズムに対抗する、積極的な意志の表現である。かれらはおそらく神を信じる者でないであろうが、核兵器体制の巨大な不条理を見きわめ、その前に赤裸の人間として立っている、そしてそのような人間の解放を主張していることにおいて、さきの日誌のうちの、もっとも積極的な者たちのことを思わせる。しかし、かれらの運動、ものの考え方をそのなかにくみこんでいる終末論は、今日の流行のうちにそれを見出しえぬのである。

それよりも、一九四五年はじめての人類の頭上への核爆発以来、加速度的に、人類の核兵器による滅亡の危機は増大しつづけてきたのであり、いまなおいかなる有効な国際的歯どめもなく、あまつさえ日本人の政府は核体制にいささかも影響力をもちえていない、という具体的事実すら、終末の歌の多くの歌い手たちの念頭をかすめることはない模様なのである。このかたよった状態はいったいなにをあらわすであろうか？

　まず日本人全体の、核兵器体制への大きい無力感をそれはあらわすだろう。しかし、大地震にくらべれば、いかにもありきたりないいかたではあるが、核兵器体制は、なお人間の手によって修正可能な危機であるはずであろう。すくなくとも被爆者たち、被爆二世たちが、核兵器体制への積極的な抗議の声をあげつづけているあいだに、滅亡の歌の歌い手たちがひと足早く、核兵器体制にむけて悲しく美しいあきらめの歌を歌ってみるわけにはゆかぬだろう。

　逆に、日本人が人類の、それも日本よりほかの「核先進国」の科学に対して、無邪気な信頼をいだいており、科学の名において人類が人類自身を滅ぼすようなことはすまいと、神聖なタカをくくりつづけているということがあるのかもしれない。しかし科学者たちにも、人類の未来をかれらの手にゆだねてよい科学者と、なにがなんでもかれらの手から、われわれの未来を奪還しなければならぬ科学者がいることは、たとえば数かずのノーベル賞受賞者たちの居ならぶジェイソン局的人間《ピューピル》が端的にあらわにした。

　そしてまた「科学」がいかに人間的環境を破壊し汚染したか、あるいは科学を産業とむすびつける、そのむすびめのところにいる人間が、いかに反人間的な不始末を積みかさねて、かれ自身の尻に火のつくようなことをしたか、しかもその火がいかに大きい火勢になってしまったかということを、すでにわれわれは知っている。しかもなお先験的な「科学」「科学者」信仰がわれわれからぬきがたく、それがわれわれの神聖なタカのくくりかたの根柢にあるとすれば、近代化のうちの日本人と科学という命題は、あらためて正面から考えられねばならぬだろう。現にそれを着実にやっている人びとの声はマス・コミュニケイションに向けてもまた、拡大して響かせられなくてはならぬだろう。

そのような核兵器状況への眼くばりの欠落につづいて、やはり日本人独自の終末論の特徴と感じられるのは、なおも逞しく生きている「国益」の考え方・感じ方にたって、今日の終末的状況を、たとえ厭いやながらであれ認めよう、受けいれようとする態度が見られることであろう。それがわが国の政府およびいわゆる財界の、根本の態度であることはいうまでもない。戦後の荒廃から立ちなおるために、生産は、そしてその発展のための科学の導入は至上命令であったという、かれらの猛だけしい自己弁明をいくたびわれわれは聞かされたことだろう。しかしその急にとりだされた古証文がどうして、西ドイツの人間の頭髪と日本人の頭髪の水銀の量が圧倒的にちがうという、まったくゲンナリするような事実をも正当化するだろう? 小田実がこれらの巨大な複合体の象徴にケイダンレンという片仮名の名をあたえ、そこへデモしようと直截に呼びかけ、かつ実行しているのは正当なことだ。

ところがおよそ強権の側ではない日本人一般のうちに、やはりこれは「国益」のために、われわれが耐えしのばねばならなかったことなのだとする、忍受の精神がしばしば見られるように思われるのである。様ざまな公害企業について恐るべきモラリティーの感覚を持った御用学者たちが、その橋わたしを、すなわち国家権力からケイダンレン的なるものをつうじて、その忍受の精神をそなえた民衆への、「国益」のためにがまんしよう、「国益」は結局あなたのものだという嵩にかかった橋わたしをした。僕はそれを新聞の科学欄で読んだのみだが、マグロが時速六十キロの速度で泳ぎつづけうるのは新陳代謝がすぐれているからであるけれども、それはマグロの体内にあるメチル水銀の触媒の効果によるものではないかという、説をなした者までいる模様である。マゾヒズムの暗い笑いの響きのする、この学者の声は、その次に、おまえたちも体内にメチル水銀をどんどん蓄積して、時速六十キロでいつまでも泳ぎつづけよと、勧告してくれそうな気配だった……

　アメリカの環境保護の運動家たちに僕がしばしば見たのは、たとえば詩人ゲーリイ・スナイダーのような、社会からドロップ・アウトしたとはいわぬまでも、アメリカ的社会体制から脱けだして生活することを、企図している人びとであった。わが国においても、そしてわが国ではとくに、「国益」の系列から意識的に離脱して、その全体をはっきり相対化する者たちの存在が必要となっている。いうまでもなく、わが国の民衆の忍受する「国益」の総体のむこうには、雲海のむこうの峰のように、絶対天皇制的なるものが鎮座しているのであるから。

　大企業にとって、菊の花をその究極の背景においた、「国益」という傲然たる旗印ほど有効なものはないであろう。アジアの様ざまな場所で、また印度で、アラビア半島、アフリカ大陸でいかにしばしば、この旗印が振りまわされていることか。国内においてそれはいうまでもない。水俣病の被害者たちの先駆的な告発のすべての時期に、それはいまなお、また今後もということであろうが、おまえたちは水俣をつぶす気か、水俣の「国益」にさからうつもりかという声が、被害者たちに集中され、その告発の全体を封じこめようとした。やがておなじ迫害行為は全日本規模でおこなわれるだろう。おまえたちは公害について叫びたてることで、日本の「国益」をそこなうことを恥としないのか？　それよりなにより、外国にむけて国内の恥をなぜさらそうとするのか？　新しい「非国民」糾弾の声がすでに聞こえてくる。「国益」がますますいかがわしいものになり、憲法によって保障された民衆の権利と乖離することはなはだしくなるにつれてなおさら、おまえたちは「国益」をそこなうのか、という権高い批判の声は、激しくなるだろう。自立することへの惧れから、自分がそこに依拠していると、なんとか信じてきた体系の権威が揺いでくると、その危機感から、なおさら攻撃的に「国益」をまもろうとする動きはおこる。いまや日本列島の汚染は否定しようもなくあからさまであるから、かえって居丈高にヒステリックに「国益」の護持を強弁する者らは増えてゆくだろう。ほかならぬ自民党の若手議員の（といってもかれらはとくに「強行採決」時など実力派であるが）、物質文明より精神文明を、という血判ついての談合など、そのはしりの匂いがする。絶対天皇制的なるものまで汚染されているというのか、という声すらついには出てくるかもしれない。いったんそれが出てくれば、つづいてわれわれはみな汚染に斃れても、絶対天皇制的なるものを汚染からまもりうればよいではないかという、機械じかけの神《デウス・エクス・マキナ》の棄て身の要請までは、ほんの一歩である。公害に汚染されつくした日本と、最小限の公害に食いとめて未来への展望をひらいている中国、朝鮮の社会主義体制という対比ほど、かれらを根本から苛立たせ危機感をあおるものはあるまい。

絶対天皇制的なるものを、いまなお教育の根幹にすえているといわれる学校の学生たちの、在日朝鮮人学生へのたびかさなる、しかもしだいに激化する暴行事件は、根柢においてこの危機感に立っているであろう。この危機感から出発して、日本列島の海と陸を汚染させ、今日と明日の日本人の存立を危うくしているものに眼をむけ、抗議の行動に加わるというのではない。

苛立ち、自信をうしない、それゆえになお兇暴な徒党をくんで、弱小者とかれらがみなしている者ら、しかも菊の花を背後にせおっていないことの確かな者らへおそいかかってゆくのである。いやこちら側からしかけたのではない、われわれは被害者なのだとすらかれらが強弁するのは、深層心理的には決して虚偽の申し立てではないのではあるまいか……

　さて現在の終末論の流行のなかで、やはりもっとも特徴的なのは、すでにあきらめてしまったと称する人びとの声高な滅亡の歌である。おもにかれらは科学者ではない。科学者のマス・コミュニケイション向けの発言として読みすすむうち、その終末への確信が、かれの専門より外の領域にむしろ核心を置いていることがわかった例もある。畸型の魚の刺身をテレヴィで食ってみせる論客もあらわれた。あれはいったいなにを証明しようとする行為だったただろう？　国民の不安を除くために、閣僚は昼食に魚を食おうと提案した首相の、「国益」絶対護持のペテンのように、あからさまに悪質だというのではない。むしろそれは単に無意味だ。汚染された瀬戸内海の畸型の魚を（それがＰＣＢあるいは水銀をどれだけふくんでいるか、というほどの調査すらテレヴィ局はしていない。畸型の因果関係もあきらかにしない）テレヴィで食ってみせた男が、その場で発病するというようなことにでもなれば、そのシーンは意味をあらわしただろう。実際はその男の、泡鳴の言葉をもじっていえば、滅亡的な蛮勇気とでもよびたい印象のみがわれわれにきざみこまれた。そして僕はかれの深刻な憂い顔をなおもテレヴィの画面に見まもりつつ、このすでにあきらめてしまった人間が、発狂もせず自殺もせず、もちろんそれはめでたいことにちがいはないが、ここにこのようにテレヴィ出演しているのはどういうことなのであろうと、子供じみたいぶかしみかたをしたのである。

　この現実の巨大な不条理に、人間の力の無意味さをさとった人びとは、デフォーの創作した日誌を例にとるなら、あるいは神に救いをもとめるか、あるいはわざわざ神を愚弄する乱痴気騒ぎをするか、そのどちらかに分類しうる行為にこそむかうはずであった。いや、神などはずっと以前に死んだ、むしろわが国の風土には神はいない、というのならば、神という言葉を除いて考えなおせばよいであろう。巨大な不条理の前に立って、赤裸の人間としてかれの態度をどうきめるか。その核心のことがあきらかにされるのでなければ、どうしてかれがこの現実世界の終末を信じた滅亡の徒であると、われわれに納得できよう？　すくなくともそうしたことを他人にむけてかれが語ることに、どのような意味があろう？　しかもこの種のすでにあきらめてしまった人間の、けたたましいほど陽気な終末の歌声こそが、しだいに今日の終末論の流行の総体をおおいつくしてゆくように観測されるのである。

　おそらくかれら、すでにあきらめてしまったという人間たちも、実際にはあきらめていないのである。終末は、滅亡は、ついには回避されると心の奥底では信じているのである。しかし民衆への教育的効果を考えて、あえてあきらめてしまった人間の役割をマス・コミュニケイションでひきうけ、テレヴィでは畸型の魚を食う男を演じる善意の人びとなのである。かれらはとくに視聴者に向けて宗教的回心を迫ったりもしないのであるから、これは無償の善意であろう。しかしかれらがじつの所、この悪疫年《プレイグ・イヤー》はやがて過ぎさると考えているのであり、けたたましい声をあげる風見鶏としてかれらを容認している数多くの日本人が、やはり終末の近いことを、滅亡のまぬがれがたいことを流行のように語りながら、心の奥底ではタカをくっているとすれば、事態の先行きはどうなるであろうか？ それは日本人が、科学者たちのまともな警告に対して、あらためてすれちがいをおこなってしまう結果を生むだろう。すなわち、終末論の流行に浮足立ちはするが、具体的にその滅亡のよってきたるところと闘う姿勢を、われわれがかちえることはないという結果にいたるだろう。そしてなお事態が深刻化してゆけば、浮足立った者たちの、かれら自身の勢いによる、それこそとどめがたい破滅へ雪崩れてゆく大行進がおこるのではあるまいか？

デフォーの日誌が記録するのは、悪疫という巨大な不条理の前に立たされることによって、人間として赤裸にひとりそこに実在している事実に直面せざるをえなかった人びとの日常である。悪疫に閉ざされた大都市の人間たちは大いなる監禁状態にあるが、そのなかでは恐しいほどに自由だった。悪疫にあえて突っかかってゆくようにして、わざわざ教会の前に陣どり、神を愚弄することすらできるほどに自由であった。また逆にその巨大な不条理の前に立って、自分がこの悪疫からまぬがれえぬことを予感しているにもかかわらず、神の摂理と恩寵を信じつづけうるほどに、自由であった。かれらはおそらくヨブ記のあの一節を心に思いえがきつつ、悪疫の大都市に信仰を持ちつづけて生きたのであろう。《彼われを殺すとも我は彼に依頼《よりたの》まん惟《ただ》われは吾道を彼の前に明《あきら》かにせんとす》

そして人間がよくその大災厄を生き延びえた時、人間は巨大な不条理の前に、人間の道を明かにした。それがたとえ悪疫年の日誌のうちにすら、われわれが人間の真実とその進歩の歴史を、はっきり把握できると感じる理由であろう。ところがいま終末論の大流行を見ながら、それをつうじてわれわれは、巨大な不条理の前に立つ人間がひとり赤裸に、かれの人間としての恐しい自立を明かにしようとするような、またそうせざるをえないような、すなわち本質的にヒューマニスティックな滅亡の危機の見すえかたをしているであろうか？　われわれはただ、終末論の流行に浮足立って、結局このような危機にこそ「国益」を中核に滅私奉公しようという、機械じかけの神の大号令を待つのみ、というところにおちこみかけているのではないであろうか？　そしてタイム・マシンに乗ってきた他の惑星の歴史家に、日本人とはおよそ滅亡に対して特徴的な反応を示し、もっとも早く、みずから望んでのように滅亡した風がわりな民族であった、まさにカミカゼ特攻隊であったという、地球日誌の一節を書かしめることになるのではないであろうか？

それというのも、日本人とは核爆発を経験しながら、国民規模で、この二十世紀でもっとも巨大な不条理の前に立つ、赤裸な人間のありようを、新しい国民性の中心にすえるということのなかった民族であるからだといわなければならぬだろう。現代最大の悪疫の経験によって、自分をつくりかえることのなかった民族であるからだと。日本人は広島・長崎の経験という大悪疫を、あたかもそれがすぎさってしまえば、そして具体的に自分が被爆することがなければ、原爆経験などなかったも同じとしてきた。日本人は、ついにあの大洪水を、その巨大な不条理に立ちむかう人間としての自己確認をつうじて、まともに受けとめることがなかった。それでどうして、次に迫ってくる大洪水をまともに見すえ、受けとめ、地道に生き延びるための訓練をつんでいよう？　われわれがいま騒がしくおこなっているのは、ただ終末論のかまびすしい歌声にあわせて、それも半信半疑で浮足立つほどのことではないか？　それを考える時、あらためて逃れがたい終末・滅亡の可能性をいう科学者たちの、声低い警告が、加速度的に重みをそなえてくるのを認めずにはいられない。

ムルロア環礁でフランスが核実験を強行した日、ごく短い間ではあったが、テレヴィ・ニュースは広島の原爆慰霊碑のまえに炎天下坐りこむ八十人の被爆者たちを映しだした。かれらは大悪疫に襲われ、それを生き延び、この巨大な不条理に自分をつきあてるようにして確認した、確認せざるをえなかった赤裸のかれら自身の人間の道を、なお明かにしつづけている人びとである。僕はある眩暈《めまい》のようなものにとらえられつつ、それらの人びとが経験した大悪疫を、むしろ人間の歴史のはるか以前のことのように感じた。それからまことに多くのことがあり、いま新しい大悪疫が迫ろうとしている。そしてこの人びとのあらわしているところのものこそは、次の大悪疫をも生き延びうる、そのような唯一のあかしなのだが、しかし日本人はついにそれをかれらと共有してはいないという、深い恐しさにいろどられた眩暈に……

愚者の船

ヴィエトナムに米軍が繰りひろげた、オートメ化された、エレクトロニクスの戦場は、ヴィエトナムからの米軍の撤退によって、この地球上から消滅したのではなかった。むしろそれは実戦による証明書をつけられて、権力の武器庫に正式に収納されたのであった。この状況にたいして、バークレイのSESPAすなわち社会的、政治的行動のための科学者たちと技術者たちは、抗議と警告を、行動としてつとに示していた。

エレクトロニクスの戦場は、ヴィエトナムの実験によって(それがいかに酷たらしく忌わしい実験であれ、ジェイソン局的人間《ピューピル》にとって、これは成功した実験とすら感じられる側面を持つだろう。かれらはともかくもシステムを完成したのだ)確実なものにねりあげられ、アジア、南アメリカはもとより、アメリカ国内においても、民族解放運動にみな殺し戦争のおとし蓋をかぶせる役割をはたすだろう。ヴィエトナムのエレクトロニクスの戦場はその始まりなのだ、ヴィエトナムで培養された悪疫の菌が、これから世界全体にひろがるのだ。それを阻止しなければならぬ、というのがSESPAの切実な危機意識であり、運動目標であった。

エレクトロニクスの戦場が、その底辺を、落ち葉地雷や釘爆弾でまことに厭らしく埋めていることについてはすでにのべた。われわれは落ち葉地雷で足首をふきとばされた農婦や子供らの写真を繰りかえし見ている。そしてエレクトロニクスの戦場を、その頂点において構成しているものはなにか？　それはいうまでもなく戦略偵察機であるにちがいない。いわばエレクトロニクスの戦場とは、戦略偵察機から落ち葉地雷にいたる全構造の謂であろう。偵察機が見きわめた対象を、落ち葉地雷を底辺とする、ありとある大量殺戮兵器でみな殺しにするところの全構造。

　その認識にたって、僕は一九七三年八月十六日、米国防総省《ペンタゴン》筋がおこなった発表を見るべきであろうと思う。新聞はつたえている、米軍はカンボジア爆撃停止後も、戦略偵察機ＳＲ71をカンボジア領内に飛行させ、解放勢力の動きを撮影していると、米国防総省筋自体があきらかにしたことを。沖縄を基地とする超高空・長距離偵察機ＳＲ71で。

　沖縄から、いわばエレクトロニクスの戦場の全構造の、第一の触手がカンボジアに公然とむかっているのである。それはいますぐにでも米軍が、カンボジアをエレクトロニクスの戦場にかえることができる、という意味ではないか？　その後、在日米軍筋は事をあいまい化しはしたが、まず米国防総省筋がそれを外部にもらしたということは、エレクトロニクスの戦場の全構造を背景にしての、カンボジアの民衆への端的な威嚇ではないか？　そしていかにもあからさまに、われわれは沖縄が、アジアにおける民族解放運動の封じこめの、もっとも有効な基地として、なお米軍の意のままに使われている現実に、面とむかわざるをえないのである。

　しかし、沖縄の施政権「返還」以後、それ以前と、まことに臆面なくまっすぐつなぐようにして、わが国の政府が繰りかえしてきた、鷺を烏といいくるめる論法は、今度もまったくそのままだった。外務省筋の「見解」は次のようなものだ。偵察飛行は日米安保条約に基づく事前協議の対象とはならず、条約上の問題はない。またカンボジアは在日米軍の活動範囲となる「極東の周辺」地域に含まれる……

すなわちそれは、すでにわが国の政府が欺瞞の言葉をもてあそんで国民を愚弄する、というような段階のことではないだろう。政府は沖縄の施政権「返還」の以前も以後も、ヴィエトナム停戦の以前も以後も、もとよりカンボジア爆撃停止の前後ひとしなみに、終始一貫して、アメリカのアジア政策に加担してきた。アジアにおける民族解放運動の封じこめに、米軍のすぐ脇によりそって協力してきた。わが国の生産した小型テレヴィが、エレクトロニクスの戦場に役割を果たしたことはすでに知れわたっているが、基地沖縄を先頭にしてわが国の政府は正面から、その全構造を支えているのである。そして、いまやそれがどうなんだと、政府が開きなおってしまった。開きなおった政府が、右のような「見解」をあきらかにしたのだと考えぬわけにはゆかないであろう。

そして僕は、日本人が政府をしてそのように開きなおらせることを、消極的にであれ認めるという風潮が、いまやしだいに濃く強くなってきていると観測するものなのである。ことの根柢には、日本人がアジアに向けてまともに開いて行く想像力を持たぬという、あらためて考えて見るまでもなく、まことに奇怪な事情がある。それはすでに歴史の実体をなしている。日本人のアジアへの想像力がはじめて強く動いた時、それは侵略的な想像力であった。しかも一九四五年夏、日本人はアジアへのまったく新しい想像力の契機へと、むしろ追いつめられるようにしながら、しかし積極的に自分の手でそれをつかみとることはなかった。

沖縄の問題、ヴィエトナム戦争、この二つは、戦後において、日本人をあらたにアジアに向けての新しい想像力の契機へとおしやる大きい力であった。しかしそれらもまた、日本人一般によって着実に、永つづきするやりかたで把握され、掘り進められたろうか？

それは、沖縄の施政権「返還」、ヴィエトナム停戦というような、ある一段階において、たちまちその開かれた出口が閉じられ、癒着してしまうような、そういう種類の想像力の、集中にしかすぎなかったのではなかったか？

僕は沖縄返還協定「強行採決」のさいの国会の光景を思い出す。与党内ですでに決定されている「強行採決」のある時間まで、野党議員たちの席に向けて半身乗りだすようにして、終始威嚇する罵声をとばしつづけていた、いわば「強行採決」の現場の傭兵隊長のような男を、あれ以来、僕は忘れえぬが、かれはいまや自民党の改革のための危機意識に血判ついて集った精神文明派の中心人物である！　そのような男もふくめて「強行採決」の混乱をバンザイ、と叫んでリードした連中はみな、むしろいまこそ再び沖縄を封じこめえた、アジアへ開いていた民衆の想像力の水路をせきとめえたと、安堵した者たちのように思い出される。かれらを漠然たる恐怖からの新しい脱亜論がひきずり廻していたとでもいうように。

あの国会での、してやったりという、しかも臆病な安堵は、現在の沖縄から飛びたつカンボジアへの戦略偵察機ＳＲ71にそのままつながっている。アジアにたいして、どのような日本人としての新しい想像力をひらき、それを現実化するかという、近代化百年を越え、一九四五年夏をまたいでの日本人の最大の課題を、自分でひきうけて考えるかわりに、それをエレクトロニクスの戦場の全構造を背後にひかえた、戦略偵察機ＳＲ71に肩がわりしてもらおうというのが、むしろ客観的に実在する日本人の態度ではないのか？

このような態度が根本からあらためられない以上、もし日本人が公害・核爆発からの終末をまぬがれることができたとしても、アジア規模の未来の展望のなかで、日本人は死滅せざるをえないだろう。ところが流行の終末論者たちは、アジアのなかの日本人ということをあわせ憂えることもない模様である。冷害をみこしてアジアのありとある場所から食糧をかき集めてこいと、商社を励ましさえしかねない論調もあった。終末論によって追いつめられ、せっぱつまってのナショナリズム、新しい資源確保のための大東亜共栄圏などという論調が、そこから派生してくることがないと、誰が保証しえよう？

「強行採決」の国会の光景が喚起するものといえば、やはり僕が傍聴席から見おろす経験をすることになった日韓条約「強行採決」から、金大中氏誘拐事件にまっすぐつながってきたところのものに眼をむけぬわけにゆかない。金大中氏の説くところは、われわれ日本人があの日韓条約によって、それもその「強行採決」において、端的にその性格を象徴する具合に押しとおしたものが、そのまま韓国に加えている歪みひずみについて、その激流の中に立って、流れの勢いを押し戻すようにして日本人に訴えかける言葉であった。すくなくとも僕には、その日本人への訴えかけの響きこそが、まずもっとも切実に働きかけてくるものであった。この韓国の民主主義者の次のような言葉が、かつて見た日韓条約「強行採決」の光景とからみあって、時には屈折した二重、三重の響きをつたえることを止めなかったのである。

《私は日本の経済援助が必要でないとか、日本となにもかも断ち切れといっているのではない。韓日親善が権力層同士の親善になって、ほんとうに国民と国民の理解につながる親善になっていないことを指摘したいのです。韓国への観光がお互いの理解と尊敬につながらないでお互いの憎悪と軽蔑につながるようなことは一日も早く改められなければいけない。昨年暮から韓国には日本の投資ブームが湧きました。今年一月から三月まで全体の外国投資（一億三百八十万弗）の九九％が日本です。アメリカは僅か〇・二％です。その中でも特に目立つのは日本の公害企業が韓国におし寄せつつあり、低賃金企業まで韓国へ進出して、韓国のひよわな中小企業を倒産に追いやっているのです。こういうことを改めない限り本当の友好と本当の協力にはなり得ないと思います。日本の皆さんがもう少し大きなそして長い目でみれば韓国の現状は日本自身にも大きな不幸を招くと（引用者附記。わかるであろうと）思います。……

　日本のみなさんが自由を願うと同じように、われわれも自由を願っていることを忘れないでほしい。いま韓国人はかつて日本人が軍閥政治のもとで憲兵や特高にいじめぬかれた、あの灰色の時代以上の厳しい状況の中で苦しんでいる。隣国でこれほど国民が苦しんでいることに、日本のみなさんが目を向けてモラル・サポートをしてほしい。一方韓国民が自己の運命を自己の自由によって決められるように、少くとも妨害だけはしないでほしい。国民をいじめる独裁政権とぐるになっていると韓国民から怨まれる事だけは日本はしてくれないでほしい。これが私と民主主義を願うすべての国民の日本に対する切実な要望である事を申し上げたいと思います。》

　このようにもひかえめな「切実な要望」をわれわれにむけてのべたばかりの民主主義者が、白昼、東京から拉致されて、すくなくともかれの自由な言論を全面的に禁圧する政権のもとへ運び去られた時、この誘拐事件が、いかなる者の眼にも無視しがたいものとしてあきらかにしたことは数多いが、やはりわれわれにとってその中心にあるのは、日本の政府が、右のような訴えかけをよこした民主主義者の側にあるのでなく、かれを迫害する独裁政権の側に立っているという、まことに身も蓋もない事実であった。日本人一般はどうであったか？　永く、しかも悪化しつつつづくであろうソウルでの軟禁状態へと、この民主主義者が押しこまれていることがあきらかになってすぐ、羽田から韓国へ飛んだ朝日新聞特派員は、その日航ジャンボ・ジェット機が、「お互いの憎悪と軽蔑につながるような」たぐいの日本人観光客でいっぱいであったことをつたえている。そして僕はそれが決して特殊な、ごく部分的な現象であるという勇気をもたぬのである。

　日韓条約「強行採決」は、日本政府に、また小田実がケイダンレンと批評的に総括するすべての力に、どっと雪崩れるように韓国へ奔入する大きい道を開いた。そしてそれと同時に、大方の日本人が、韓国について、ひいてはアジア全体について、主体的に想像力を働かせるための、その踏んばって流れにさからいながら考えるための足場を、つき崩してしまったように思う。あの「強行採決」の現場で、それも日韓条約と沖縄返還協定の二度の現場で、僕が自覚した、底なしの沼にのめりこむような無力感と暗鬱とは、それに由来したのであったと、いまにして明瞭に感じとられる。「強行採決」などという、民衆の民主主義的な意志へのおよそ根柢的な侮蔑・蹂躙が、そのようなあつかいをうけた民衆の意識に、深いところで傷をつけぬ、ということがあるだろうか？　国会の手続きに関するかぎり、それはすでにわが国の奇怪なひとつの筋みち《ルーティン》になってしまった。決して予想されぬのではないままに「強行採決」がおこなわれ、野党がそれに反撥して、国会の機能は停止する。もっともそのあいだも政府は蛙の面になんとかである。そして新聞を中心にした世論の批判が集中するが、さて一週間もたたぬまに、野党は再び、その侮蔑され、蹂躙された国会の機能の片端をみずからになうことを決意する。「強行採決」されたものはされたままに、そこで国会はあらためて進行してゆく、そのような筋みち。それに加えて、その次の選挙において政府与党はあいかわらず優位をたもつということも、加えられるべきかもしれない。

だからといって民衆が「強行採決」を追認したのだ、と考えるほどオプティミストな人間は、おそらく政府部内にすらもいないだろう。「強行採決」は、民衆の意識の奥深いところに、大きい冷えびえした無力感のかたまりをすえつけたのだ。そのかたまりを野党議員たちが掘りおこして、正面からそれにとりくみ、うちこわすということはなかった。民衆自身が、次の選挙でそれを克服するということもなかった。大きい冷えびえした無力感はそのままに居すわっている。

そして、その無力感のかたまりにみあうところの現実的等価物は、はっきり実在しているのだった。「強行採決」が強引に動かした歴史の歯車は、人間的な努力なしに後戻りはしない。日本人はその人間的な努力をしなかった。歯車は廻ったままだ。われわれが沖縄から、韓国から眼をそむけて、内にちぢこまっている限り、ふだんはその廻った歯車から意識をかき乱されることなしに生きてゆくこともできるだろう。この混沌とした情報社会は、見たくない、聞きたくない真の情報を、アブクのような数しれぬ情報でおおいかくしてくれるから。

しかし、ある朝われわれは、施政権が日本人のものであるはずの沖縄からカンボジアへ戦略偵察機ＳＲ71が飛びたっていることを知らされる。アジア全域の民族解放運動を封じこめるための、エレクトロニクスの戦場の構造が、ほかならぬ沖縄を基軸としていることがたちまち明瞭になる。しかも日本の政府はそれにたいしていかなる有効性を持った行動もおこしえぬことが、肝にめいじて自覚される。われわれの国はあの「強行採決」の日、まさにこのような事態こそをおっかぶせられることについて、アメリカに屈伏したのだから。われわれはあらためて自分たちが、アジアの全体について主体的に想像力をくみたて、それを実現してゆくための基本的な足場を、あの日以来、放棄したままでいることに気がつくだろう。

　そしてある白昼、われわれにむかって、すくなくとも韓国民が自己の運命を自己の自由によって決めることを妨害はするな、独裁政権とぐるになるなという、もっともひかえめな、しかも切実な要望をしていたもと大統領候補が、ほとんど公然と誘拐されて、その独裁政権のもとへ拉致されたことを知らされる。硬い地盤をくぐりぬけてやってきた地下水が噴出するように、アメリカとわが国においてはじめて地表にあらわれていた韓国の民主主義者の声を、その口もとを荒あらしく押しひしぐようにして沈黙させ、そのまま独裁政権のもとへひったてて行った犯罪者どもを、日本の政府はどうすることもできなかった。それが誰の眼にもあきらかになる。誘拐されていった民主主義者を、再びかれが自由な声を発しうるように、政府は本気ではなにごともおこなわない。いくらかのポーズを世論あるいは体面をおもんぱかってつくってみるだけで、すぐにもかれの声を封じこめた独裁政権にむかってなおもよりそってゆく。そしておなじく無力なわれわれは、押しころされた声がその直前に発した言葉のコダマに茫然とするのみである。日本の皆さんがもう少し大きなそして長い目でみれば韓国の現状は日本自身にも大きな不幸を招くとわかるであろうと思います……

　しかしあの「強行採決」の日、まさにこのような事態に日本と韓国の独裁政権がからみあいつつのめりこんでゆくことを、日本人は認めたのだから、そしてあれ以来その大きく動いた歯車をもとに戻す作業はしていないのだから、いまさら茫然としたとしても、と自嘲する思いがつづいて湧きおこってくるほかにはない。ここでも、われわれはアジアの全体について主体的に想像力をくみたて、それを実現してゆくための基本的な足場を、あの日以来、喪失しているままであることに気がつくのである。

　このようにして、自分の腕は舵輪から弾きとばされたままで、しかも激しく走る船に乗っているわれわれは、いったいどこへ行くのだろう？　船酔のような感覚にさいなまれつつ、自分の乗っている船の行方について思いめぐらすうち、浮びあがってくるのはグロテスクな未来図のみだ。この船は、アジアを蹂躙して走ってゆく。巨大な力あるものにぶつかりそうになると危うく方向をかえるが、しかし根柢から方向転換するのではない。そのようにしながら、しだいに新規の大東亜共栄圏のごときものの中心に乗りいれることを、不逞に夢みている。船の周りは憎悪や怨嗟の声にみちみちているが、船のなかにいる者の耳はそれを聞きとらぬ。

　たとえ聞きとったとしても、かれらには自分の腕を舵輪にふれる方途がないのであるから、あえて耳をすましてもしかたがないわけなのだ。この気狂いめいた疾走のあいだにも、船体そのものは異様に肥大しつづける。船の周囲を回復不能なほどに汚染させつつ。そして船のなかの、舵輪から切り離された者たちは、片方で厖大な消費文化に狂奔しながら、片方では歌うように終末論を叫んでいる。しばしば両者は盾の表と裏だ。しかもこの終末の歌には、アジア全体という視点が奇妙なまでに欠落している。終末の歌までが、古なじみの日本「中華」思想の基盤に立っているわけなのだ。アジアの全体の展望のなかで、この船がしだいに沈没をまぬがれえぬところへ突っこんでゆきかねないのに、それについては判断放棄した者らが、地球物理学的な沈没を憂えている。

船の周りから、たとえばエレクトロニクスの戦場の、そこいらじゅうにばらまかれたボール爆弾によって「停戦」以後なお傷ついているヴィエトナムの農婦の眼によって、また二重、三重の監視と威嚇の壁のなかに拉致された反・独裁政権の運動家の眼によって、この船のなかの人間の生きかたを眺めれば、それはどのようであるだろう？

施政権「返還」後、日本からの、じつに気狂いじみて日本的なものの奔入にさらされつつ、沖縄にはまことに困難に耐えて沖縄的なものを持ちこたえ深めようとしている、しかも沈黙がちの人びとの存在感が、なおくっきりとしてきているのだが、地図を眺めると、この巨大な、そして狂気の航跡を描いているわれわれの船にたいして、真に有効な力をそなえた正気の水先案内人は、この南方の小舟のような島にのみ実在するかと感じられる。しかしわれわれは、アジアの全体のなかでの自分自身の位置と進路を決定するために、この苛酷な経験に立つ正気の水先案内人をすえるかわりに、かれらの独自にアジアへ開いた文化と歴史を持つ島を、汚ならしいエレクトロニクスの戦場の基軸におとしめて、そこから眼をそらしたままなのだ。

チャンピオンの涙

夏の終りの東京から、晩秋あるいは初冬に近い感覚のモスクワ、ふたたび夏のカザフ共和国アルマ・アタへの飛行機で、僕はメイラーと同年輩であるアメリカ人の小説を読んでいた。それは、奇妙な捩れのある話にひびくだろう。まったくそうにちがいないが、しかし僕としては、それも僕個人の主観としては、ひとりの日本人としてそのように旅し、そのように本を読んでいるのであった。僕が読んでいたのは、かつてドレスデン無差別大爆撃を、そこに俘虜としてつながれて経験した作家カート・ヴォネガット・ジュニアの『チャンピオンの朝食』(Delacorte Press 版)という、これは実際文字どおり奇妙な小説である。

その奇妙さの根柢にはこういうことがあるだろう。この小説は、われわれの世界が、ヴォネガットによればこの惑星《プラネット》が滅亡してしまってから、地球上の生活についてはなにもしらぬ、他の天体から来た意識的存在に向けて語るように書かれているのであるから。したがって、いうまでもなくこの小説には、世界の終末にたいする予感というより、現実的なその認識の感覚がみちみちている。しかも黒く苦いユーモアにあふれた、優しいけれども乾いた感覚が。読み終った本をモスクワの友人のもとに置いてきたので(というのは今やアメリカのキャンパスでももっとも熱狂的に読まれているというヴォネガットは、ソヴィエトの若い知識人にもまた愛されている作家であるからだが)、正確に引用することはできぬけれども、このような挿話が、いわば短いブラック・ジョークの織りもののようにして進行するこの本にあった。一頭の犬がいる。かれは事故で尾をふることができなくなったので、生涯、闘ってばかりいなければならぬ……

　すなわち、そのようなことを思い描く、酷たらしく優しい眼をそなえた人間が、死滅したわれらの惑星のことを語っているのである。なぜ死滅したか？　環境汚染においてその頂点をなす、人間の「文明」的悪の積みかさねにおいて。しかも当の人間自体は、数かずの薬品《ケミカルズ》によってかれ自身を毒していた。僕は飛行機の座席で、おそらくは五分おきに笑っていたが、その笑いはまったく暗く乾燥したものなのであった。もし他の天体からの、おおいにニンニクかなにかのようなかたちをした意識的存在が、われわれには思いもつかぬ方法で飛行しつつ、丸い二重窓のむこうから覗きこむとすれば、そのような書物を読んでそのように笑っている、ひとりのホモ・サピエンスがどのように奇態に見えるかと、一瞬自省されるような、それは陰惨なユーモアなのであった。

　しかし、僕の笑いは、それにもかかわらず実感に根ざしていたのである。なぜならヴォネガットの呈示する環境汚染、むしばまれた人間の突飛な実例は、いまやわれわれの生活において、それを類推できぬものではなかったから。むしろわれわれは、これこそがわれわれの実態だと、その行きつくところまで行きついている「文明」の諸相をつうじて自省せざるをえないのであったから。そのようにして陰惨かつ優しいユーモアに笑いながら、僕はこの作家をいまやかれらの最上の表現者としているという、アメリカの学生たちについて想像した。それはソヴィエトの学生たちに向けてもまたひろげねばならぬ想像なのだと、やがて僕は具体的に発見することになるのだが。まことに厖大な数の若い知識人たちの、陰惨かつ優しい笑い、それが象徴する一時代の「文明」……

ある一時代、若い数多くの魂を流行のように熱中させる文学がほとんどつねにそうであるように、このヴォネガットの小説も、自己告白のねがいにつらぬかれた、いわば真の意味の私小説にほかならない。今日のそのような小説としてのヴォネガットの仕事が、S・Fであり、あるいは永年S・Fを書いてきた作家の、現にS・F作家を主人公にした「私小説」である、ということがまず重要であると思われる。

　作家がこのような小説において自己告白する。その時、作家もわれわれ読者も、この作家＝人間、というふうに感じている。ここに人間がいる、ECCE HOMO！という声を繰りかえし胸のうちに響かせながら、われわれはそのような小説を読む。そのような対象がいまや、すくなくともアメリカの若い知識人たちにとって、あの『白鯨《モオビイ・デイック》』の国の若い知識人たちにとって、S・F作家の小説なのである。いかにもS・F的なこの世界、われわれ人類についての認識が、厖大な数のアメリカ人たちにとって、ほかならぬかれら自身の自己表現に同一視されているのである。そしてそれは、ソヴィエトの若い知識人に向けても伝播して行っているように感じられたのだった。

　アメリカで、冷戦イデオロギーが狂熱的なたかまりを見せた当時、アメリカ人の大衆規模の自己表現としてかたちをとったのが、ミッキー・スピレーンの仕事であったことは、なお広く記憶されているであろう。そして、米ソ間の核兵器競争の時代の最初のピークは、やはりアメリカ人のもうひとつのマス的自己表現としてS・Fの流行をもたらした。それもなおわれわれの記憶に新しい。われわれがもしこの記憶をもたぬとしても、最近の大地震への恐怖と無力感にくまどられた予想にかさなる、『日本沈没』ブームを思ってみることで、アメリカにかつておこったところのことを類推できるだろう。とくに時代風潮とその時代に広くもとめられる書物との相関において、われわれの国よりはるかにアメリカは、正直な表現を示す人びとの国であるように思われる。

さて、ヴォネガットの偶像化は、かつてのあのS・F時代の再来かといえば、それはそうでないであろう。ヴォネガットは、すくなくともなおつづく核兵器競争の心理的投影としてのみ、かれ自身および厖大な数のアメリカの若い知識人の、内面を表現しているのではなかった。むしろかれは、それはヴォネガット自身がこの小説の冒頭に書いていることでもあるが、自分の同時代とその惑星の同僚たちを、大不況《デプレッション》の時代とそのなかのアメリカ人たちとに対比することを望むだろう。しかもヴォネガットは、あの大不況の時代の荒涼と、今日のそれとが本質においてちがうことを、明瞭に意識していた。大不況の時代には、やがてこれをのりこえれば繁栄の時がくると人びとが信じているために、かれらは人間として品が良かったが、いまやこの新しい世界規模のデプレッションには、未来に繁栄の時の予想はありえぬのだと……

ヴォネガットの旧作にS・F作家自身についてのそのような指摘があらわれ、この総まとめ的な、いわば時代ぐるみ、アメリカの若い知識人総ぐるみの遺書のような小説においても再認されているとおり、今日S・Fの作家たちは、とくにヴォネガットのような作家は、あらゆる文学的シーンにおいて一種特別な存在である。かれらの根本原理である宇宙のスケール、幾億年のスケールにおいて考える、人間についての考え方が、もっともよく今日の人類の全体についての思考に適合するように感じられることがしばしばだから。

もちろんヴォネガットが、冗談はうまかったが不幸だった人間というように、自分について考えるごとく、

S・Fの作家たちのものの考え方は、おおいに気狂いじみた冗談に似ている。しかし、われわれの時代そのものが、いまや気狂いじみた冗談めいているのだ。しかも、ここに自己についてきわめて意識的なS・F作家がいて、自分の考えることとは気狂いじみた冗談だと、誰よりもよく意識しており、そしてなおそのような気狂いじみた冗談をつうじてのみあきらかな真実を呈示してくれる時、われわれはたやすく眼をそらすことができるであろうか？　そのようにしてヴォネガットは、アメリカのキャンパスの偶像となり、若い知識人たちの自己表現の厖大な規模の代行者となったのである。

　さてS・F作家である私＝人間一般としての視点にたって、まことに荒涼たる世界と人類とを、気狂いじみた冗談の連鎖のかたちで表現して行った小説の最終のシーンは、作中人物として出てくるかれの自画像めいたS・F作家に、別れをつげたこの小説の作家が（ふつうの小説においてのように作中人物が消滅するのでなく、その眼の前から作家自身が非実体化するのだが！）暗闇の底へ消えてゆきながら、涙を流す情景であった。いわば人類全体の涙、われわれすべての総ぐるみの自己表現の涙として……

　この世界のすべての悲哀《サドニス》にたいする優しさとして流されるこの涙について、ヴォネガットはやはり近刊の雑誌のインタヴィューにおいてこう語っていた。

《……笑いというものはフラストレーションへのひとつの感応なのだ、涙がおなじくそうであるように。そして笑いはなにものをも解決しない、やはり涙がなにも解決しないように。笑うこと、あるいは泣くことは、ほかになにひとつできない時に、人間がおこなうところのことなのだ。》

　ヴォネガットの私＝人間一般は、この荒涼たる人間の、その内外の世界の現状についてなにひとつおこなうこともできぬ。そこでかれは気狂いじみた笑いを繰りかえしたあと、涙を流している。そしてその涙は、この「文明」の果ての宇宙のチャンピオン、人類の涙であり、それはまた厖大な数のアメリカの若い知識人たちの涙なのだった。僕はそれこそ環境汚染のただなかのスモッグの濃い渦のなかの東京から飛び立った人間として、この世界の荒涼のまえに無力に立っている人間の悲哀を了解せぬわけにゆかなかった。それは、この本を読み終える直前まで僕が繰りかえしあげていた笑い声によってあらかじめ示されていたようなものだ。

　しかも、僕がそこで飛行機を乗りかえたモスクワの若い知識人たちのヴォネガットへの共感も、かならずしも架空の基盤に立っているとはいえぬのであった。なぜなら、ソヴィエトにおける環境破壊の実態についても、すでにわれわれはその報告を得ているのであるから。やがてカザフ共和国につき、天山山脈のふもとの大草原《ステップ》に満月の夜、車を走らせていた僕は、あらためてこの世界の荒涼のまえに無力で立ち、笑うか涙を流すかするよりほかにない日本人としての、自分を考えてみることになった。車の外の夜気はおよそシルク・ロードの時代とほとんどかわることもなかったはずであるが、いったい人類はどこまでやってきたのだろう、というような悲哀のかたまりにうながされて……

　天山山脈のふもとで、といっても僕は、いうまでもなくカザフ共和国の人間の生活のただなかにいたのである。コルホーズの町から、鉱業・工業都市として建設された町へと大草原を疾走して、遊牧民のユルタで小憩するというような経験をしていたのだ。すくなくとも僕の眼には、深い過去の根につながった農業、牧畜と、あきらかに未来へ向っている鉱業、工業とに、ふたつながらに確実に自分の位置をきめている、様ざまな民族の集ったカザフ共和国人の生活が、じつにめざましいものであった。かれらもまた巨視的には、この世界の気狂いじみた荒涼から、ついには逃れえぬのだとしても。そして、かれらの日常を見た僕の眼は、ただちに今日の日本人の日々にとびかえってこざるをえないのであって、すなわちそこにこそもっとも大きい悲哀のかたまりは根ざしたのである。他の惑星からの存在をまつまでもなく、現に眼の前でラクダを御している農民から、カザフスタンの言葉で、いったい日本人とはどのような人間なのか？　と聞かれたとすれば、自分に可能な説明はどうであるかと、僕はしばしば考えたから……

　そのように考えてみると、今日の日本および日本人の気狂いじみた荒涼を、そのただなかに、ほかならぬそのようなものとして生きているわれわれには、よく具体的にその全体が把握されているとはいえぬのではないかと思われた。そのような把握をなしとげるためには、決して気狂いじみてもいず、荒涼ともしていなかった時代の、日本および日本人への展望に、まず立たなければならぬ。もちろんそれなしでも、われわれが、今日の気狂いじみた荒涼の現実の前に立って、暗い笑いを笑うか涙を流しているかすることはできる。なにひとつ現実的に荒涼をおしとどめることをおこないえぬ人間の、せめてもの自己表現として。それは現に、今日の終末の歌の大流行のなかで多くの人びとが、面白おかしくやっているところだ。

　しかしわれわれが、なんとかこの気狂いじみた荒涼のなかで、その荒涼から自分を引き剝がし、同時に自分の内部の荒涼にもまた積極的に立ちむかおうとするならば、当然それではたりぬにちがいない。われわれが自分をとりまく世界と自分自身とを再建しようとする志をいだくならばなおさらである。この世界はかつてどのようなものであったのか、それとあいかかわって人間とはどういう存在であったのかと、まずそれを確かめるよりほかに出発点はあるまい。

　われわれ日本人には、それにくわえて特殊な事情があるようにもまた思われる。僕はこのソヴィエト旅行のみならず、いくらか前のアジア旅行で、わが同胞の、様ざまな場所での、露骨なあるいは隠微な粗野さ《ルードネス》を目撃した。それは個人的な育ちの問題などというものではないと観察された。日本人一般が、自然にたいして人間について、自分が粗野であることに気がつかなくなっているのだ。それがわれわれの、国内における、また沖縄にむかっておしだし、朝鮮南部において猖獗をきわめしめ、いまやアジア全域へひろがらしめようとする環境破壊の大規模な動きの、心理的な根拠であろう。ヴォネガットにもどれば、日本人一般が、この世界のすべての悲哀にたいする優しさをうしなってしまっているのだ。なによりどこより、気狂いじみた世界の、悲哀にみちあふれている国土にありながら。われわれがなお自己の粗野さをつのらせて自己破壊にむけて驀進しないようにするために、われわれは根源的な自己点検をしないわけにゆかぬ。

　もうひとつ、われわれ日本人のすべての精神と情動のバック・グラウンドの暗闇には、いつでも作動可能な機械じかけの神《デウス・エクス・マキナ》としての、絶対天皇制的なるものが待機しているのであることをあらためて考えねばならない。日本人一般が、この気狂いじみた世界の荒涼から逃れるために、あらためてその機械じかけの神に救援をもとめることになればどうなるか？　日本人一般の世界は、かつてこの機械じかけの神の大いなる幻のもとにあったのだと、その幻の光に照しだされて生き死にするのがわれわれ日本人の真の存在の仕方なのだと、ひとたびそのようにいう擬・復古派の声がたかまれば、その時われわれの、国家的な再度の自己破壊への驀進はとどめがたいだろう。

そして日中戦争がそれを証明したように、ここにのべたふたつの特殊な事情は、ただひとつの勢いにないあわされて顕在化するにちがいない。絶対天皇制的なるものの機械じかけの神のもとにおける、もっとも粗野な侵略者としてアジアにむかい、かつおなじ凶暴さの自己破壊を進行させつづけるものとしての日本人。われわれがその未来図に向けてただ黒いユーモアの笑いを笑うか、涙を流して茫然自失するかよりほかのなにごとかをなそうと思えば、そこでわれわれは民衆の側の、具体的な、この日本において世界はかつてどのようなものであったのか、それとあいかかわって日本人という人間はどういう存在であったのか、ということを確かめる努力をおこなわなければならないにちがいない。もちろんそれはひとつの出発点にすぎぬのではあるが。しかしただ終末の歌を歌っているよりは、この出発点を探して強く眼をそそぐことに意味があると、すくなくとも僕はいま、考えるものである。

その出発点のための、数多く積みかさねられるべき契機のひとつとして、カザフ共和国の宿舎で、僕は柳田国男の仕事のことを思っていた。とくに僕自身のみならず僕とほぼ同時代の、あるいはそれより若く戦後に育った日本人のために。なぜなら、われわれが現在それを、日本人にとってもっとも根の深く古いところの習俗とみなしているものが、じつは日本の近代化(西洋化)以後の現象にすぎぬことをしばしば教えてくれたり、かつまた、日本の近代化がはやばやと死滅させてしまった、もっとも重要なものについて照明を投げてくれたりするのも、柳田国男であるからである。この場合とくに一九三〇年刊の『明治大正史、世相篇』を僕は指している。天山山脈のふもとにあって僕が遠方からの援助をもとめるような心で思いうかべること多かったのは、まさにこの書物にほかならない。

ただひとつの例のみをひこう。われわれはいまや色彩の氾濫のなかに生きているが、われわれの祖先たちはむしろ色彩の華麗をもとめぬ人びとであった。それもかれらが(柳田国男はこのようにいう時、我々は、という言葉をもちいるのであるが)色彩感覚において貧しかったから、というのではなかった。

《……我々は色彩の多種多様といふことに、最初から決して無識であつたのでは無く、却つて之を知ることが余りに痛切なる為に、忌みてその最も鮮明なるものを避けて居た時代があつたのである。……少なくとも日本の国民が古く貯へて居た夢と幻との資料は、頗る多彩のものであつたらしい証拠がある。言葉には之を表はす手段が未だ具はらず、単に一箇のアヤといふ語を以て、心から心に伝へては居たが、人は往々にして失神恍惚の間に於て、至つて細緻なる五色の濃淡配合を見て居たのである。……天然に養はれたる此国民の宗教心は、常にこの類の異常色彩によつて、目ざめ又必ず高く燃え立つやうに出来て居たのである。

斯ういふ二通りの色の別ちが存する限り、たとへ技術は之を許すとしても、人は容易に禁色を犯さうといふ気にはならなかつた。昂奮は譬へば平野の孤丘の如きもので、それが無かつたならば人生は勿論淋しい。しかも屢ゝ其上に登り立つことも、堪へ難き疲労であり又前進の妨げであつた。それ故に我々は花やかなる種々の色が、天地の間に存することを知りながらも、各自は樹の蔭のやうな稍ゝ曇つたる色を愛して、常の日の安息を期して居たのであつた。それが固有の染料の自らの制限だけで無かつたことは、単なる白といふ色の用ゐ方を見てもよくわかる。現在は台所の前掛に迄も使はれるやうになつたが、白は本来は忌々しき色であつた。日本では神祭の衣か喪の服以外には、以前は之を身に着けることは無かつたのである。婚礼と誕生とにも、もとは別置を必要とした故に白を用ゐたが、それすらも後には少しづゝ避けようとして居た。つまりは眼に立つ色の一つであり、清過ぎ又明らか過ぎたからである。斯ういふ稍〻不自然なる制服の解除せられたことは、一つには異なる外国の風習の、利あつて害無きことを知つたからでもあるが、それよりも強い理由は褻《け》と晴《はれ》との混乱、即ち稀に出現する所の昂奮といふものゝ意義を、段々に軽く見るやうになつたことである。実際現代人は少しづゝ常に昂奮して居る。さうして稍〻疲れて来ると、始めて以前の渋いといふ味はひを懐かしく思ふのである。》

柳田国男の言葉のうちに、いかに強く明確にわれわれは、今日の文化的あるいは習俗的混乱のむこうにはっきり、われわれの根源へつらなる道を見ることか。少なくとも柳田国男の想像力が生きて動いていた時点までその道はつらなっており、かれの同時代の日本人は望めばその道を歩いてかえることができたのだった。われわれはその道に再び足をのせることはできぬが、具体的にそれを認識してみれば、いまわれわれのおちこんでいる気狂いじみた世界の、実体を把握する手がかりはまずひとつ見えてくる。

端的に、われわれの気狂いじみた世界とは、繰りかえし毎日つづく「晴」の日、昂奮の日々にほかならぬから。「晴」につづく「晴」、昂奮につづく昂奮、それは国民総生産の飛躍的発展ということがもてはやされつづけたわれわれの戦後を、そのまま指し示しているだろう。消費文明の異様な膨張は、昂奮の自己再生産活動の謂にほかならなかった。そしてわれわれはついにやや疲れてきて、渋い味わいを、「褻」の日々を懐かしく思うことになったか？　いや、おおいに疲れきってはいるが、なにやら薬品によって昂奮しつづけるようにして、われわれの「晴」の日々の気狂いさわぎがもたらしたものに気をとられているのみである。終末の予感をすらも、昂奮した金切り声で歌うようにしかしゃべりたてることのできなくなった「現代人」、おおいに最後の現代人であるかもしれぬ者らとして……

　そのようなことを考えつづけた旅を終えて、東京に再びかえりついた僕が、もっとも深い感銘とともに読んだのは、なお捜査にいささかも発展のみられぬ金大中氏の誘拐・拉致事件について、僕にはまず秀れた短篇作家として思い出される韓国のジャーナリスト、鮮于煇氏が、困難な状況のなかで、あえてその重い状況の総量をひきうけるようにして書いた『朝鮮日報』の論説であった。

　僕はこの文章が、どのような政治的制約をかいくぐっての政治的主張をはらんでいるかと、それを解読するような読みかたをしたのではなかった。メッセージはまことに明瞭に、いわば直接魂にとどくものであったのである。『毎日新聞』による翻訳から引用すれば、まず鮮于氏は、この事件を暗闇のうちにあいまいに見過してしまえば、《社会は精神的な荒廃をまぬかれることはできないだろう》といっている。

《この点をもっとも警戒しなければならない。そのように見るとき、この事件を徹底的にあばかなければならないのは、友邦米国と日本の対韓感情とか対韓措置を配慮してというよりも、我我韓国民自身の人間的権威の回復と道徳的矜持の高揚のため何よりも貴重な作業であることをさとるべきであろう。》

この穏やかな、しかし強い決意にたった言葉にふれて、われわれはどうして次の事実に思いいたらずにいられるだろう。韓国の人びとの社会に精神的な荒廃をもたらし、かれらの人間的権威を揺がしめ、道徳的矜持を低迷させている力が、まず韓国の独裁政権であることは、歴史のおなじような場合から類推しないわけにゆかぬ。しかし、その力とあいたずさえるようにして、このような荒廃の勢いをなおもおしすすめ、固定化しているのは、ほかならぬわが日本ではないか？　金大中氏の民主主義的な生命の圧殺が、つたえられるように韓国ＣＩＡの独走によっておこなわれたとしても、それが韓国の人びとにあたえた精神の深みにおける影響を、このようにもあきらかに鮮于氏が指摘する時、日本および日本人は、どうして自分たちが韓国ＣＩＡの根源的な共犯であることを認めずにいられよう？

鮮于氏はかれの論説を、次のような、およそ常凡の新聞論説のスタイルでない美しい情動にみちた文章によって結んでいる。右にひいた部分につづいて、当局の断固とした決断をもとめたすぐ後に。《いま我が祖先たちが残してくれた山河には緑が茂り、五穀が実っている。空高く鳥はさえずり、子牛の鳴声が落ち着いて空間を分ける。車に乗って山野を縫うと村という村は活気に満ちている。いま新しい穀物でモチを作り、先祖の霊前にささげなければならないこの国民の胸にひたひたと押し寄せてくる不安は一体何だろうか。なぜ罪のない国民がこんなにも胸を締めつけられねばならないのか。神よ！　この国民に許しと祝福を。》

一国民のモラリティーの根源の危機について深く思いをいたしつつ、その国民の人間的・風土的歴史に光のありかをさぐろうとする。この発想の必然性を、柳田国男によって眼をひらかれているわれわれが、理解できぬであろうか。鮮于氏は、韓国の社会のモラリティーの全体性にかかわる危機を見きわめて胸を締めつけられているのであるが、そのようなかれの眼が、その風土と人びとにむけられているさまを想像する時、われわれには韓国の人びとの人間的権威・道徳的矜持のいかにも豊かな再生の希望が、すでに前ぶれのようにつたわっていないであろうか。僕には、やがて鮮于氏が生命をかけて憂えている人びとが新たな希望を回復して、新しい穀物でモチを作りはじめる時、およそ気狂いじみた発展と荒廃のアジアにおけるチャンピオン、日本および日本人の、荒涼のはての涙が、すなわちこれはもうどうしようもないというどんづまりの荒涼たる涙が、ついに流されているのではないかと惧れられてならない。あらためて考えてみるまでもなく鮮于氏の嘆くところのモラリティーの核心の腐蝕は、日本および日本人が韓国におしつけているところであるのみならず、ほかならぬ日本および日本人自身の頭上に揺るがしがたくみずから課して、しかもそれを憂えることすらもなくなっている今日の状況にほかならないではないか？

カンディード一九七三

オプティミスムとはいったいどんなものか？　という問いに、《「ああ！」とカンディードは答えた。「それは不幸な目にあってもすべては善だときちがいのようにいい張ることだ。」》（吉村正一郎訳）

善良なカンディードのあじわった不幸な目というものは、まことに並たいていのそれではなかった。カンディードをめぐる人びともみな、まことに恐しい不幸を経験した。《黒ん坊の海賊に幾度となく辱しめられたり、お尻の肉を切られたり、ブルガリアの兵士に笞で叩かれたり、宗教裁判で笞打たれたり絞首刑になったり、解剖されたり、ガレー船を漕いだり……》

結局、小さな農地を手にいれてそこで平安の時をすごすことになったカンディードに、かれのオプティミスムの師は、そのような苦難もすべてそれらがあったからこそ、現在のこのやすらぎがあるのだとなおも説得しようとする。《「いかにもおっしゃるとおりです。」とカンディードは答えた。「何はともあれ、わたしたちの畑を耕さねばなりません。」》

荒唐無稽の出来事の連続に深い人間の知恵をかされたこの寓話が、ヴォルテールの知的でユーモラスな想像力の産物であることはいうまでもない。しかしそれゆえにこそ、かえってまたここにおける想像力的なるものは、ヴォルテールの時代の習俗を、そして時代そのものを、深部において反映しているであろう。このフランス革命を準備した思想家の生きた日々を、モーロワは《さながら一つの狂気の時代であった》と要約しているということだ。

僕がカンディードのおそるべき苦難のことを、いまあらためて思い浮べるそのそもそもの契機は、金大中氏が拉致された事件を中心に『世界』に掲載されつづけてきた詳細な日録を読むうちめぐりあった、奇態な一行のなかにあった。僕は一瞬茫然としたものだ。そしてこういう奇妙な偶然は、それは偶然であればあるほど、われわれ自身の狂気の時代をあらわしていると思えるのだが、文学でいえばそれこそ『カンディード』の世界にあらわれるかもしれぬ性格のものだと、僕は暗いおかしさと悲痛の思いにこもごもとらえられながら考えた……

それは事件のこういう細部である。白昼、すでに韓国CIAのメムバーたちであったことがわれわれにもあきらかな暴漢どもに強制連行されつつ、金大中氏はたまたまエレベーターに乗りあわせた男女に救いをもとめた。それは事件の全体をつうじて、金大中氏が見出しえた唯一の救助の機会であった。しかしその男女は救助をもとめる声を聞き流して、なにひとつ具体的な行為に出ることなく、大都市の群衆のうちに消えてしまった。やがて捜査の網がたぐりよせたところによれば、じつはこの男女は男と女装したもうひとりの男の、二人組であった！　ひそかにホテルに出入する性倒錯者の二人組では、たちどころに警察へ駆けこむというわけにもゆくまい。そしてまことに悲痛にも、暴漢の手中におちた金大中氏がめぐりあった唯一の局外者、救助への窓口が、この二人組だったのである……

もし金大中氏がこの事実を知るにいたれば、かれもまことに暗澹たる笑いを笑うほかにないだろう。よりによってどうしてまた、自分が救助をもとめえた唯一の相手である二人組が、男と女装した男であるという悪運にみまわれたかと。おおいにかれはカンディードの出くわした信じがたい苦難を、その暗澹たる笑いのうちに反芻しているかもしれない。

あらためて一日本人として考えてみれば、カンディードを見まった奇怪な悲惨が、ヴォルテールの時代そのものをあらわしていたように、この男と女装した男の二人組も、ほかならぬわれわれの今日の日本人の習俗の核心を表現しているのである。白昼、ひとりの外国人政治家が拉致される都心のホテルは、また性倒錯者の二人組が、それこそ昼間からうろついているホテルであり、しかもそれは決して特別なホテルではないことに注目しなければなるまい。

金大中氏の救いをもとめる叫び声は、われわれ日本人および日本の今日の習俗の、そのような側面につきあたって、むなしくついえさるほかになかった。異様なのはわれわれの習俗であって、救助をもとめる金大中氏の叫び声ではない。

そこから一歩考えをすすめれば、当然にわれわれは次のことを認めざるをえないだろう。金大中氏は、かれの眼に正常な二人組としか見えぬ者たちに向けて救いをもとめたが、その二人組は、実は奇怪な歪みを体現している人びとであった。僕は一般に性倒錯者の自由をもまた認めるが、やはりそれは、おそらく歪まざるをえないゆえに歪んでいる人間の自由をもまた認めるということにほかならない。

さて金大中氏は、一応正常な民主主義社会にあってそこからかれの政治的主張をおこなっていたのだが、それがかれの信ずるところであったはずなのだが、実のところその民主主義社会とは、いかにも奇怪な歪みを体現している社会だったのである。金大中氏を誘拐したのは確かに韓国ＣＩＡであるとしても、しかしそのような暴行を可能とした歪みひずみの落し穴だらけの社会が、われわれの「民主主義社会」なのである。そこで僕は、あらためて金大中氏の笑うカンディードの暗澹たる笑いを想像するとして、結局その笑いは日本および日本人へ、その落し穴だらけの歪んだ社会へむけられる、もっとも暗澹たる憤怒にかさなってゆくものであろうことを、疑うわけにゆかないのである。

　現実にその落し穴におちて拉致されて行った金大中氏は、いまなおソウルで自由を拘束されたままである。その拘束状態のゆく手に死刑の可能性すらもあることは、すでにいくたびとなく具体的に指摘されている。あからさまにそこに見えているものを、そのまま示すやりかたで。そしてこの一民主主義者の東京での言論活動を支えるための、最低の足場をすらその落し穴におちこませてしまったわれわれの、歪んだ社会からは、なおかれにむけて最低の自由を回復するために有効な手だてひとつさし出されていない。

　そして、いうまでもなく自分自身の恥辱を味わいつつ書きつけるのであるが、僕には日本および日本人がいまなお金大中氏を、誘拐・拉致事件よりもとの状態にかえすことすらできぬことを、むしろ当然の話のように感じはじめている。なぜならば、金大中氏が逆回転フィルムにうつしだされる映像のようにして、完全にもとの状態にかえりえたとして、その外国の一民主主義者をとりかこむ日本および日本人の社会状況は、まさにもとの状態の歪みひずみと数しれぬ落し穴にみちているのである。そこでわれわれは金大中氏にたいして、いったいどのような挨拶をするつもりなのか？　御災難でした、大変でしたね、それではゆっくり静養されて、またあなたの信念にしたがって御活躍なすってください、とでもいうつもりなのか？　僕はそれに答える金大中氏の、それこそもっとも暗澹たる表情を想像する。

　問題の表層の荒あらしい動きは、確かに日本人がひきおこした力によるのではなかった。しかし問題の深い根は、そのまま日本の状況の歪みひずみに発している。その深い根を掘りおこす意志を中心にすえて、そしてはじめてわれわれは、金大中氏をもとの状態にもどしてそれからどうするか、ということを考えてゆく(すくなくとも考えてみるだけでも考えてみる)ことをしなければならないのだろう。しかしこの、それからどうするかという、自分自身への問いかけには、およそアジア全域の現在と未来についての、全体的な展望と態度決定の必要性が重くのしかかってくるのであることも認めるほかにないのである。

『カンディード』に再びつなげていえば、僕には韓国の民衆のモラリティーの根源の危機について切実に深く思いつつ、自分たちの民族の人間的・風土的歴史に光源のありかをさぐろうとした鮮于煇氏の論説の基調に、あのカンディードの最後の静かな決意の言葉にかようものを聞きとっていた。《何はともあれ、わたしたちの畑を耕さねばなりません。》金大中氏の政治的意見の基調にもまた、それはおなじく響いている声であっただろう。

そして日本および日本人は、韓国の民衆がかれらの畑を耕やそうとするその足もとへ、ブルドーザーを乗りいれて、そこへわれわれのすでに体験している荒廃の種子を大規模にばらまきつつあるのではないのか。あらためていまソウルに拘束されている、われわれの社会の歪みひずみから落し穴におちこんで拉致されて行った一民主主義者の言葉を思いだそう。《隣国でこれほど国民が苦しんでいることに、日本のみなさんが目を向けてモラル・サポートをしてほしい。一方韓国民が自己の運命を自己の自由によって決められるように、少くとも妨害だけはしないでほしい。国民をいじめる独裁政権とぐるになっていると韓国民から怨まれる事だけは日本はしてくれないでほしい。これが私と民主主義を願うすべての国民の日本に対する切実な要望である事を申し上げたいと思います。》それはわれわれが自分たちの時代の内蔵するすべての災厄のただなかに突きはなしている、今日のアジアのカンディードの言葉である。

カンディードを次つぎに襲う奇怪な悲惨というものが、僕につづいて思いおこさせるのは、また沖縄の土地とそこに生きる民衆のことであった。それはあまりに自然な連想で、ことごとしくいいたてるほどの話ではあるまい、という反応こそあれ、すでにそれを意外に思う人びとはいないだろう。

十月十八日附の『朝日新聞』は、自然環境保全審議会が、自然環境保全基本方針というものを首相に答申したことを報道していた。その要旨には、たとえば次のような言葉が見られた。《原生の自然地域、国を代表する傑出した自然景観、さらに学術上、文化上特に価値の高い自然物等は、厳正に保全を図る。国土の自然のバランスを維持する上で重要な役割を果たす自然地域、野生動物の生息地などは適正に保護を図るとともに必要に応じて復元、整備に努力する。農林水産業が営まれる地域は、自然のバランスの維持という面においても必要欠くべからざるものであり、その環境保全能力を評価し、健全な育成をはかる。……自然環境を破壊するおそれのある大規模な開発が行なわれる場合は、事業主体により必要に応じ、当該事業が自然環境に及ぼす影響の予測、代替案の比較などを含めた事前調査が行なわれ、それらが計画に反映され、住民の理解を得たうえで行なわれるよう努める。》

おなじ紙面にはまた海洋開発審議会の、わが国の海洋開発推進の基本的構想と方策という答申も紹介されていた。それは《今後の開発は、海洋環境の保全と一体になり、新しい人間環境の創造を目指すべきである。

単に科学技術の振興のみでは、本格的な海洋開発には十分対処しえなくなっている》という主旨に立つものということだ。

そしてこの朝刊は、沖縄海洋博があと五百日にせまっていることを、沖縄現地の状況の報告においてつたえる記事を、トップにすえているものであったのである。それもまた沖縄の、真にかれらの父祖の地である沖縄の歴史と、今日と未来をみつめている人びとには、おそらく暗澹たる笑いを笑わせるほかなかったのではないかと、心の冷える思いがする露骨なコントラストをなしているものであった。

いわゆる海洋博関連工事が本格化したのは、ついこの間の九月だという。僕はこの春、施政権「返還」後一年の沖縄に旅行して、会場予定地の本部《もとぶ》町を見に行った。沖縄の短い冬のなごりの豪雨と霧雨の交替するなかで、僕はそれこそ沖縄の代表的な自然景観というべきであろうソテツの群生する半島の尖端を眺めた。これもいったん破壊されては復元しようのない、よく育ったフクギの列も見た。わずかに陽が透けて視界が開けると、浅い珊瑚礁の海とその向うの濃緑の海、すなわちアクアポリス(海上未来都市)なるものが浮べられる海域と、穏やかな島の眺めがあった。そしてひとつの傘のなかの沖縄の友人の声、よく見ておいてください、すぐにもこの風景の全体が無くなりますから……

ここにいたる工事用道路は、ただの一箇月で完成したという。様ざまな展示館敷地をブルドーザーが走りまわり、海中ではアクアポリスの基礎工事がおこなわれているという。海ぞいの植物群落は根こそぎにされ、海は赤土に汚れた。報道者はいかにも端的にそのありようを要約している。《ギリギリの工事日程なので、環境保全は二のつぎ》、そして那覇の消費者物価指数が今年になって毎月東京をオーバーしたこと(!)、建設業者たちが海洋博関連工事一辺倒となっていること、人手不足に賃金高騰で離農者が増え、サトウキビ、パインという沖縄の基幹産業が危機にひんしていることをあわせつたえていた。

沖縄の歴史をいくらかでも学べば、様ざまの卓越した指導者たちが、また改革者たちが、それこそ蔡温から謝花昇にいたるまで、すべて沖縄の森林と農地を、もっとも主要な政治的課題として担った、担おうとした人びとであることに気がつかないわけにはゆかない。うりずん・若夏という言葉は、『おもろさうし』研究家たちの地道で深い努力はもとより、沖縄国体ともかかわって、いまや広く日本全体の言葉となったが、それらは農耕者たちが沖縄の土地をうるおす季節の雨を喜こぶ心のこもった、農耕民族としての沖縄の民衆の生活実感に立っている言葉である。そして沖縄戦で潰滅した沖縄の風土にとって、いかに自然環境の復元が、回復が、民衆一般をおおう熱望であったことか。

その沖縄で、《何はともあれ、わたしたちの畑を耕さねばなりません。》というカンディードの言葉は、すべての民衆の言葉であるだろう。沖縄戦の荒廃から立ちなおる努力にかさねられた、復帰運動のあらゆる動きが、そのままこの言葉によって表現される人間の行動であったと思われるほどだ。

そして施政権「返還」後たちまちにして、日本および日本人は、沖縄の民衆が具体的にも象徴的にも、この言葉を発しようのないところへ、かれらを追いつめているのである。沖縄のつねに復帰運動を支えつづけてきた、そして屋良革新県政の具体的な母胎であった、県労協をはじめとする革新団体が、海洋博をひらかざるをえず、そこへ向けて走りつづけることを余儀なくされている屋良県政と対立することになったのを、僕は当然の進み行きであろうと思う。しかしそれがそのまま屋良県政の、他の選択のありえぬ失政ということにはならぬと、わずかながら最初の主席公選に協力した者としての今につづく責任をあきらかにしながら、僕はいいたいのである。

　沖縄の県政が、ほとんど沖縄の自然環境・人間的条件を破壊しつくしかねぬところまでみずからを追いつめてしまうまで、根本的かつ具体的な方向づけの圧力を加えているのが、日本および日本人の総体であることが忘れられてはならぬから。それはすでにあからさまに差別的なほどの、強大な本土本位の圧力である。日本全体の展望としては、それがいかに遅まきにであれ、海洋をもふくめて自然環境を保全しなければならぬという答申が、それに耳をかたむけるかどうかは疑わしい人物であれ、ともかく首相にむけておこなわれている。そして、それと同時に沖縄では《ギリギリの工事日程なので、環境保全は二のつぎ》という、沖縄の歴史始って以来の大工事がおこなわれているのである。それがどうしてひとり屋良県政の責任のみに帰せられるべき事態であろうか？

　われわれはいかにも端的に、本土日本ではそのようなことがおこなわれることを許したくない事態を、沖縄におしつけ、われわれの社会の歪みひずみのもっとも大きい亀裂に、沖縄の土地と民衆を落しこんで、そして沖縄への想像力は麻痺させているのである。施政権「返還」以前と同様に、あるいはそれ以上に……

　ここでも、金大中氏をもとの状態に戻せば問題は一段落するという、われわれの考え方のパターンが思い出されねばならぬだろう。いうまでもなく、金大中氏には東京での自由な言論活動の権利が回復されねばならず、しかもそれをわれわれはなしえていない。しかしそれがついになしとげられえたとしても、われわれは金大中氏を落し穴におとしこんだ、日本および日本人の今日の奇怪な歪みひずみを、あらためてもとの状態として受けとめ、アジア全体の展望にたってそれをなんとか動かしてゆくことを始めるのでなければ、そもそもこの韓国の民主主義者とかれに代表される民衆の志を生かすことにはならないのである。そしてそれはまことに途方もなく大きく重い仕事にほかならぬ。

　沖縄についても、屋良県政が追いつめられ浮足だつようにして、そこへ突き進んでいる海洋博関連工事の、自然破壊、経済破壊、そして根柢的な農業の展望の破壊は、すなわち沖縄の風土と人間の破壊は、ひとり県の指導部がその流れに踏んばるようにして押しとどめうる規模のものではない。もちろん屋良県政は、この破壊の大洪水の勢いに、あたうかぎり抵抗しつつことを進めねばならぬだろう。沖縄の革新団体の屋良県政批判も、じつはそれと相乗効果を持つようにして進行するのでなければならぬのでもあろう。

　しかしいま沖縄でおこっていることどもの根本的な方向転換は、やはり日本および日本人がアジア全体の展望にたって根柢から生きなおすことを始めるという、もっとも大きく重い仕事をつうじてでなくてはなされえぬものなのである。それが原理において、反戦復帰・復帰粉粋を主張しつづけた、沖縄の若い知識人たちの思想につらなるものであることは、あらためていうまでもないであろう。いま沖縄にあって海洋博にむけて追いつめられ浮足だって走る者のおよそせっぱつまった暴走を、その土埃りをもろにかぶりながら見つめている、かれらのつねに原理を透視しようとする眼が、日本および日本人の総体の歪みひずみを見とおさぬということがありうるか？　かれらの眼を想像する時、新たに僕はカンディードの眼に向けてみちびかれるのである。

ことごとしくいいたてるまでもなく、かれら沖縄の若い知識人たちは、少年時から沖縄戦の悲惨を経験した。かれらの青春は永い米軍政下の期間にすっぽりくるみこまれていた。早くからかれらの参加した、沖縄の施政権を沖縄人の手にという運動は地道に執拗に続けられたが、結局かれらの運動エネルギーがつくり出した水位は、日本国政府の施政権「返還」協定のうちにのみこまれた。その国会における「強行採決」の光景を、もっとも苦い心で見まもったのは、ほかならぬかれらだったろう。しだいに鮮明にかれらの態度をあらわすことになった沖縄解放・反戦復帰という呼びかけの言葉にむけて、現実に日本および日本人が投げかえすように押しこんできたのは、なお移動することのない米軍基地に加えて、日本の、自衛隊という軍隊の進駐であった。そしていま海洋博へ向けての国と県の狂奔が、かれらの周囲をざわつかせている。

かれらは近代史における日本においておそらくもっとも苛酷な状況を、様ざまな方向づけの裏切りに繰りかえし出会いながら、しかもきわめて永く経験しなければならなかった。そして海洋博がもたらすであろう気狂いじみた昂揚の去った後、その全体をつうじて破壊されつづけた沖縄の土地と人間を、未来に向けて担って行かねばならないのは、いかにも直截にかれらである。しかし僕はかれらが経験した困難、重荷、しばしば悲惨とさえ呼ばねばならぬそれらの総量を、カンディードの奇怪な辛苦になぞらえて、かれらのうちにカンディード的なるものを見出すのみなのではない。

カンディードの経験が根柢においてヴォルテールの時代の狂気を反映していたのとくらべて、むしろより以上に直接的に、いま沖縄の若い知識人たちのかこみこまれている状況の暗さ、厄介さは、日本および日本人の今日の時代の、歪みひずみの突出部というべきものである。しかも僕はかれらが、やはり幾多の経験によって、単に無邪気、真率、天真爛漫なのみの若者ではなくなった、したたかなカンディードの穏やかな決意をこめて発する、あの最後の言葉を、いま沖縄の状況のただなかで、それぞれにかれらひとりひとりの志をこめて発しているように思うのだ。《何はともあれ、わたしたちの畑を耕さねばなりません。》僕はかれらがやがて現在の沈黙のうちに耕したかれらの畑を、はっきり呈示する日のくることを疑わぬ。その時どうして日本および日本人に、もとの状態のままの安住がアジア規模で可能だろう？

さて、われわれ自身は一九七三年に、どのようなわれわれの畑を耕したのであったか？　終末論の流行、滅亡の歌の大合唱は、まさに奇怪な苦難の連続のうちにある今日的カンディードたちの集団が、マス・コミュニケイションをおおったかのようだった。現に日本および日本人にとどまらず、世界および人類の終末・滅亡を現実的に黙示するような契機は数かずあった。それは一九七四、一九七五年とますます明瞭なものとして、われわれの眼にうつることとなるだろう。しかし奇妙なことに、その終末論の流行が、金大中氏を落し穴におとしこんだわれわれの社会の歪みひずみにくいいって、アジア規模での、それも日本および日本人を渦巻きの中心におく終末図を描くということはなかった。沖縄において轟々と進行する自然環境破壊、人間的条件の破壊の兆候を前面にすえて、日本をかこむアジア全体の滅亡を展望するものもなかった。そして結局、僕はあれらすべての終末論の流行、滅亡の歌の大合唱に、苦難を生きぬいたカンディードの穏やかな決意の言葉を聞くことはなかったように思うのである。

むしろ僕は、自衛隊の戦車数十台をおしたての示威行進をむかえようとする広島で、およそ終末論の流行や、滅亡の歌の大合唱の響きとは異質の生き方をかさねてきた二人の人間の、現在のありようそのものにそれを聞きとったのであった。みずからも被爆しつつ戦後のすべての時を、すなわち人類の原爆医療史の全体をになうようにして生きてきた一医学者は、病院内外の激務に耐えつつ、いまや老齢化した被爆者たちを中心に、老人福祉へのひろがりにみちた実践を着実にかさねているのであり、また被爆三世への非科学的な差別をよせつけぬ周到な配慮と注視を、未来にむけて持ちつづけている。

また「核権力」を告発する作業を、思想の深みにまで掘りひろげつつ現場の仕事をつづけてきた一ジャーナリストは、苦痛にみちた病床にありながら、過去から現在につづく原爆難民を、現在から未来に伸びてゆかざるをえぬ公害難民にかさねて、積極的に日本人の原点としてとらえなおそうと、「難民諸相の綜合研究」を主張してやまぬのである。それは原爆報道の現場で持続的な日々の努力をかさねてきたジャーナリストの思想的眼くばりが、つねに原爆体験をめぐりつづけながら、いまのところはなお核爆弾の被害をこうむっていないすべての人類の未来へもまた、もっとも遠くを見る視力によって向っていることを示している。僕はかれらの人間的全体性そのものから聞きとらずにいられぬカンディードの最後の言葉を、もういちど銘記して、さて自分自身は？と問いつづけようと思う。《何はともあれ、わたしたちの畑を耕さねばなりません。》

想像力的日本人

彗星の尾は想像しうるかぎりもっとも稀薄なガスだということであるけれども、たとえそのように稀薄なガスであるとわかっていても、地球があのうっすらと光る厖大なもののなかに入りこみ、そこを通過せざるをえないということを知らされると、われわれに動揺はおこるだろう。われわれの想像力は、おおいにときはなたれるだろう。さて、ハレー彗星の尾をわれわれの地球は通過し、そして人類は、世界が終末をむかえなかったことをいかにも具体的に認識した。それでは、あのあきらかに非科学的な動揺によって喚起された、数知れぬ人間の様ざまなかたちの想像力の発揮は、つまらぬ空騒ぎにすぎなかったのか？　あれは、夢のまた夢だったと、平穏な朝の光のなかで恥かしい思いをするだけのことなのか？

それはおおいにそうであるにちがいない。しかしそれのみではない。われわれはハレー彗星の凶々しい光芒が照しだした、人類のそれぞれの小さな頭の数しれぬ暗闇のうちに、決して彗星通過後も意味をうしなわぬ、いわば普遍的な人間の知恵を見出すこともできるのであるにちがいない。

僕は『暗夜行路』において志賀直哉が表現している、世界・地球の終末にあらがう人間の力について書いたことがあるが、ある科学者の教示にふれてあらためて思いかえせば、時任謙作の息苦しい青春にかさねられるべき志賀直哉の青春は、実際に接近するハレー彗星の長い尾を頭上にいただくようにしてあったのである。おそらく青年志賀直哉の、世界・地球の終末についての明晰な想像力の発揮は、おおいにハレー彗星の出現に触発されてのことであっただろう。しかしハレー彗星が過ぎ去っても、われわれがいま、また今後永く、『暗夜行路』のうちに読みとりつづける人間の運命についての省察は、力強く残っている。

　想像力とは、時にはいかがわしくさえある、奇妙な、なかなかその全体像をおさえきれぬ力である。生きている人間がそのようなものであるのと同様に。そして、現実の状況のなかに生きている人間の想像力という、根柢的なかたちにおいてとらえるのでなければ、想像力などといっても、それこそつまらぬ空騒ぎ、夢のまた夢にすぎない。実際に、われわれの想像力は現実の状況に縛られつつ、それに触発されることによってのみ、単なる気狂いじみた妄想とはちがう、切実な根をもちうるのである。そして、これがそのように現実にからみとられている人間の、想像力の特質としてもっとも重要なことなのであろうが、このようにして想像力を働かせつつ、われわれはまた現実の状況をこえて、人類の普遍的なものにいたるのである。

　志賀直哉が、かれの長篇小説の主人公の、青春の頭上におおいかぶさっているハレー彗星の影響をはらいのけえないまま、むしろ進んでそれとともに想像力を展開せざるをえず、しかもそうすることによって、現に一九七〇年代のわれわれにも切実な共感をそそる、人類・世界の終末への人間的対応のしかたをきざみだしているのは、ともに啓示的だ。それは文学に関わる者の、想像力的な現実の状況への対しかたということにおいて、また文学に関わる者がはたしてかれの時代を真にこえることができるのかということにおいて、豊かに啓示的である。

　いうまでもなく志賀直哉の仕事を特徴づけているのは、その想像力のストイシズムであった。かれの想像力のストイシズムが、ハレー彗星によって揺りたてられた者たちの、数しれぬ想像力の結果のうちから、その『暗夜行路』をほかに比較しえるものが思いつきえぬほどに屹立させているのである。

　想像力という言葉はつねに様ざまな、決して不確かとしりぞけることのできぬ、しかし結局は想像力の核心を射ていない疑いの声をひきおこす。想像力？　それは現実の科学的な認識とは別の、それに加えての、ある人間の精神の働らきなのだ、というような受けいれかたも、とくに想像力について好意的な科学者に見出されることがある。科学的な認識、それは肝要だ、しかしそれのみではならぬ、想像力がそこに上のせされなければならぬ、というふうに。

　そのような想像力について寛大な受けいれかたをするタイプの科学者が、すべて実は想像力について本気で考えていないのだ、とはいうことができない。しかししばしば、このようなタイプの考え方の持主たちにおいては、想像力に対して大きい自由をあたえる者らほど、より多く、想像力を本気で相手にしてはいない。子供の無邪気な遊びに寛大であればあるほど、実際には、その子供のやることを本気で問題にはしていない、という場合がしばしばであるように……

　しかし想像力は、じつはストイックなほどにも現実の内奥に根をおろし、現実に縛られ、また究極において現実にむかうものでなければならぬのである。科学的な認識ということにつきあわせていえば、想像力はそのうちにくいこんでいなければならぬし、想像力的な現実認識の展開は、つねに科学的な認識によって裏うちされつづけなければならないのである。

　すなわち、想像力的な世界が、神秘主義《ミスティシズム》の霧にくもらされるようであってはならない。科学的な世界にしのびいる神秘主義の霧は、ほうっておいてもやがては消滅するが、もし想像力的な世界がその毒におかされると、霧もろとも想像力的な世界の全体まで潰滅してしまうだろう。志賀直哉がやったことは、ハレー彗星の接近に動揺する現実に(それはきわめて明快に、現実の状況である)深く根ざしながら、そこに喚起された想像力の世界を、ストイックに神秘主義の霧をはらいのけつづけつつ、強靭に追求する仕事であった。そこに達成された認識は、ハレー彗星の尾の稀薄なガスのなかの地球の状況をくるみこみつつ、それをこえて、今日のわれわれの状況に対して有効であり、未来にむけて有効でありつづける人類の知恵の一環をかたちづくった。ハレー彗星の尾のガスによる人類・世界の終末? お笑い種だ、といってみても、ここに達成された想像力的認識を軸とする世界は、揺らぐことがない。想像力とは、そのように現実の状況とあい関わる(状況に根ざし、状況をこえる)人間の精神の機能である。

僕は《状況へ》という全体的な動機づけにたって、これらの文章を書きつづけてきた。それはいうまでもなく、僕が状況の外にあってそこから状況にむかってなにごとかを語る、ということではなかった。この核時代にあって誰が状況の外にいることができるだろう。それでは、なぜ状況によって骨まで縛られながら、あるいは状況のぬかるみに膝まで没しながら、しかも状況の遠い展望に眼を向けることもできぬものが、状況へ、というのか?

そのようにいう僕にとって根本的な梃子の役割を果たしているのが、想像力の機能にほかならない。われわれは状況のなかに生きている。しかもその状況の中心に一箇の人間である自分を置いて、あらたに状況をひきうける。主体的に状況をとらえなおす。その行為の動力源となるものこそが、想像力にほかならない。想像力によって状況を把握する態度そのものを、僕は状況への人間の真のありかたとみなすのである。そのようにして、あらためて一箇の人間としてどう生きるかという意志を決定することを、状況への唯一の対処のしかたとみなすのである。

　核時代、核兵器の破滅的な威力のもとに、すべての人類がさらされている時代という、われわれの今日に生きる根柢的な認識も、いうまでもなく核兵器・核戦略体制への科学的な認識が欠落しては問題外だが、核兵器のボタンをとりかこむ権力の外にいる数知れぬ民衆のひとりひとりにとっては、よく核時代を主体的に自分のうちにとりこんでこの状況を把握するには、想像力が必要である。われわれは想像力と科学的な認識のふたつの軸のあいかさなる原点に立って、核時代の世界の光景を見渡す。その時われわれは、積極的に核時代にあい関っているのである。あらゆる核権力の外にありながら。

　単なる恐怖心は、想像力にうらうちされた情動（たとえば核爆弾のひきおこした人間的悲惨への憤り）に似てはいるが、それらは根本においてことなったものだ。なぜなら、恐怖心とは受動的なものだから。それに対して、想像力とはもともと能動的なものである。

　核兵器の威力に対する民衆の恐怖心は、核権力による地球（のすくなくとも二分の一、あるいは三分の一）の統治のための基盤だった。それはいまもそのままである。恐怖心は、核権力の側の演出によってどのようにでも操作でき、ほとんど無限まで増大させることができる。民衆はただ、恐怖心に受身におしひしがれて、揺れに揺れるだけの存在であることがもとめられる。そこに自発する、民衆自身がこの恐怖心の大いなる淵から身をおこすための動きは、核権力によって期待されない。むしろ忌避されさえする。そして、恐怖心の巨大なかたまりにうちひしがれる民衆の頭上に、核権力はにせの救済と新たな恐怖の根源を、もったいぶってさしむけてくる。敵陣営より、なお巨きくなお凶々しい核兵器というものを。

恐怖心は、とくに科学的な認識による裏うちを必要としない。むしろ科学的なテクニカル・タームの断片によって反・科学的に刺激されることで、もっと恐怖心は増大するものですらあるだろう。たとえば、ソヴィエトが百メガトンの水爆を開発した時、広島型の原爆の五千倍の爆弾がこの世界に出現した、とあおりたてられた恐怖心は、じつは科学的でなかった。そして核権力は、敵陣営の核兵器の威力によって自分の陣営の民衆が恐怖心に浮足立ち、かれらのカウンター・ヴァイオレンス（！）としての核兵器の増強に闇雲の賛同の叫び声をあげるあいだは、あえて民衆規模の誤解をとこうとはしなかった。

そして民衆の恐怖心の声が、核兵器そのものへの絶対的な否定にむかい始めると、やはり赤子の手をねじるように、科学的な大ダンビラをふりかざしたのである。ＴＮＴ火薬換算量の倍率は、その核爆弾の科学的破壊力をかならずしもあらわさない。実戦破壊力はなおそれを下廻るのだと。単に受身の恐怖心のみによって動かされてきた民衆には、その科学的なスピーチに反論することができない。かれらは沈黙して、核時代の構造そのものを受けいれる。あたかも、広島型の規模の原爆など、ありふれた砲弾くらいのものではないかと納得した具合に……

核時代の擁護者たちが様ざまな場所でもちいる、高飛車な説得法は、おおかれすくなかれ右の原理の変奏である。かれらは恐怖心にかられている民衆に嚇かしをかける。核エネルギーの開発なしで、人類がどのようにして生き延びてゆくことができるかね？　あと五十年たらずで地球上の人口は二倍になるんだぜ。より巨大な恐怖心の新しいとりことなりつつ、民衆は眼の前の核発電所による放射能汚染や、周辺の海の温度上昇について、まっすぐ見つめつづける気力をうしなう。そしていかに多く核権力とそのまわりに疑似科学的な宣伝用語がうずまいていることだろう。そしてそれがいかに広範囲の祖述者たちを生みだしてもいることだろう。

　もう幾年も前のことだ。僕はたまたま新幹線の揺れに揺れるビュッフェで、未来学の啓蒙家のひとりに出くわしたことがある。かれは万国博の協力者として忙がしい日程のうちにあるのであったが、核時代の迷える仔羊《ストレイ・シープ》たる僕を見つけると、核エネルギーの開発の視点からみた核アレルギーの愚かしさについて攻撃した。もっとも会議に会議を積みかさねる日々をおくって政府に協力している現実派らしくにこやかに。日本人は絶対に核エネルギーを受けいれねばならぬ。なぜなら日本列島の経済はこのように膨張し、資源は涸渇している。むしろ日本には資源はまったくないといっていいほどだ。具体的にはどれほどの年限を、あなたはその経済成長と資源の行きづまり状態までにおくのかという、僕の憐れな羊の問いに、電光石火、答えは戻ってきた。一九八五年。そして疑似科学的啓蒙家は揺れる電車をものともせず、カードに計算のようなものまで始めた。しかしいっこうに期待された数字の地獄図はあらわれてこないのである。現在がこういう概略の数値だとして、一九八五年はドカン、大爆発にきまっていて、かれは鈍感にもキノコ雲まで描いたが、その中間の数字の梯子はいっこうに埋まらない。初歩的な説明は厄介だけれども、一九八五年はドカンだ、専門家たちはみなそういっているよ、といって計算をやめた啓蒙家が、じつは高校初年級の数学の知識も不確実であることを、それまでに僕は見ぬかざるをえなかったのである。

――しかし核エネルギー、太陽エネルギー、そして海洋の厖大な動きをひとまとめにしうるような構想で、人類は生き延びるよ、というようなことを、それでも未来学の宣伝家は優しげにいったものだ、しめくくりとして。もし日本人が非科学的な核エネルギーへの恐怖、核アレルギーをもちつづけていたら、われわれは世界の孤児になるぜ。

恐怖心が受身の情動であるのに反して、想像力に根ざした人間の自己表現は、本質的に能動的である。それはこの冬また(と僕は日本人一般のひとりとしての恥の思いなしに書きつけるのではないが)夜を徹しての坐り込みまでもふくめて、被爆者たちがおこなった被爆者援護法の制定への運動にも明瞭にあらわれている。被爆者たちはすでに中・高年層に達した人間として、かれらの健康と生活をまもるための援護を、国に対して正当にも要求するのであるが、かれらはその要求にかさねて国家に根柢的なものとしての平和への意志を確認させようとして、この運動をつづけているのである。

いったん原爆のもたらす人間的悲惨を体験して、辛《から》くも生き延びえたこれらの被爆者たちは、われわれの時代において核兵器を恐怖するもっとも現実的・科学的な確証をにぎっている人びとである。しかも、かれらは恐怖心によって受身に揺らいでいる人びとではない。かれらは能動的に、自分の健康と生活をまもるための闘いを、国家にたいしていどみながら、その展望をさしつらぬく軸として、国家の平和への意志ということをおいている。かれらの核時代への想像力が、かれら自身の健康と生活と国家の平和への意志とを、ひとつの有機的なかたまりとしてかれらに把握せしめているのである。それゆえにこそ、かれらは被爆者援護法への運動を持続する。一歩踏み出す。

　終末の歌、破滅論ブームのなかの日本人たちは、もしかれらが本当に終末について考え、破滅を見すえるのであるならば、当然に具体的な課題の最大のものでなければならぬ核兵器の問題について、一般に冷淡であった。いわんや、被爆者たちのかれら自身と、われわれすべてのための運動である、被爆者援護法への運動に対する関心が、広いものであるとは思えない。

　しかし、環境汚染への民衆の自己回復運動が、個人と個人の集りをまもるために国家へ要求をつきつけ、しかもその要求が、人類そのものの生き延びる未来への展望とかさなるべきものであるとすれば、被爆者援護法への運動とは、まさにその原型にほかならないのである。しかも被爆者たちの具体的な運動にあらわれている想像力は、核時代の環境汚染の状況を生き延びてゆく人類の、今日から未来にかけての想像力の、具体的な原型ではないであろうか？

　僕がこのひとつながりの文章を書きつづけてきた一年間、終末の歌は鳴りひびき、破滅論ブームと呼ばれるものがあった。新しいハレー彗星の尾のなかへ、われわれの地球が突入して行くかのようだった。そしていま一九七四年の言葉の世界をうらなうと、終末の歌、破滅論ブームは色褪せてゆく気配があきらかだ。現実世界をみたしている具体的な危機の兆候が打開されたとは誰も信じていないのに。いったい一九七三年の終末の歌、破滅論ブームの、厖大な量の言葉はなんのために浪費されたのか？

　ある雑誌の終末論特集のアンケートで、この破滅的状況を生き延びる心得といった設問があり、多くの人びとが食糧品の買いだめをまともに答えていたのが、奇怪な眺めとして印象に残っている。世界の終りの近づくさなかで、隣りの家庭にかくしてひそかに食う罐詰。それが終末的な状況への想像力の発揮ということだったろうか。しかし破滅論ブームの遺した現実的有効性(?)のある教訓として、いまや様ざまな場所のスーパー・マーケットで買いだめのための奪い合いがおこっていると新聞は報じている。クリスマスめあてのデパートの華麗な広告における、およそ過剰な物資の氾濫とスーパー・マーケットの白兵戦の記事の異様なコントラストは、端的に今日のわれわれの現実生活を表現するだろう。

いうまでもなく一九七三年の終末の歌、破滅論ブームの担い手たちは、いわば悔悛した未来学派たちをもふくめて、スーパー・マーケットに殺到する群衆のなかにはいないだろう。かれらは新しい歌、別種のブームへの下準備に余念ないだろう。あるいは受身の恐怖心によってその方向へと吸いよせられているだろう。そして僕はかれらがそれぞれに多様な動きを鳴物入りで起すとして、その全体の眺めを予想する器量をもたぬが、すくなくともそのひとつに神秘主義的なものの流行があるであろうことを考えぬわけにゆかないのである。そしてそれはいうまでもなく、一九七四年の展望をいささかなりと明るくするものではない。

文学は決して民衆の(知識人もすべてふくみこんで、すなわち核時代の核権力から疎外されているところの人間みなをふくみこんで)現実に対する態度を、全面的に照しだすものではない。しかし文学にむけての若い世代の反応に、きたるべき状況とそれへの対しかたについての、風見鶏の役割をするところのものがあることは、おおかたの人間が否定しないだろう。そしてこの数年、わが国の若い世代を神秘主義的な文学、あるいはただ神秘主義的な気分がひきつけつつあることは、明瞭に観察されるのである。神秘主義的なもののみを立脚点とし、それをめざしている文学の、なんとなく厳粛な流行は始っている。決して神秘主義の薄明のうちに行きついてしまってはならぬ思想家たちの、臆面なく神秘主義的な解釈が、これまた根強い人気を博している。

　神秘主義的なもの、それはいったんその気になれば、それこそあらゆる道がそこにつうじているところの、行きどまりである。学生運動あるいは大学改革の実践から、そこへ向ってゆくことができる。科学的な追求の現場から、そこへむかってそれてゆくことができる。まだ現実世界へなんらかのかたちで参加することをいっさいしないでいるままに、一足跳びに神秘主義にはいりこんで、すべての現実的なものを軽蔑することも容易である……

　神秘主義的なものの流行は、単にわが国のみにとどまるのではない模様だった。科学の広範囲な啓蒙家アイザック・アシモフは(僕はかれの核兵器についての奥歯にもののはさまったもののいいかたに疑いをいだきつづけているが、しかしいかに多くのことをかれから学んだことだろう。彗星の尾についての知識をはじめ科学的なるものへの初年級生徒として)、アメリカに現在五千人の占星術師がおり、信者が大学生のあいだでの大きい流行をふくめて一千万を越すとつたえている。(『わが惑星、そは汝のもの』山高昭訳)

　《我々は不安の時代に生きている。なるほど、どの時代にも不安はあった(と、ここで、どこかの柔和な学者先生が口をはさむのは、間違いのないところだが)。だが、我々の時代ほどに不安に満ちている時期は、かつてなかったのである。一つ間違えばわずか半時間の核戦争の狂気の中で世界が吹っとぶ可能性を認識するという無上の喜びが、いつの時代にあったろうか？　半世紀のうちに人口過剰か汚染過剰かのどちらか(しかも、どちらが勝を制するかは誰にも確言できないのだ)によって混乱と破壊がもたらされるという楽しい選択をまかされるようなことが、いつの時代にあったろうか？

　しかもなお、この崩壊に瀕した我々の社会にあって、科学はうまい解決を何ら持ちあわせていないのである。科学はただ、手続きのためのプログラム、すなわち設問を発し、その答が妥当か否かを吟味するための方式を持つだけであり、しかもその答が妥当でないと証明されることは、十中八九間違いないのである。これに対する神秘主義のさまざまな体系があり、声高に、明確に、自信をもって解答を与えている。なるほど、それは間違った解答だ。でも、いいじゃないか？》

　僕が神秘主義に反対するのは、そしてあらためてそれに反対することをあきらかにしつづけるのを必要だとみなすのは、神秘主義が表面的にはいかにも想像力の自由な解放によってなりたっているように見えながら、じつはおよそ想像力の現実に関わる人間的な意味と反対のものであるからである。すでにのべたように状況のうちに生きる人間の想像力は、能動的に現実のうちにくいいっているものでなければならない。現実の状況のただなかにあって、人間に、そのようにあるかれ自身の世界に対する、未来に対する位置と運動の方向を、全人間的に把握させるものでなければならない。想像力は現実をついには改革する力であるが、それゆえにこそ現実に発し、現実にむかっている。この現実のなかに生きている人間として、根本的かつ綜合的に、現実にどのように責任をとるか？　それこそを想像力の役割といってすらいいであろう。想像力を持たぬ人間が、現実に対してどのようであるかと、裏側から問題を見きわめればことは明快である。

　さて神秘主義的なものとは、その現実への想像力のダイナミックな接点にはさみこまれる絶縁体にほかならない。神秘主義の薄明にサナギのように閉じこもった人間は、かれの疑似想像力を、すなわち単なる夢想、夢のまた夢を、現実の磁場からすっかり絶縁されたところで自己回転させることができる。しかしかれはいつまでも、現実にわずかな改変をひきおこすこともないし、かれ自身をつくりかえることもない。その無風状態が、じつはかれの充足感の唯一の根拠なのである。

　神秘主義的なものの薄明のなかのサナギは、想像力をすっかり退化させてしまうことによって、この宇宙、世界、アジアのなかの日本、日本人とはなにか、というかたちの、もっとも息苦しい自己把握を繰りかえす労役から免除される。核時代？　そんなものが「宝瓶宮《アクアリウス》の時代」の壮大さにくらべられる魅惑を持つか？　環境破壊？　よしわたくしはこの一本の草花をあがめて、それを超えてみよう。そのようなことをいうにきまっている神秘主義的なものの信者たちが、どうして核時代の巨大基地沖縄に進行する自然破壊と、アジア的な規模の人間環境の汚染について、それを人間としての自分の根柢の課題と把握しえるだろう？　終末の歌、滅亡論ブームのもっとも声高な担い手たちの信奉者が、この神秘主義的なものの薄明のうちになだれこむことはおおいにありえるが、それはすでにくだくだしくいうまでもなく、現実の世界にむけて人間としての全体的な責任をとりながらむかってゆく想像力とは、両者ともに無関係だからである。

　さて神秘主義の薄明のうちの厖大な数のサナギたちの頭上へ、やがてわれわれ日本人固有の機械じかけの神《デウス・エクス・マキナ》がしずしずとあらわれる。サナギからかえった、想像力の欠落している神秘主義の精鋭たちは、かれの頭上からの神託によってどのようにも猛だけしくなりうるだろう。われわれの同胞たちがそのようにしてアジア侵略に狂奔したのは、決して遠い昔のことではなかった。どのようにして想像力的日本人が、この津波のような勢いに抵抗するか？　はたして想像力的日本人と呼びうる者たちはどれほどの規模で実在するのか？　僕がいま状況のうちにあって、状況へ向けて考えつづけることはすべて、そこを基軸としてわずかずつ進むよりほかにないと自覚される。最初の文章に引いた一原爆被爆者、そして穏やかであるが強靱な祈念者たる自殺した作家の言葉をあらためてひけば、《破滅か、救済か、何とも知れない未来にむかって……》

〔一九七三―七四年〕

III

にせの言葉を拒否する

「現実を直視する」「現実を直視せよ」というにせの言葉。いわゆるインドシナ以後、この九月の日韓閣僚会議にむけて、わが国の政治的情報のあらゆる局面に、この政府権力およびそれにつれそって立つ者らに操作された、このにせの言葉がおし出された。戦後にかぎっても、政治的転換点のたびごとに、にせの言葉の、権力の側からの意識的な操作があり、そのにせの言葉は民衆におしつけられ、あるいは進んで受けいれさせられた。言霊のさきはふ国、にせの言霊のさきはふ国。

しかも今度のにせの言葉は、日本人にアメリカの核戦略を積極的に受けいれさせ、米・日・韓ぐるみ朝鮮半島での核戦争に、決して否定的な態度をとらぬ、むしろそれをおしすすめ、現実化しない間はそれを期待しつづける、という生き方にむけて、決定的な転換をおこなわしめるものであった。にせの言葉による地ならしの猛然たる進行とあいまって、三木―フォード会談がおこなわれ、シュレジンジャーの訪韓・訪日があり、二年前の金大中氏誘拐拉致の事件に、その誘拐拉致犯の側に立って「政治結着」をつけた上での、そして十年前の日韓条約「強行採決」にはじまったことをすでに引きかえし不能な勢いに固定する、七五年九月の日韓閣僚会議がおこなわれた。そこでわれわれがいまそのなかにがんじがらめに縛られている現実とは、三木―フォード会談のあと繰りかえし確認されつづけた「新韓国条項」をわれわれの側から読みとってみれば、端的にそれは次のようであるだろう。

朴ファシズム政権のテコ入れが日本を含む東アジアにおける平和と安全のために必要である。そこで朝鮮半島において積極的に使う意志のもとに配備されている米核兵器を前におしたて、米日韓が軍事的・経済的に一体化する。すでにそれは現実となった。「現実を直視せよ。」

まず、「現実を直視する・直視せよ」というにせの言葉の構造についてあきらかにしておこう。現実を直視する、現実から眼をそらさずまっすぐ見つめる。固定観念、願望にひきずられることなく、自由に解放された眼で現実を見る。しかしにせの言葉としての「現実を直視する・直視せよ」は、右のような内容を持つ言葉ではなかった。

権力が、またすすんでその側に立つ者が、民衆に命令し、勧告する言葉として、このにせの言葉は用いられる。それは脅迫の言葉でもある。あらかじめ自分の意見の押しつけへの、抵抗または反論をおさえこむ意図で、話者自身をふくめてすべての者が「現実を直視する・直視せよ」とにせの言葉を発しておくというやり方もある。文例をあげよう。佐藤・ニクソン共同声明の韓国条項を確認したのか、という問いに対して。

（三木―フォード会談後の、三木首相記者会見）

《再確認ということではない。現実を直視したのだ。朝鮮半島の安定に影響を与えることは日本にも影響を与える。目を見開いて朝鮮半島をみたとき、韓国は朝鮮半島から切り離されていない。この現実をみたら、あの共同発表になる。ナショナル・プレス・クラブでも質問が出たが、日本と韓国の地理的条件を知っているかと私は反問した。釜山と対馬は三十カイリしかない。見えるのだ。そんなところに戦争がおこって、大きな影響がないといえるか。素直に朝鮮半島をみたと

き、共同新聞声明の内容になる。》

韓国の政治構造をどう見るか、朝鮮半島全体の政治的状況、未来への展望をどう把握するかによって、いくつもの選択肢がありうることを無視して、いったい朝鮮半島のどこを、どのような人間を目を見開いて見ているのかと疑いの声がおこりうることをも無視して、このようにおおざっぱな論理が、一応は記者たちの追及をまぬかれてまかりとおるのも、あらかじめ「現実を直視する・直視せよ」というにせの言葉が通用している政治風土に、記者たちが慣れしたしんでいるからにちがいない。

このにせの言葉は実際上次のように使用される。ひとつの現実がある。民衆にその現実の政治的状況を認めさせ、受けいれさせる。その現状をつくりかえてゆく、他の可能性がありうるのではないかと疑う、そうしたことを一切許さない。その現状がつづくことによって、もっとも被害をこうむるのが民衆であることはわかりきっているが、決してその現状よりほかの現実を構想する、あるいは単に夢みることすら許容しない。その現状を認めよ、引きうけよ、しかも権力の望む方向性のままに、それを受けいれよ。「現実を直視する・直視せよ。」

われわれには、こんな選択より他にこの現実の生き方があるのじゃないか？という問いが唇を離れるか離れぬかにおっかぶせられるにせの言葉、「現実を直視する・直視せよ。」すなわちそれは、現実をかれらがわれわれに求めるような見方でよりほかには見るな、ということである。現実を根源にまではいりこむようにして見るな、と一般化してもよいであろう。現実について、それをあたえられたイメージのまま受け身でうけとるのでなく、あたえられたイメージを造りかえ、自分独自の現実へのイメージを構想する。それが想像力の働きだということを考えるならば、民衆の想像力を(それを政治的想像力と単一化する必要はあるまい)押しつぶすものとして、このにせの言葉が繰り出される。「現実を直視する・直視せよ。」

　想像力？　絵空事、夢の話か、という反撥には、僕はその反撥のあらわれかた自体が、想像力についての曲解にもとづくとしばしばのべてきたが、ここでは一応その反撥を受けいれて、次のようにいおう。はっきり醒めた意識、知覚、科学的観察と論理によって、あなたがわれわれをとりこんでいる現実世界について能動的にひとつの意見をつくる。それに対してたちまちこのにせの言葉が、居丈高におっかぶせてくるだろう。個人の偏向した意見にみずからの眼を閉じてしまうな、「現実を直視する・直視せよ。」あなたが自分の眼で現実を見つめることを止め、屈服してしまうまでこの声は響きつづけるにちがいない。

　いわゆるインドシナ以後の東アジアにおいて、「現実を直視する・直視せよ」という声がわれわれに押しつけてくる「現実」は、フォード―シュレジンジャー、三木―宮沢の権力の体系に関するかぎり、いわば国際的合意をへた、単一な様相をそなえているように見える。かれらの「現実」にかかわる前提にたてば、ヴィエトナム戦争の終結から第八回日韓定期閣僚会議にいたる論理的なつながりかたは、およそあいまいさをふくみこまぬ確実なものだった。その前提、その論理的つながりの照明をあてると、「北の脅威」を強調しつづけることによって戦時体制をとり反・民主主義的な国内弾圧をつみかさねて、その「敵」に対峙しつづけてきた朴ファシズム政権が、歴史的に予見をつらぬいてきた存在に輝いてくるから、奇態なものだ。しかしこの正真正銘の奇態さにぶつかってしまえば、そこにいたる論理のつながりを逆のぼって、そもそもの前提を疑うほかにないことも、またあきらかであるにちがいない。フォードーシュレジンジャー、三木—宮沢、朴ファシズム政権が、三つ巴になってわれわれに押しつけてくる、「現実を直視する・直視せよ」というその「現実」とは、われわれにとってもまた、それよりほかに選択しようのない現実だったのか？　そうであればどうしてその選択の行きつく先がこのように奇態なことになるのか？　理の当然、かれらのふりかざす「現実」は真に直視された現実ではないことになろう。しかし日韓閣僚会議は、日韓「一体化」を動かしがたい現実として、ついにその「現実」をわれわれに背負いこませたのであった。しかも米核兵器戦略、それもいますぐ朝鮮半島で実際に使用されうるという約束つきの米核兵器戦略こみで。

ひるがえってヴィエトナムで起こった現実をまっすぐ見つめようとするならば、それも権力とその側に立つ者に押しつけられる「現実」のイメージをつきかえし、われわれ自身の想像力にもとづいて、その現実を把握しようとするならば、まずこの戦争はアメリカがヴィエトナムにおける民族自決に反対して、戦力、資材を厖大に投入し、核兵器によって威嚇しながら、マクナマラをたすけるジェイソン機関の発明したオートメ化された戦場に、みな殺し兵器をかぎりもなく投入した戦争であった。この意味での戦争はすっかり終ったのではない。ジェイソン機関の発明は、それ自体が戦争責任を問われるなどということもなく、実験ずみの巨大な戦争システム一式として、ペンタゴンの財産となってなお生きていよう。片方では枯葉作戦に用いられた大量の化学物質が、ヴィエトナムの民衆の肝臓障害にはじまる、様ざまな悪影響をあらわしはじめていることが報道された。詳細な調査は、今後にわたってその影響の悲惨な拡大を照らしだしこそすれ、その逆ではありえまい。それは「公害先進国」の人間としてそのように予見せざるをえぬ現実である。

このように徹底的な侵略戦争に、ヴィエトナム人の人民戦争が勝ったというのが、ヴィエトナムで起こった現実の、逆の側からあてた照明にくっきりと浮かびあがる側面である。そこに民族自決の原理がつらぬかれたこともまたあきらかに見ることができよう。

そこでこの現実をねじ曲げることなく、かつ全体的に見るならば、いわゆるインドシナ以後は、次のようなかたちに整理されて、われわれの現実選択の対象となるように、僕は思う。すなわち、民族自決の原理に立った人民戦争は、核兵器による、オートメ化された戦場においても、ついには侵略軍が勝利をおさめうるものではなかった。したがって、新たにこのような戦争がおきるかもしれぬことを、ありうべき現実として見すえる者は、1、民族自決の原理が平和的に実現されることに対して、決して妨害せず、かつ内政干渉というのではない、おなじアジアにあって平和を希望する国民としてできる範囲内の援助をする。あるいは、2、核兵器によって威嚇するだけではだめなのだ、実際に核兵器を使え、とインドシナで敗退した米核戦略を叱咤激励し、その絶望的な賭けによってのみ生きのびる道をつかみとろうとするファシズム政権に、基幹産業テコ入れの経済援助をそそぎこむ。

そしてわれわれに「現実を直視する・直視せよ」とにせの言葉をおしつける者たちは、その「現実」がさきにあげた第一の可能性をもふくみうることをオクビにも出さなかった。われわれはその構造のあまりのグロテスクな単純さに茫然とならざるをえないのであるが、第二の道を選ぶフォード―シュレジンジャー、三木―宮沢、朴ファシズム政権の、高姿勢な、これこそ「現実」であり、この「現実」に可能な唯一の選択の道だ、という強制・誘導のもとにあって、「現実を直視する・直視せよ」と、このにせの言葉への参加をもとめられている者らである。

　そこであらためて自分の眼で、われわれのいま落ちこんでいる状況を見よう。僕はわが国が、なし崩しに有名無実としてきたものであれ「戦争放棄」した国家という建前を今度こそ非核三原則ぐるみまるごとほうり出してしまう選択を、いわゆるインドシナ以後、日韓閣僚会議にいたるまでの短い時間にやりとげてしまったと思う。すでに「一体化」日韓という、新しい形態の疑似国家がある。その前線は核兵器によってかためられ、しかもその核兵器は繰りかえし実際に使用することを言明された核兵器、いわば時限装置にスイッチの入った核兵器である。核兵器によってかためられた準戦時態勢の前戦から、朴ファシズム政権のソウル、そして東京まではまっすぐつながっている。

日韓閣僚会議にさきだって韓国の高麗大学付設アジア問題研究所で講演した、石原慎太郎前都知事候補は次のように語ったという。このほとんど粗暴な言葉の羅列が、日韓閣僚会議の決定したことどもと共鳴しあってかきたてるグロテスクで不吉なセンセーションほどにも、ともあれ現実政治と深くからみあったかれの言葉の存在感を、これまで僕は石原語録のうちに見出したことはない。聞き手の苦い内部には鈍感に、話者は選挙中の「核武装論者隠し」の時期より格段と生きいきして語ったのだろう。

《たとえインドシナ問題がいまのような状況になっていようがいまいが、共産主義国家のなかでももっとも古典的であり最悪のスターリン主義をいまでも踏襲している北韓が存在している限り、韓国の危機は直ちに日本の危機だといっても過言ではない。こうした点から政治的にも文化的にも共同体である日本と韓国の関係は共同運命体《(ママ)》といえるのであり、こういう認識は、歴史の流れをさかのぼって韓・日関係を過去から見直すならばより深まることであろう。わたしは韓国の安全と安定が日本の安全と安定に絶対不可欠だと考える。》(『アジア公論』日・韓・日、重訳)

歴史をさかのぼって日本ファシズムの朝鮮統治をつぐなうための努力はせず、現在を見わたして経済侵略の実状を正す意図を持たず、朝鮮半島での核戦争にまるごと加担しようとする運命共同体！ これはすでに新しい「韓国併合」の論理ではないかと、あえて異議をさしはさむことなく沈黙していざるをえなかった韓国の知識人たちの脳裏に描き出された悪夢を思わずにはいられない。

この八月韓国につづいて日本を訪れたシュレジンジャーが、インドシナ以後、核戦略をふくむアジア防衛について日本の世論が変ってきているという感触をもったむねをのべてアメリカに戻って行ったのは、それこそにせの言葉がどのように発せられて、どのような受けとめられ方を強制するものかを、およそ臆面なくデモンストレートするものだった。日本人は韓国人ほどよくというのではないが、「現実を直視する・直視せよ」という呼びかけに応えるようになったと、米国防長官がお墨付きをあたえてくれたわけだ。それはほかならぬシュレジンジャー自身が、米日韓の権力総ぐるみで、われわれに押しつけたにせの言葉の追認であっただろう。

インドシナ以後——韓国における核兵器使用への態度決定。この危険な選択を「現実」にそくした唯一の選択として押しつける操作。それはいかにもあざといやり方で、まず朴ファシズム政権が核兵器の開発を決定したという報道が『ニューズウィーク』誌にのることで最終コースを走り始めた。おなじアメリカの新聞

『ワシントン・ポスト』紙はそれにさきだって朴大統領の言明したところを報じていた、《米国が韓国を見捨て、核のカサからはずすようなことがあれば、核開発に向うだろう。》もちろんアメリカ向けのこの宣伝活動は、韓国の民衆を対象に選んでのものではなかった。そしてアメリカの読者は、プルトニウム生産可能の天然ウラン重水減速冷却型原子炉が、カナダ政府から韓国に売られようとしていることを知っているはずのものなのでもあった。おなじ民族に向けての核兵器を(それが異民族に向けて使用されることなら許容される、というつもりは毛頭ないが)このようにも熱烈にもとめている、準戦時体制をしいた朴ファシズム政権の奇怪さは繰りかえしそれを意識しなおしつづけることを必要としよう。

ところが朴大統領のこの時期の対米宣伝とあい前後して、わが国にも韓国に核武装をすすめる国際関係の専門家があらわれていた。われわれはそのような意見が日本人の意識を代表しはしないと、批判することができる。しかしそれと同様にシュレジンジャーは自分はこれをインドシナ以後の「現実」によってかわった日本の世論の一典型だと思うといいはることもできたのだった。

《韓国が共産化した場合、地政学上の条件からいって、日本の共産化も必至なのである》とする丹羽春喜筑波大学教授は、韓国に核武装しか道がないと主張したのであった。

《「北」からの間接侵略や直接侵略で韓国が滅亡にひんするというぎりぎりの極限状況に直面した場合「北が侵略浸透を止めなければ、刺しちがえの形で、北に原爆を使うぞ」という「おどかし」をかけることができるようにしておけば、そのこと自体が相当に有効な抑止力になるはずである。そして、この「おどかし」

はたとえ「北」が「核」を持つにいたった場合でも、十分に効くのである。

「どうせ殺されるのであれば刺しちがえで」というこの種の核戦略は、本質的に極度に守勢的な「攻められる者の論理」なのであり、侵略的・攻勢的な性質をまったく持っていないのであるから、たとえ「攻める側」が核兵器を持ったからといって、その有効性が減じるというものでは決してないからである。》(『世界日報』)

核兵器のスイッチは、権力を握っているわずかな数の人間の指のみがそれに直接触れることができる。朴ファシズム政権は、その権力の座が国内のもっとも穏やかな民主主義運動によって危うくなった際にも、すなわちそれを間接侵略で韓国が滅亡にひんする極限状況といいはることができる。そして朝鮮半島の北と南のすべての民衆が核兵器による死をまぬがれえぬ危機が現出する。そのようにおぞましい未来図の可能性を、朝鮮の民衆にむけて、その唯一の選択として呈示する教授には、朴ファシズム政権がまことに覆いがたい自民族蔑視をはらんでいる以上に、この種の日本人のあからさまな朝鮮人蔑視を基盤にしてのみ説明できるところの、人間的資質があると僕は思う。それは「考えられぬことを考える」ランド・コーポレーションのハーマン・カーンの人間的資質とおなじく、根本的な頽廃を示していよう。しかもなおそれが民衆規模のヒステリー現象に感染・自己増殖しうるものであることも、冷戦の最盛期のアメリカにおいてわれわれはそれを見たことを記憶する。

しかしかれら自身の教訓に学ばぬアメリカ人たちの一典型であろうシュレジンジャーは、朴大統領の対アメリカ宣伝をバネにして一芝居うつ機会を決して逃しはしなかった。かれはすでに韓国が攻撃を受けた場合、

《北の心臓部をたたく》と明言していたのだから、さきの朴ファシズム政権のアメリカの核のカサ不信論議など八百長じみたものに見えてこざるをえないほどだ。下院で韓国に千発の戦術核兵器と五十四機の核積載機が配置されていることがあきらかにされるという、舞台装置もととのっていた。

そこで勇躍シュレジンジャーは、政府自体として韓国への核兵器配備を確認する。同時にかれは「北」からの侵略に対して戦術核兵器を使用する可能性があると明言する。アメリカの抑止力の価値はどんな行動に出るか(敵には)予測できないというところにある。核兵器の使用をふくめたいかなる選択をも排除できない。それにつづいてホワイトハウスの報道官が仕上げに加わりもした。朝鮮半島における《戦争にさいして、限定された戦略核兵器を使用することは、米国の持っている戦略のひとつである。》

アメリカが韓国に戦術核兵器を配備していることとそれ自体、また日本をふくむアジアの基地からの戦略核兵器による攻撃のしくみが準備されていること自体、アメリカがそれを秘密にしている段階で、いうまでもなくすでに核による脅迫である。「核抑止力」、核のカサという神話も、もちろんその段階でわれわれにおためごかしに押しつけられるものとしてある。その段階からさらに一歩進める。核兵器の配備をあきらかにし、戦術・戦略核兵器の使用の可能性をわざわざ攻撃する相手と攻撃の条件を明示しつついう。それはかつて流行したカーンの「エスカレーションの梯子」の新版を作る者ならば、誰もが梯子を一段昇ったことと認めなければならぬ事態だろう。これまでのアジアにおける米核兵器を、かりに「冷たい核兵器」と呼ぶなら、これらの声明以後のそれは「熱い核兵器」であるというほかにない。

われわれはこれまで朝鮮半島になんらかのかたちでの大きい武力衝突がおこった場合、それが核兵器による戦争にならぬことを、すくなくとも希望することができた。いまや、われわれにはその希望は許されていない。戦争がおこれば、ただちにそれは核戦争である、まことに《次は火だ》。だからこそ抑止力がある、それでこそ「北」を封じこめることができるのだと、シュレジンジャーがいいたてる。しかし朴ファシズム政権が、その反民主主義的な圧制それ自体の強めてゆく抵抗の力によって、あるいはその構造的矛盾それ自体によって、危機におちいり、戦争にのみ賭けとしての逃げ道をもとめることをすればどうなるのか。あの忌わしい言葉、《どうせ殺されるのであれば刺しちがえで》をパラフレーズするならば、朴ファシズム体制の上層部が(かれらはすでに、いかに穏和な民主主義的改革においても、生き延びうる可能性はないまでに兇暴にふるまってきた、と僕は観察するが)どうせ殺されるのであれば南北を問わずすべての朝鮮民族と刺しちがえで、乾坤一擲の大博奕をうとうとすることを、どうして予想できぬであろうか。ファシズムの歴史がわれわれにその実例を繰りかえし教えているではないか?

そしていうまでもなく朝鮮半島の核戦争が、わが国にとってそこに巻きこまれることなしにすむものであるはずはない。その点については三木首相の言明がかえってわれわれに新しい、かつはじめて正確な意味に立つ言葉としての効用をはたすだろう。釜山と対馬は三十カイリしかない。見えるのだ。そんなところに戦争がおこって、大きな影響がないといえるか。もちろんこの戦争という単語は、より正確に、千発の戦術核兵器に加えて戦略核兵器による、そしてそれに反撃する核兵器による核戦争、という文節で置きかえられねばならない。しかもわが国は韓国の「不実企業」への援助に対する責任をあきらかにすることは放棄し、朴ファシズム政権が「六大戦略業種」と呼ぶ基幹産業へ、大規模な援助強化を約束しているのである。ほかならぬ核戦争へむけてあおりたてるように。

「現実を直視する・直視せよ」というにせの言葉によって、われわれはいまこのような現実、見まがいようのない真の現実に向けて追いこまれている。しかもなおにせの言葉によってわれわれにかれらの選択した悪しき現実を押しつけようとする権力と、その側に立つ者の繰り出す、次つぎのにせの言葉がおしまいになるということはない。

小谷秀二郎京都産業大学教授が、あらためてわれわれと核兵器との間をとりもってくれようとする。教授はイスラエルおよび朝鮮半島でおこっている核兵器についての新しい状況が、核兵器の保有・使用に関してあらためて考えることをもとめるとして問題提起したのだが。《恐らく米ソはその保有する核兵器を全面的に使って、互いに相手を抹殺するような、いわゆる全面核戦争に訴えることはしないであろう。》しかも《相互信頼のない、超大国間の核兵器の開発は、それが唯一の平和維持方法と言ってもよい。戦略兵器制限交渉が続けられ、何らかの成果が挙っているにも拘わらず、他方において核開発の努力が続けられていることは、ただ頼れるものは、自己の核能力だけであることを端的に物語っている。》そして《日本にとって最も地理的に近く、そして日本と朝鮮半島との将来の力の均衡を考えた場合、朝鮮半島に再び戦乱が生じ、最悪の場合北朝鮮によって半島自体が支配されることを予測した場合、アメリカの核威力は、日本の安全保障にとって欠くことの出来ない重要な要素であると言わねばならない。冷静に考えると、単にアメリカが朝鮮半島に駐留するだけでは、決して充分な平和への証しとはならないのであって、核を行使するかもしれないアメリカ軍が、朝鮮半島に駐留することが大切なのである。アメリカが決して張子の虎でないということを立証するものは、現在の時点では、特にヴィエトナムからアメリカが敗退した後の時点では、アメリカの核能力を、その能力をアメリカの判断にもとづいて行使するという決意の表明以外にはないのである。》

　このように論理をすすめて、しかもその論理を、厚顔というか無恥というか、原爆の《死者への精神的な捧花である》と考えつつ、《核兵器が拡散する世界を、直視する勇気を持って、論争を大いに展開したい》と教授は希望するのである。またしても、直視するというにせの言葉。（『自由世界』）

　しかし教授は、現実的有効性としてはなんのために論争したいのだろう？　教授が日本の核武装をいうのでないことは誤解をさけるために特記せねばならぬだろう。核兵器は《それを使う意思を持つ者だけが、戦争を防止するために核兵器を保有する資格があるという大前提を認める以外にはない。その意味では、日本には核兵器を使う意思がない限り、核兵器を保有する資格はないし、持ってもそれは全く無意味である。》そしてアメリカはその核兵器をアメリカ自体の判断で使うという決意を表明せよという。それならば日本人がたとえいかなる核兵器観を持っていても、それが現実的な機能をあらわす余地はないではないか。他人の疝気を気にやむに、それはひとしかろう。もし教授の論理に具体的な呼びかけの意味がただひとつあるとすれば、日本人は朝鮮半島でアメリカが核兵器を使用することに反対する声はいっさいあげぬことにしよう、という提案にちがいない。むしろアメリカに向けて、その核兵器使用の意志を励ます応援団の声をあげよう、いくらかでも核兵器のボタンを押す将軍の憂鬱をまぎらせてやるためにという、こまかな気の遣い方をそれは示すのだろう。核兵器によってみな殺しの危機におかれる朝鮮民族への、内にひそめた蔑視において、先にあげたもうひとりの教授の人間的資質につながるものを、それはあかしだてるであろうと思う。いうまでもなくこの種の提言の根本の動機である、権力とその側に立つ者らの《現実を直視する・直視せよ》という呼びかけ、押しつけは、繰りかえしわれわれに向けて発せられつづけるのであろう。おそらくは核戦争の衝撃波と熱線と放射能の炎のただなかにおいてわれわれが、この現実こそわれわれの希求したものだ、われわれはこの現実を受けいれる、しかあれかし！　と叫び声をあげて死滅するまで？

いうまでもなく権力の側に立つ者が権力のために発するにせの言葉の速さよりも、権力のその力の行使そのものが、もっとも重要な政治的転換点では、格段に立ちまさった機敏さをあらわして勝負をつける。これまで僕の要約してきた様ざまのにせの言葉が育成し、擁護し、あおりたててきたところのことのすべては、すでに日韓閣僚会議で現実のものとなり、あるいは現実の約束となった。あらためてのその「現実を直視する・直視せよ」、黙って受けいれよ、他にはいかなる選択の道もないのだから、という押しつけは、われわれの頭上に避けがたいものとしてある。そこでどうするか、というよりも、そこでどうすることができよう、というかたちで、僕はこの現実の状況の前にある自分を見出す。

それにもかかわらず、というべきであるかもしれぬが、しかし僕はあえてそれゆえにという言葉を選んで、オプティミストの意志を自分のものとしようと思う。ヴォルテールによれば、オプティミスムとは、《不幸な目にあってもすべては善だときちがいのようにいい張ること》だった。韓国の野党、民主統一党の政治家が、あの朴ファシズム政権の強圧のもとで次のように語ったという報道に接する時、僕はしかしなんとか最悪の事態はさけうるのであるかもしれぬ、そのために自分でできるなにほどかのことはしなければならぬというオプティミスムを持つ義務を示されているように感じる。《ソウルで開かれた米韓安保協議会で、シュレジンジャー米国防長官は核兵器を韓国内に運び入れていることを明らかにしたが、南北朝鮮が手のひらほどの広さの朝鮮半島で多量の核兵器を持ってにらみ合い、それが使用されるような不幸な事態を招いてはならない。死の灰の上で勝利の旗を掲げ、どうなるというのか。韓国はすでに核拡防条約を批准しており、この立場からいっても核兵器の持ち込みを許すべきではない。核が撤去されない場合は国民運動を広げても阻止する。》

また日本に強制連行されて広島・長崎で被爆した韓国人原爆被災者たちが、その生活実態を訴え、援護をもとめるかたちにおいて、日韓閣僚会議に出席した日本側閣僚たちに、その韓国人として核兵器に傷ついた者らとしての存在を、またその背後の死者たちの、より大きい存在を示したという小さな記事に接すれば、僕はかれらの地道な、しかしはっきりした核兵器への抗議に向けても、オプティミスムを持つ義務を示されていると感じぬわけにゆかない。すくなくともそれなしでは、《私はこの暗黒の中で、怒りの眼でにらみつけながら、絶え間なく、灰色の不吉な未来と対決をつづけている。この苦痛の故に、私は敵の前で眠りこけることなく、闘志を燃やしつづけていられるのだろう。いま私のこころは湖水のように透き徹っている。》と追記して、獄中の金芝河がひそかにおくり出してきた、そしていまそのこと自体への報復を受けているという、あの『良心宣言』を読むことはできなかった。ともかくも《現実を直視する・直視せよ》と迫るにせの言葉を拒否することから、僕は始めよう。〔一九七五年〕

未来へ向けて回想する
——自己解釈(九)

大江健三郎

1

小説の言葉、小説のなかにもちいている言葉の自律性については、考えを持っている。それは小説の方法について、とくに文化の記号論としてまとめることができる、多様な理論家たちの仕事に刺戟されて、作家としての方法論をつくりあげ・つくりなおすことをしてきたからだ。小説の言葉は、まずひとつひとつの語のレヴェルで、異化されている。別のいい方をすれば、戦略づけられている。つまり言葉の総体を人類にかさねれば、当のひとつの言葉が、ある個人のように独自の条件づけをおび、個性を担って、小説のコンテクストのなかに生きているのである。

したがって、小説を文節レヴェルで構成する、かたまりとしてのイメージが(それもそのようなかたまりとしてのイメージが、異化され・戦略づけられているのだと、僕は考えているが、仔細は『小説の方法』(岩波現代選書)にゆずって、ここには繰りかえさない)、読み手によって受けとめられる時、その文節のなかの言葉として一語があれば、その言葉が、読み手にとって受けとられる仕方に、書き手の方向づけが伝達されるだろうことを疑わないのである。——いや、このような異化、このような戦略づけのもとにある言葉を、自分は受けいれぬ、それは自分の国語感覚をさかなでするものだから、といわれれば、それはすでに僕としていたしかたないことだ。その読み手と(かれはしばしばおなじ母国語の作家・批評家であるが、それゆえにさらに僕としてはいたしかたないことだ)、僕の小説とは無関係である。そしてそれは時に自然なことにすらも感じられる。

しかし状況に向けて、エッセイ、評論として書く言葉について、おなじことをいいうるだろうか？ それについて考える時、二様の意味で、小説の言葉に関してのようには楽観することができぬだろうと思う。小説の言葉を文学表現の言葉とすれば、エッセイ、評論の言葉、それもとくに状況に向けてのエッセイ、評論の言葉は、日常・実用の言葉で書かれるはずの(すくなくともそのように書き手——読み手の間に約束がかわされている)ものであろう。したがってエッセイ、評論の言葉を、書き手独自の仕方で条件づける際には、おおいに慎重でなければならない。書き手は、あらかじめ読み手に条件としてそれを出し、合意をえた上で使うのでなければならないだろう。

またエッセイ、評論については、自分とはことなった、対立しさえする主張の人びとにあえて語りかけるということも、しばしば大きい動機づけとなる。そこで、——いや、あなたと自分の書くものとは無関係だと、コミュニケイションの建設を早急にあきらめるわけにはゆかない。それはまた、書き手の意図を受け入れまいと武装した読み手の反撃に対して、よく応じうるものでなければならぬのでもある。したがってエッセイ、評論の言葉は、日常・実用の言葉としての特性をよく生かした、柔軟、明瞭、正確な、かつタフな言葉でなければならぬはずである。

僕はよくそのような言葉で、状況についてのエッセイ、評論を書いてきただろうか？ すくなくともそのようにつとめ、またそのために準備し、自己教育してきただろうか？ それをそうだとはっきりいうことはできぬと、僕には自覚されるのである。もとよりその認識は、明日に向けての、そのような言葉への自己教育を、自分としてつづけねばならぬ、という思いにつらなってゆくけれども……

僕は、この論集を刊行しはじめてから考えていることをめぐって、自分と同時代を、それも近接したところで生きてきたと思う柴田翔と話をした。作家としてのかれは、僕と同年の生まれであり、かつ同じ大学を卒業しもした。そのようなかれに、僕は同時代をともに生きてきた人間としての思いをいだくのだが、しかしかれは一方で、ドイツ文学者として専門家であり、大学教師でもある。そのかれの指摘によって、対話のはじまりにすぐさまあきらかになったことは、僕がいかなる組織にも属さずに生きてきた人間であって、それゆえの弱点をそなえているということであった。そしてこれはさきの、僕がエッセイ、評論で使用してきた日常・現実の言葉の、その他者への（それもとくに状況を介して対立するはずの他者への）説得力の問題に、すぐさま関わってくるはずのことであった。

確かに僕は、ある特定の組織に対して、それが自分を縛ることを許すというかたちでは、そこに属することのなかった人間である。僕は政治的な党派に属したことはなかった。また、ある会社、大学に正式の雇傭員として契約し、その一員となったことはない。僕は一時期メキシコで教師をしたが、それもただ週に一度、自由な講義をおこなえばよいのであって、当の大学院大学の行政の、一端になりと関わることはなかった。また僕は、日米安保条約に反対する会、韓国の民主主義運動家たちを支援する会、あるいは国際的にもはっきりした規約をそなえた会議である、アジア・アフリカ作家会議に参加してきた。しかし僕はそれらのいずれにおいても、いかにも自由な参加者にすぎなかったと自覚される。もしある会で、メムバーの誰かれを、会の統一をみだす者として査問するようなことでもおこれば、僕はいちばんに査問委員会そのものを冗談あつかいする者だっただろう。もともと僕には、組織の名において他人が自分を束縛することを受け入れず、同時に、他人を組織の名において束縛する者らのなかに加わろうとはしない、そのような、結局はアナーキーなというべきであるかもしれぬ資質が固着しているから。

　したがってそれらの様ざまな会、会議で、たいていは前衛政党から除名された、あるいはそこを去った人びとの集まりである、つまりはかつてある党派の人間として責任ある活動をつづけてきたのであるメムバーたちが構成している中心部から、充分には信頼しがたい、浮遊しているような構成員ともくされてきたのを感じる。僕はむしろそのような構成員であることを自他に示して、それなりに当の会、会議の運営に役立つことをするようにつとめてきたのでもあった。

　また僕は、自分がある会、会議のメムバーであることを指して批判を受ける時、それから身をかわしたいと思ったことはないが、しかし、かつてある会、会議に属するゆえに、自分の個をおし黙らせるようにする、ということをした経験はない。また僕のエッセイ、評論はいずれも、僕がその内容について個としての責任をとりうるもの・とらねばならぬものであって、それをある会、会議に加わって自分が活動していたための、一時的な逸脱とみなすような論理は、そこにふくまれぬのである。

　したがって僕は、自分の属する組織の防衛のために、他の組織を論難するような仕方で、つまり不寛容の言葉で語ったことはない。不寛容の課題は、それがある組織、党派に関わるのでない時には、つまり個の問題である時には、処理の難かしいものではない。逆に、ある宗派に属さぬ者が、——あいつは異教徒だ、焼かねばならぬ、などというとしたら、まずその男は狂人とみなされるほかにはあるまい。

しかし一方で、社会全体がひとつの組織、ひとつの党派と化すような相貌を呈しはじめる時、僕のように個としての言葉を発しつづけることを望む者にも、なんとかその広大な規模での敵対者に対して、論難の言葉を投げかけるように、エッセイ、評論の言葉を書きつけねばならぬ事態は生じよう。すくなくとも個としての僕に、その言葉を書きつける自由と、それを発表する機会があたえられうる間は、なんとか個としての自分を励ましつづけて。そしてそのような文章においてはなおさらに、僕は自分のエッセイ、評論の言葉を、有効なものにみがかねばなるまいと思う。

この巻におさめた一九七二年の「受け身はよくない」から、一九七四年の「この一年、そして明日」、そして一九七五年の「にせの言葉を拒否する」にいたる三つの評論は、あるいは右にのべたような必要性の予感に立って書かれたというべきであるかもしれない。それも個としての僕は、さきに想定したような、社会総ぐるみの不寛容の時代にすでに包囲されようとしていたのであって、あからさまな現状認識に立って、その自分を包囲してくるものへの、個としての論難の声をあげようとしたのかもしれぬ。そしてそれは現にいま僕が書くエッセイ、評論へと、直接つながっている事情だともいわねばならぬのかもしれぬ。そのために僕が書きつける日常・実用の言葉が、よく攻撃的な重さと鋭さにいたるまできたえあげられているとは、なお確信をいだきえぬのであるけれども。それにしても僕は明日に向けて、このような文章、このような言葉をみがきつづけねばならぬ。

2

さきにあげた状況についての三つの文章を、同じ時期の文学についての文章と、やはりこの巻におさめた講演の記録にあわせ、『言葉によって』として刊行した時、僕は次に引用する文章をその中核とするプロローグを書いた。

《E・H・エリクソンが魯迅の一節に光をあてている。その照りかえしが、すでに三十年前に起こったことの、現在につながる意味を僕自身にあきらかにする。

少年の魯迅が、死につつある父親に呼びかける。お父さん、お父さん、父親は激しい痛みを感じたように眼をあける。そしてわめかないでくれ、という。しかし少年は、父親が息をひきとるまで叫びつづけ、そして成人した魯迅は、それを自分が父親に対しておこなった最も重大な悪と感じる。

もしかしたら魯迅の浙江省とわが国の四国地方をつなぎえるのであるかもしれぬ伝承にしたがって、僕の父が死のうとしていた時にもまた、子供らは父の耳に向けて呼びかけるようにといわれた。姉と妹、弟が叫ぶ、お父さん、お父さん、そして僕は呼びかけることを拒む。母が僕を見る。その眼の記憶がいつまでも消えてゆかない。そして僕はいまエリクソンにみちびかれて、自分はあの時、死んでゆく父親の耳に向けて叫ばなかった少年の、社会・世界・宇宙への弁明のために、小説を書きつづけているのだと気がつく……

僕はこの光景について、かつて『遅れてきた青年』に書いたことがある。また『われらの狂気を生き延びる道を教えよ』でブレイクの、Father! father! where are you going? O do not walk so fast. /Speak, father, speak to your little boy. /Or else I shall be lost. という詩句への偏愛を表現したこともある。しかもエリクソン、魯迅を経過するまで、あの光景から自分のにないこんだものを、自分の小説を書く行為の根源にすえてみることはなかった。
　言葉によって、僕はつねに新しい経験へとつき出される。現在、この場所に刻印づけられながら、しかも時空を自由に横切るようにして。その経験がかさね塗りされることによって、僕をその中に置く言葉の流れが、全体性をかちとってゆくことを僕は志向する。その言葉の流れの構造は、ひとつの極に小説の言葉を置き、大きさにおいてそれに見合うような、小説よりほかのすべての言葉をもうひとつの極に置いて、そのふたつの極の間にダイナミックな関係がつねに活性化しているものだ。すくなくとも僕はそのような構造を夢想する。》
　僕がこのようにエッセイ、評論の言葉について考えていた以上(そしてそれは僕にとって、いまにつづいている考え方なのでもあるが)、小説の文章に対比して、エッセイ、評論の文章にも、その全体の核心をなす言葉を選びだして、その言葉に特別な構造をあたえつつ示すということはよくあった。ある特定の言葉を選びだして、その独自の意味のありようを解読し、きわだたせてゆく行為自体が、エッセイ・評論の組みたてをつくっている、そのような場合もしばしばあったのである。つまりは、日常・実用の言葉と文学表現の言葉は、つねづね交換可能なものであり、それらが蝶つがいのようなものを介して接していることに、言葉による表現のダイナミズムの発生源もまたあるのだといわねばなるまい。
　とくに状況についての評論には、現実のなかに見出した特定の言葉について、それを生み出した現実を背景にしつつ、その言葉のなりたち、構造を読み手とともに見てゆき、把握しなおす過程が、当の文章にほかならぬことを容易に見出しうるものがある。たとえば「受け身はよくない」における、「強行採決」という言葉。また「日本国バンザイ、天皇陛下バンザイ」という言葉。「にせの言葉を拒否する」における、「現実を直視する・直視せよ」という言葉。

僕には「強行採決」という言葉が、いかにも今日の日本に独自なもののように思われる。この国より他の議会でも、多数派が議決を強行するということはおおいにあるだろう。クーデタ政権が、ただ形式としての議会を持っているような所では、表層上の穏やかさの底で、これは抵抗しようもない、断乎たる強行が行なわれているのでもある。わが国の場合、一応は抵抗するための仕組みを持ち、効果は別としてそれを行使しようともする野党に対しての、「強行採決」である。ついにそこにいたるまで、議論がかさねられるという筋みちはある。国民に向けて、それをテレヴィが中継しもする。しかしいったん「強行採決」の時がいたると、身も蓋もないほどあからさまにさらけだされるのは、それまでの議論が、あくまでも「強行採決」をひかえての手つづきにすぎなかったということである。そして与党議員たちの、「日本国バンザイ、天皇陛下バンザイ」。

つまりは与党多数派の意識において、民主主義の議会システムにおける少数派意見の尊重という高度な考え方はもとより、議会での討論そのものが意味をもってはいないのである。僕がたまたま国会の傍聴席から立ち合うことになったのは、日韓条約の「強行採決」と沖縄返還協定の「強行採決」であった。日本とアジアの未来に向けての進みゆきにとって、いかにも重要な、このふたつの条約についての、どちらの場合も最重要な討議を突然打ち切る「強行採決」。そしてさらにどちらの場合にも、議場内には「日本国バンザイ、天皇陛下バンザイ」の叫び声があがったのであった。民主主義的な実質の放棄と、単純で暴力的なナショナリズムの謳歌、天皇主義、それらがみな現在の憲法のもとの議会で、いかにも端的に生きている。この上さらに憲法がつくりかえられてしまうならば、すぐにもわが国は「日本国バンザイ、天皇陛下バンザイ」の、国民総動員的な体制となろう。それはすでに、いかにもありうべき近い先行きとして見えてもいる。むしろ現在の僕は、さきの三つの文章で自分がペシミスティックなところにおちこむ勢いから踏みこたえていることに、しだいに深まる驚きをすら見出すといってもいい。しだいに深まるとは、いうまでもなく、この状況のなかで生きて行く自分の、明日に向けて、さらにもしだいに深まってゆくはずのということにほかならぬのでもある。

「現実を直視する・直視せよ」という言葉もまた、およそわが国の人間特有の一タイプをそのまま表現するような言葉である。それは今日のわが国の人間を表現し、さらに明日のわが国の人間を表現する言葉として、もっとも端的な意味を担いつづけるだろう。現実として強権が呈示するものを（ほかにもまた、それとはちがう現実がありうると考えてゆく自由は放棄して）、いかにも唯唯諾諾と追認する民衆。そのような強権を構成する日本人、そのような民衆として底辺をかためる日本人。しかも当の現実とされるものは、原理的な思考とあいいれぬばかりでなく、およそ想像力的な把握に対立するものでもある。ただ論理的に思考することをやめよ、想像力を根だやしにせよと、剝きだしにいうかわりに、「現実を直視する・直視せよ」と命じるのである。しかも一般民衆たるわれわれに、よく視ることのできる現実とは、たとえば原子力発電所におけるように、十重二十重に閉ざされた柵のこちら側の、ごく表層のものにすぎない。そして寝耳に水のかたちで事故が（原理的に考える者はそれを予測し、想像力をそなえた者はそれを恐れてきたところであるが）、しかもたびかさなる事故が、発表されることになるのである。たとえばさきごろの敦賀における事故におけるように、秘匿しようとする試みの後。しかもなおそれにおっかぶせるようにして、強権はなおエネルギー危機の「現実を直視する・直視せよ」という声を響かせつづけているのだ。これが日本だ、これが日本人なのだと、あらためてわれわれはそれを、暗澹たる心において認めるほかにないではないか？

3

『状況へ』のそれぞれの文章は、さきにあげた三つの文章とのつながりに立っていえば、「受け身はよくない」と「この一年、そして明日」との間に書かれた。僕が『状況へ』について、その書き方をどのように意識していたかということは、この場合はそのままこの版におさめているプロローグにあきらかであろう。僕は片側に行動とあいかさなる書き方を置き、それに対してもう片側に、僕自身の書き方を置く、というように自覚して、これらの文章を書きすすめたのであった。もっともこのような自覚の仕方には、行動とあいかさなる書き方を外側から見ることとからの、それへの強すぎる思い入れがあらわれているかもしれない。僕自身もまた、行動とあいかさなる書き方と、自分自身の書き方との間の、生きて動くダイナミズムをもとめるゆえにこそ、小説に加えて、状況についてのエッセイ、評論の言葉を書きつづけてきたはずのものではないか？

『状況へ』の書き方は、僕の文章の性格として、『壊れものとしての人間』にそのままつらなっている。

つまり僕は、書物として読むそれぞれの対象に喚起されて、自分の生きている現実世界に対し、新しい眼を開くということをしては、その勢いのなかでこれらの文章を書いたのであったから。そして『壊れものとしての人間』は、年をへだててあらためてそれを読んだ僕に、いかにも正直な自伝的要素をはらんでいることで、ある思いをいだかせたのであったが、『状況へ』もまた、この一連の文章を書きながら生きていた、現実の状況へと僕を連れ戻して、そこから今日にいたる連続性を確かめさせる力があった。それは僕にとって、現実世界の状況を生きるということと、そこにあって書物を読むということが、結局はどうしても切りはなしえぬ、生き方の基本の構造体をなしていること、つまりは行動とあいかさなる書き方ということにつきあわせていえば、書物を読むこととあいかさなる書き方こそが、おそらくは僕の（ほとんど幼・少年期からそうであったように）現在はもとより、未来へ向けてもまた、自分の生き方の基幹に坐ることを示していると思うのでもある。

『状況へ』を、一冊の本として刊行した際、それは小田実の『状況から』と同時に出版されたのであったが、われわれがともに信頼する実践家の批評として、——かれらは『状況へ』といい、あるいは『状況から』というのだが、しかし状況をということが、もっとも重要な発想なのではないか、という問いかけがなされた。

小田実の生き方、仕事の仕方については、それがいかに状況を変革するかの方向づけであることはいうをまたない。それは僕自身、さきのプロローグの、行動とあいかさなる書き方という言葉で示したところであった。したがってこの批判は、おそらくもっぱら僕に向けてのものであったはずだと思う。おなじ文章で僕は、むしろ自分がそのような批判にさらされることを望むとも書いていたのであるが、僕にとっての、状況をどう変革するかという方向づけの考えには、この時期とくに、ある希望の響きと、それに対立する響きとが共存していたように思うのである。それは『状況へ』の後、わずかな時をへだてて書いた「この一年、そして明日」の、次のような一節に、それも前段と後段にわかれてのおのおのに、僕のいうふたつの響きが、それぞれに読みとられるはずだと思う。

《もしわれわれが、韓国人とその普遍的なナショナリズムをわけ持つ明日を獲得するならば、その明日われわれの展望は、すでにナショナルな展望というより、全アジア的な展望となろう。そしてはじめて沖縄の若い民衆が苦しい経験にきたえられてめざすことになったアジア的な展望が、すべての日本人の世界観の中心に坐ることにもなるであろう。そのように普遍的なナショナリズムとは、すなわち民主主義そのものと呼びうるものである。

しかしそのような明日がはたしてあるのか？　アジア全域が核の廃墟となる明日でなく、解放された、誇り高い、自由な人間のナショナリズムが集まってアジアの展望をあらたに開く明日がありうるのか？》

このように問いかけの言葉として、いかにも暗い思いとともにそれを書きつけながら、僕は在日朝鮮人の作家李恢成とパレスチナの作家ガッサン・カナファーニーをあわせ、《その絶望的な困難をいちいち正面からひきうけつつ、それこそ原理的に、かつ具体的現実にそくし情理をつくして乗り超えてゆき、その乗り超え作業そのもののうちに、かれらの人間的な実質の全体を表現して行く》、そのようなかれらの書き方に学ぶことをいったのでもあった。そしてこの意志はいまにつづいている。そのような書き方こそが、僕をしばしば状況から逃避して、ただ書物の世界にひたりこもうとする(すくなくとも、その結局は不可能な試みを、なんとか可能だと思いこもうとする)性癖の人間から、状況へ向けて、状況を変革するための言葉を書きつけようとする人間にきたえるはずのものであろう。また僕は、そのような手つづきをへてこその、作家の行動ということを考えるのでもある。

4

せんだって僕は、記号論学会の集まりに出て、フィクションという文学の仕掛けと、現実との関わり方についての話をした。つづいて僕が知の関心を強くそそられてきた文化人類学者、建築家、映画と演劇の専門家たちの討論があった。そこで僕は生きいきした受容の時をすごしたが、そのうち会場から、ある社会学者の質問が出て、はじめのうち混乱を、それからその乗り超えによる新しい活気を討議にもたらした。

当の質問、あるいはじつは討論者らへの疑いの呈示は、次のようなものであった。——きみたちはフィクションと現実《レアリテイー》とを素朴に切りはなして論じているが、自分の信ずるところ、人間による現実《レアリテイー》の把握は、すべてフィクションである。虫が現実を見る、そのように把握された現実は確かに現実そのものであろう。しかし飛ぶ鳥が現実を下方に見る時、それはすでにフィクションを俯瞰していることなのだ……

さきに僕は「現実を直視する・直視せよ」の式のいい方が、強権からの、あるいは強権を背景にした、にせの現実の強制にすぎぬことをいった。それにあわせていえば、この質問者の用語法でのフィクションは、やはり思いつきに出たにせのフィクションというべきであろう。人間の意識のとらえるかぎり、すべて現実の受容は、フィクションの経験にすぎぬ、というようないい方が、思考の手つづきとして有効な時はある。しかし、その有効さは限定されたものだ。この限定づきの過程を超えて、より確かな現実の見きわめ、より確かなフィクションの把握にいたらなければ、現実に有効である思考の段階にいたることはできぬだろう。つまり虫のように人間が這うとして、眼の前にあらわれる事物の、それもこちらから見える側面しか確かな現実ととらええぬのでは、人間の状況としての現実とめぐりあう日はかれについに来ない。またかれが、日々その眼にふれるものの把握のレヴェルを超えて、独自の抵抗力のあるフィクションの積極的な構成に進むことがなければ、かれはついに現実と人間との関係を活性化し更新する、フィクションの真の力とは無縁である。

そのような現実とフィクションとの関係の現場で、もっとも大きい役割を果たす精神の機能として、僕は想像力をとらえてきた。講演「力としての想像力」とともに、『状況へ』は、その核心の主題に想像力を置く。僕はそこで直接次のように書きもした。

《想像力とは、時にはいかがわしくさえある、奇妙な、なかなかその全体像をおさえきれぬ力である。生きている人間がそのようなものであるのと同様に。そして、現実の状況のなかに生きている人間の想像力という、根柢的なかたちにおいてとらえるのでなければ、想像力などといっても、それこそつまらぬ空騒ぎ、夢のまた夢にすぎない。実際に、われわれの想像力は現実の状況に縛られつつ、それに触発されることによってのみ、単なる気狂いじみた妄想とはちがう、切実な根をもちうるのである。そして、これがそのように現実にからみとられている人間の、想像力の特質としてもっとも重要なことなのであろうが、このようにして想像力を働かせつつ、われわれはまた現実の状況をこ

えて、人類の普遍的なものにいたるのである。》

このような考え方が、『状況へ』を書いた前後の、僕の原理であった。そしてそれは現在につづいている原理でもある。もっとも僕は、この原理に立って安定をえる性向の人間ではないのでもあった。たとえば僕が右の引用のなかで、否定的な意味づけをあたえながら提出している妄想という言葉。しかし僕はその同じ言葉を用いて「この一年、そして明日」では、当時僕の心を強くとらえていた(そしていまも決してぬぐいさられたというのではない)不安な思いをのべているのでもある。

《この一年、すなわち金大中氏が誘拐拉致されてからの一年、日韓関係はというよりそれをつつみこむアジアの政治的構造は、じつに大きく動いた(あるいはすでに取りかえし不能の限界をこえて動いた)のであるにちがいない。なんに向って動いた？と問われれば、それは僕の暗い妄想では(それがついに妄想であればそれにこしたことはないが)いまいちどの朝鮮戦争、それも今度は「国連軍」のかわりに日本国自衛隊が介入する戦争、そして結局はアジアを核爆弾が覆うことになるかもしれぬ戦争へ向ってである。核爆発の後、歴史的な発展としての意味の、あるいはまったく反動的な意味の「解放」はあろう。しかしアジア人はその三度目の核の廃墟を今度も生き延びうるだろうか？》

僕がこの妄想を書きしるしたのは、一九七四年の夏であった。その後、つぎつぎに金大中氏にふりかかった受難を辿るのみでも、まことに多くが現代史の課題として、この七年に起ったことがわかる。朴大統領暗殺を契機に、それまで膠着状態にあった韓国の状況に、暴力的な転換期がおとずれるということがあった。そして新たなるクーデタ、光州の抵抗と弾圧、金大中氏への死刑判決、わが国で盛りあがった、金大中氏を殺すな、の叫び声、確立した全斗煥体制の身ぶりとしての減刑にあわせて、一挙に回復した日韓協調路線……

それにこの状況の現実的なあらわれに関わっては、沖縄での講演「言葉によって」をはじめとして、僕は集会で話をし、雑誌に書きもしてきた。それらの講演の記録や評論を、年をへだてて読みかえすと、僕がさきに妄想と呼んだものも、想像力的に正当な、現実の読みとりだったと、状況そのものが保証するかのようである。現にわれわれはいまや、憲法をつくりなおし、すぐさま核武装にまで進みうる軍事国家・日本をいう、声高な論調のなかにいるではないか。核シェルターの建築を推進する運動すらも、与党国会議員の主導のもとに起っているではないか？　ソヴィエトの脅威をいい、韓国をアジアの反共の防波堤だとする考えは、広く深く浸透して、いまある形での日韓協調路線へ疑いの声を発する者らは、あからさまに少数派ではないか？

この数年、僕が状況に関わって書くエッセイ、評論はしだいにすくなくなった。それはたとえば日韓問題ならば、自分が日韓問題について書いたところに立ち、その展開の上で、自分に新しい言葉が確信される時にのみ、あらためて書きつぐことを希望するからである。僕は状況についての言葉において、とくに前言をひるがえす必要を認めるというのではないが、前言をそのまま繰りかえすことも希望しない。それもとくに、書いた言葉についてはそうだ。状況についての言葉を、持続性に立って積みかさねることを、あらためて自分の態度としたい。またおなじ状況への想像力を共有する、同時代の読み手の持続的な存在を信じたい。

――〔一九八一年五月〕――

初出一覧

I　受け身はよくない ……………… 『世界』一九七二年一一月号

言葉によって ……………… 『図書』一九七三年七月号

力としての想像力 ……………… 『図書』一九七三年一一月号

この一年、そして明日 ……………… 『世界』一九七四年九月号

II　状況へ ……………… 『世界』一九七三年二月号―一九七四年一月号
（プロローグのみ「状況へ」岩波書店刊　一九七四年九月一〇日）

III　にせの言葉を拒否する ……………… 『世界』一九七五年一一月号

・本書は一九八〇―八一年に小社より刊行された「大江健三郎同時代論集」（全十巻）を底本とし、誤植や収録作品の重版・改版時の修正等に関してのみ若干の訂正をほどこした。
・今日からすると不適切と見なされうる表現があるが、作品が書かれた当時の時代背景や文脈、および著者が差別助長の意図で用いてはいないことを考慮し、そのままとした。

ブックデザイン　鈴木成一デザイン室
装画　渡辺一夫

新装版 大江健三郎同時代論集 9
言葉と状況　（全 10 巻）

2023 年 11 月 28 日　第 1 刷発行

著　者　大《おお》江《え》健《けん》三《ざぶ》郎《ろう》

発行者　坂本政謙

発行所　株式会社 岩波書店
〒101-8002 東京都千代田区一ツ橋 2-5-5
電話案内 03-5210-4000
https://www.iwanami.co.jp/

印刷・三陽社　カバー・半七印刷　製本・松岳社
カバー加熱型押し・コスモテック

ISBN 978-4-00-028829-3　Printed in Japan